## Das Buch

Freiburg im Breisgau 1988. Anlässlich ihrer bevorstehenden Sommerferien feiert eine Gruppe von Teenagern ausgelassen eine Party, während hinter verschlossenen Türen ein fünfzehnjähriges Mädchen brutal vergewaltigt wird. Sie wird schwanger, verschwindet spurlos und taucht ein Jahr später wieder auf.

Konstanz heute. Eine Hitzewelle ergießt sich über die Stadt. Freibäder platzen aus allen Nähten. Eisdielen haben Hochkonjunktur. Doch der Sommer ist trügerisch. In einem abgelegenen Waldstück wird der nackte Körper einer jungen Prostituierten gefunden. Ihr Gesicht ist entstellt und von Maden zerfressen.

In den Wochen danach werden in der Nähe des Fundorts zwei weitere Leichen gefunden, wieder sind sie nackt.

Das Konstanzer Kripoteam um Daniel Selzer macht sich an die Aufklärung der Morde, die zwar erschüttern, zunächst aber keine Erwähnung in den Medien finden. Bleibt die Frage, wieso hat sich der Täter so grausam an den Frauen vergangen? Und was hat es mit den Zigarettenrückständen sowie Hundehaaren an den Toten auf sich?

## Die Autorin

Janette John, ein Kind der Endsechziger, ist in Berlin aufgewachsen, hat dort studiert und ging danach beruflich ins Ausland. Nach ihrer Rückkehr war sie für ein paar Jahre in der Werbebranche tätig und etablierte sich schließlich im Vertriebswesen. Heute lebt sie mit ihrer Familie in Süddeutschland und verschwindet von Zeit zu Zeit in den Großstadttrubel ihrer Kindheit.

JANETTE JOHN

# *SEIN ANDERES ICH*

KRIMI

**Bisher erschienen**

Mit mörderischem Kalkül (Kripo Bodensee 1)
Per Deadline Mord (Kripo Bodensee 2)
Sein anderes Ich (Kripo Bodensee 3)

1. Auflage, November 2016
auch als E-Book erhältlich

Cover: © Adobe Stock
© daboost, © Dmytro Tolokonov, © Andrzej Gryczkowski
Grittany Design: www.grittany-design.de
Lektorat: Svenja Heinemann, Annette Ramsperger
Korrektorat/Lektorat: www.sks-heinen.de

**Homepage**

www.janettejohn.de

**Impressum**

**JANETTE JOHN**
c/o BJ-Autorenservice.de
Gildehauser Weg 140a
48529 Nordhorn



*Alle Personen und Handlungen im folgenden Werk sind frei erfunden. Jegliche Ähnlichkeiten mit lebenden oder verstorbenen Personen sind zufällig. Einige Schauplätze wurden aufgrund von spannungsrelevanten Aspekten verfremdet. Sehen Sie mir dies bitte als künstlerische Freiheit nach.*

Druck: Create Space
ISBN-13: 978-1540520012
ISBN-10: 1540520013

Man trifft sich im Leben immer zweimal.
Vielleicht am Anfang. Vielleicht aber auch am Ende.
*Janette John*

Was denkst **DU**?
Wie würde **DEIN** Leben wohl verlaufen,
ohne das Wissen um **DEINE** Eltern?

# Juli 1988 – Freiburg im Breisgau

»War das heut ein bescheuerter Tag!«, nuschelte die fünfzehnjährige Sonja leise vor sich hin. »Und dann noch diese blöde Party morgen. Ich geh da einfach nicht hin. Na ja, andererseits hat Jan mich vorhin in der Schule noch so lieb darum gebeten.«

Sonja zog ihre Kleidung aus, warf ein großes Handtuch über und ging unter die Dusche. Als sie zurückkehrte, stand unvermutet ihre Mutter mit einem Wäschekorb vor ihrem Zimmer und lehnte mit dem Rücken gegen den Türrahmen.

Wie angewurzelt blieb Sonja stehen und starrte in die tiefgrünen Augen der Mutter.

»Sag mal, bist du noch sauer wegen gestern?«, fragte Sonjas Mutter leise und schaute erwartungsvoll auf den Teenager.

Doch Sonja schwieg und wünschte sich nichts sehnlicher, als dass ihre Mutter sie nicht ständig nerven würde. Irgendetwas hatte sie immer an Sonja auszusetzen. Mal war ihr Bett nicht richtig aufgeschüttelt, dann waren die Schuhe nicht wunschgemäß geputzt oder Sonja war zu stark geschminkt. Ein wehmütiges Schnaufen entwich dem Mädchen.

»Neee! Bin nicht sauer«, log sie. »Wollen wir vielleicht später einen Film schauen?«

»Du nein, ich muss noch die Wäsche zusammenlegen und bügeln«, wehrte ihre Mutter ab. »Du weißt doch, dein Vater mag nicht, wenn der Haushalt liegen bleibt. Zu tun gibt es eben immer etwas.«

Dass sie Nein sagen würde, hatte Sonja bereits geahnt. Denn egal, was sie auch tat, sagte oder sich bemühte, die

Mutter hatte nie Zeit für sie. Und ihr Vater sowieso nicht, denn der verbrachte die Abende lieber im Wirtshaus bei Skat und Bier.

Traurig schaute sie die Mutter an und antwortete: »Klar, versteh ich doch. Dann ein anderes Mal.«

Sonjas Mutter verschwand, während die Tochter dem ein leises »Eltern sind einfach ätzend« vor lauter Wut nachschickte.

Mit einer Tüte Chips und einem übergroßen Glas Apfelschorle, das eher einer Blumenvase glich, legte sie sich auf ihr Bett und schaute im Fernsehen eine Liebesschnulze an, derweil ihre Mutter draußen lautstark hantierte. Vor lauter Frust hatte Sonja vergessen, etwas überzuziehen, und lag noch immer im Badehandtuch da, als es unerwartet an ihrer Zimmertür klopfte. Sie antwortete nicht, weil sie das Klopfen überhört hatte.

Jemand öffnete langsam die Tür.

Sonja erschrak, als sie plötzlich ihren siebzehnjährigen Freund erblickte.

»Jan, was machst DU denn hier? Ich dachte, du hättest heute Fußballtraining?«, maulte sie und schaute ihn aus kleinen müden Augen an.

»Hatte ich auch. Aber so geht's nicht weiter, Sonja!«

Er setzte sich zu ihr auf die Bettkante.

»Was meinst du mit ›so geht's nicht weiter‹? Ich verstehe nur Bahnhof!«, entgegnete Sonja und wusste nicht, worauf er hinauswollte.

»Wir sind jetzt seit drei Monaten ein Paar und küssen uns nur. Ich weiß einfach nicht, wie ich dir begegnen soll. Du bist so anders als die Mädels aus der Schule.«

»Anders? Du meinst tollpatschig, fett und nicht gerade so, wie man sich eine Freundin vorstellt«, antwortete sie provokant. Normalerweise hätte sie kein Wort über die

Lippen gebracht und reagierte meist schüchtern. Aber Sonja war in Jan nun einmal verliebt und außerdem war er der erste Junge, der sich überhaupt für sie interessierte.

»Nein, das ist es nicht«, meinte der junge Mann lächelnd. »Du wirkst immer so kühl.«

»Kühl?«, kam es zögerlich über ihre Lippen.

Jan besah sich Sonjas Rundungen genauer, die das Handtuch erahnen ließ.

Als sie seine Blicke bemerkte, zog sie erschrocken die Bettdecke über sich.

»Warum tust du das?«, murmelte er leise.

»Weil ich mich schäme.«

»Das musst du nicht!« Er strich langsam die Decke hinunter, bis das Handtuch wieder zum Vorschein kam.

Sonja stockte der Atem. Bislang hatte sie kein Junge derart leicht bekleidet gesehen und das sollte vorerst auch so bleiben. So hoffte sie.

Mit der flachen Hand strich Jan über ihre zarte Haut, glitt an ihrem Hals entlang und berührte ihre Lippen. Immer wieder zeichnete er sie nach, als wäre er ein Künstler auf der Suche nach dem idealen Bild. Vorsichtig kam er ihrem Kopf näher, umfasste ihre Schläfen mit seinen flachen, warmen Händen und legte zaghaft seine Lippen auf die ihren.

Sonja schloss die Augen, blinzelte und gab sich den Küssen hin.

Liebevoll strich Jan eine dunkle Locke von ihrer Stirn, streichelte die Wange und legte sich neben sie. Wenig später glitt er mit der Hand über ihren Bauch.

Sonja wurde puterrot und konnte sich vor Aufregung nicht bewegen. Ihr Atem stockte und das Herz raste. *Oh Gott, ich bekomme gleich einen Herzkasper.*

Mit wachem Blick schaute Jan an Sonjas Körper hinab und wollte ihr das Handtuch öffnen.

»Nicht, Jan, bitte nicht!«, wehrte sie ab und vergrub ihre Hände in seinem blonden Schopf.

Jan hielt inne und schaute sie überrascht an.

»Was hast du? Ich wollte dich doch nur ansehen.«

»Aber doch nicht dort!«, empörte sich Sonja und riss ihre Augen weit auf.

»Sonja, gerade dort! Weißt du, wie oft ich mir das gewünscht habe?«

»Ich bin aber nicht so eine, Jan«, schimpfte sie und riss sich die Bettdecke über ihren Körper.

Jan wusste, worauf sie hinauswollte, denn immerhin eilte ihm ein gewisser Ruf voraus. Doch bei Sonja war das anders, das wusste er. Er spürte ihre Unerfahrenheit und das reizte ihn nur umso mehr. »Nein, das bist du nicht! Für mich bist du etwas Besonderes und wenn du nicht magst, lasse ich das.«

Schweren Herzens unterbrach Jan sein Tun und schmiegte seinen Kopf an den ihren. Unter anderen Umständen käme er jetzt erst richtig in Fahrt. Er wusste, was seine Worte bei ihr bewirkten, und köderte sie damit.

»Ähm … na ja ich mein ja nur«, druckste Sonja und wollte nicht wie ein kleines Mädchen dastehen. »Ich möchte es doch auch«, flüsterte sie mit kindlichem Tonfall und schaute ihn aus großen mandelbraunen Augen an.

Jan nickte ihr lächelnd zu, erhob sich vom Bett und war gerade im Begriff, sich auszuziehen, als Sonja ihn lautstark davon abhielt: »Aber nicht heute! Außerdem ist meine Mutter im Haus.« *Er hat mich wohl falsch verstanden.*

Der junge Mann fühlte sich ertappt. Mit verzerrter Miene drehte er sich von Sonja weg. Er zog seine Jeans wieder hoch, schloss die Knöpfe seines Hemdes und steckte es zurück in die Hose.

»Hast ja recht. Ich dachte, du wolltest es auch. Okay, wir

werden warten«, gab er mit einem hörbar verärgerten Unterton von sich. Dennoch bemühte er sich um Freundlichkeit und setzte zögerlich nach: »Ich geh dann mal. Sehen wir uns morgen auf Bodos Sommerfest?«

Sonja schaute überrascht geradeaus und zauberte ein verlegenes Lächeln auf ihre Lippen. *Sollte ich mich in ihm getäuscht haben?* »Ja klar«, antwortete sie und brachte Jan zu ihrer Zimmertür. *Dass Bodo mich überhaupt eingeladen hat, wundert mich. Normalerweise gibt der sich mit so einem Landei wie mir doch gar nicht ab. Bestimmt hat ihn Jan erst dazu überreden müssen. Sie sind dicke Freunde und gehen in dieselbe Klasse.*

*Mist, so hatte ich mir den Abend aber nicht vorgestellt,* dachte Jan, als er das Haus verließ und wenig später davonradelte.

# 1. Zwei Tage bis zu den Sommerferien

Es war einer dieser sonnigen Tage. Die Vögel zwitscherten und das angenehme Geplauder von Familie Necke drang zu Sonja hinauf auf den Balkon. Sie genoss den Nachmittag und schaute versonnen hinüber auf die Straße, die von Zeit zu Zeit von Radfahrern frequentiert wurde. Bei kalter Limonade und einem Liebesschmöker ließ es sich wunderbar unter der Markise aushalten. *Jan hat mich geküsst. Herrlich. Und was ist, wenn er mehr von mir will? Sollte ich? ... Oder sollte ich nicht? ... Wenn das meine Eltern mitkommen, gibt es großen Ärger. Papa hält mich dann sicherlich für ein Flittchen und von Mama mal ganz zu schweigen. Wenn Jan mich mag, wird er warten.*

Es waren noch zwei Tage bis zu den lang ersehnten Sommerferien. Obwohl Sonja wusste, dass sie ihre Ferien zu Hause verbringen würde, freute sie sich riesig auf diese Zeit. Zwar hatte sie dann verstärkt ihrer Mutter bei der Hausarbeit zu helfen, doch das kannte sie seit ihrer Kindheit ohnehin nicht anders. Die Mutter fand immer eine Tätigkeit, mit der sie die Tochter beizeiten aus dem Bett scheuchen konnte. Lediglich der Sonntag gehörte ihr. Außerdem war da noch diese Party, auf die sich die Fünfzehnjährige überhaupt nicht freuen konnte. Nur dieses Mal war alles anders. Zum ersten Mal in Sonjas Leben interessierte sich ein Junge für das scheue Mädchen und nahm es sogar wahr. Für ihre Eltern war Sonja doch nur Luft, zumindest empfand sie das so. Sonja beschloss, entgegen ihrer Lust, auf das Fest zu gehen, und verbrachte den restlichen Nachmittag vor ihrem Spiegel.

Sie probierte etliche Kleidungsstücke an, legte Tücher um ihren Hals, betonte die Lippen, schminkte sie wieder ab, zog ihre Augenbrauen nach, fand das jedoch zu aufreizend und begann wieder von Neuem. Mit dem Ergebnis, sich in eine ganz gewöhnliche Jeans und eine nette legere Bluse mit dezent tiefem Ausschnitt zu zwängen. Ganz schlank war sie nicht. Nein. Die Bezeichnung vollschlank traf eher auf die Fünfzehnjährige zu. Ihr süßes Gesicht, die großen mandelbraunen Augen und die lustig schwingenden Locken, die sie bevorzugt schulterlang trug, machten sie jedoch zu einer liebenswerten und anziehenden jungen Frau. Und nicht selten bemerkte Sonja das auch in den Augen der jungen Burschen. Sie hatte etwas. Nur, was es war, wusste sie noch nicht.

Die Stunden vergingen und Sonja wurde zusehends nervöser. Ein leichtes Zittern durchflutete ihren Körper, das allerdings schnell wieder nachließ.

Es klopfte an ihrer Zimmertür.

»Ja bitte«, entgegnete Sonja und ahnte bereits, wer es war.

Sonjas Mutter stand in der Tür, lächelte verlegen und musterte die Tochter. Wie es schien, gab es an ihrem Outfit nichts auszusetzen.

»Sieht gut aus, meine Kleine. Das ist deine erste Party, weißt du das?«

Sonja nickte und presste ihre Lippen aufeinander. »Ich weiß, Mama.«

»Pass auf dich auf, und halt dich vom Alkohol fern! Dein Vater holt dich gegen dreiundzwanzig Uhr wieder ab. Und bitte sei pünktlich! Du weißt, wie er Unpünktlichkeit hasst.«

»Ja Mama, ich weiß«, entgegnete Sonja genervt. Es schien gerade so, als bräuchte sie diese Art von Sprüchen mindestens einmal täglich, um als treu sorgende Mutter zu brillieren. »Kann ich dann jetzt fahren?« Sonja rollte mit den Augen.

»Ja, kannst du. Und vergiss nicht, pünktlich zu sein!«

Sonja ergriff ihre dunkelblaue Strickjacke, schulterte die Umhängtasche und gab der Mutter noch einen schnellen Kuss auf die Wange. Danach verließ sie das Haus und begab sich schnurstracks zur Bushaltestelle in Richtung Wiehre, einem Freiburger Stadtteil, welcher sich südlich der Altstadt auf der gegenüberliegenden Seite des Flusses Dreisam erstreckte. Alte Villen, Stadthäuser und hübsche alte Mietshäuser in ruhiger mondäner Lage machten diesen Stadtteil zum beliebtesten und teuersten von Freiburg überhaupt. Wer sich hier eine Immobilie leisten konnte, hatte entweder Geld oder gehörte zu einer privilegierten Schicht von Erben, wie etwa Familie von Klausen.

Wie jedes Jahr veranstaltete der jüngste Spross, Bodo von Klausen, ein Sommerfest in der elterlichen Villa, während diese die beschauliche Ruhe Mallorcas bevorzugten. In ihrer kleinen Finca unweit von Palma de Mallorca genoss das Ehepaar seine Zweisamkeit und erholte sich vom strapaziösen Alltag Freiburgs.

Als Sonja schließlich nach einer guten halben Stunde Busfahrt sowie ein paar Metern Fußweg die Villa erreichte, blieb sie wie erstarrt davor stehen. *Wow*, dachte sie. *Und hier leben nur drei Personen? Dagegen ist unser Haus winzig. Außerdem wohnt Oma im Untergeschoss.*

Aus dem Gebäude drang laute Musik. *Blue Monday '88* der Rockgruppe New Order, bemerkte Sonja sofort.

Während die junge Frau noch vor dem alten Gemäuer sinnierte, schubste sie jemand beiseite. Beinahe wäre Sonja gefallen, hätte sie nicht eine helfende Hand gehalten.

»Hoppla, Sonja. Träumen kannst du später«, vernahm sie eine ihr bekannte Stimme. Es war Jan in Begleitung von zwei Burschen etwa in seinem Alter. Die beiden schauten zu Sonja und fragten, ob sie auch auf die Party wolle.

Sonja nickte verdrossen und entgegnete scharf: »Klar, warum denn nicht?« *Blödmänner.*

»Jungs, *die* gehört zu mir. Darf ich vorstellen? Sonja, aus der Zehnten.« Er meinte damit die zehnte Klasse des Goethe-Gymnasiums, das Sonja genau wie Jan besuchte.

Mürrisch reichten die beiden Sonja die Hand und zogen Jan unfreundlich mit sich.

»Komm, lass uns gehen! Wir haben Durst«, maulte einer von ihnen und strich durch sein kurzes, welliges Haar.

»Geht schon mal vor!«, antwortete Jan und griff gleichzeitig die Hand von Sonja. »Na dann, begeben wir uns mal in die Höhle des Löwen.« Er lächelte ihr zu und zeigte seine wohlgeformten Zähne.

Sonja ließ sich mitreißen und ahnte nicht, wie Jans Worte sich bewahrheiten sollten. Hätte sie es gewusst, wäre sie wohl umgekehrt. Dennoch beschlich sie ein ungutes Gefühl, das mit einem stechenden Schmerz einherging.

Wie ein kleines Mädchen folgte sie Jan, seine Hand haltend, in die Villa.

Die Musik wurde lauter.

Das Gelächter rückte näher. Das Haus war voller junger Leute.

Die Luft war geschwängert von Zigarettenqualm.

Aus der Ferne zwängte sich Bodo an den umherstehenden Jugendlichen vorbei und lief den beiden entgegen. »He Jan, toll, dass du da bist«, rief Bodo, sich langsam auf die beiden zubewegend, und schenkte Sonja nur ein wortkarges »Hallo!« Dem Freund aber legte er seinen Arm lächelnd auf die rechte Schulter. »Was wollt ihr trinken? Gin Tonic, Bacardi Cola? Wir haben alles da.«

Jan schaute erwartungsvoll in Sonjas Augen.

Unentschlossen meinte diese: »Weiß nicht. Ich nehme dasselbe wie du.«

Jan verschwand mit Bodo in Richtung Bar und ließ Sonja für einen kurzen Augenblick zurück, derweil sie den beiden hinterherschaute und sich bereits jetzt schon alleingelassen fühlte. Die Jugendliche kannte hier kaum jemanden. Und mit den wenigen, die sie erkannte, hatte sie noch nie gesprochen. Sie waren älter und gingen auf die gleiche Schule. Jedoch viel Zeit für Grübeleien blieb Sonja nicht, denn kurz darauf stand Jan wieder neben ihr. Er reichte ihr ein Glas mit bläulich schimmernder Flüssigkeit sowie Eiswürfeln und Limettenscheiben.

»Danke! Was ist das?«, fragte Sonja und nahm ihm das Glas ab.

»Probier! Schmeckt dir bestimmt.«

Sonja nahm einen großen Schluck und fand Gefallen an der Köstlichkeit. »Alkohol?«

»Klar, was dachtest du denn? Und wie schmeckt dir der Gin Tonic?«

Die junge Frau leckte über ihre Lippen und nahm einen weiteren Schluck. »Echt gut, genau das Richtige bei dieser Hitze«, antwortete sie und pustete eine Locke von der Stirn. Sodann goss sie die Köstlichkeit die Kehle hinab. Es schien, als wollte sie sich Mut antrinken.

»Siehst du, alles nicht so schlimm. Na, magst du noch einen?«, fragte Jan schmunzelnd und entnahm aus Sonjas Kopfnicken ihre Zustimmung.

Der junge Mann drehte auf der Stelle um und verschwand, während Sonja den Alkohol bereits in ihrem

Körper verspürte. Wahrlich, schlecht fühlte sich das nicht an. Sogleich kam ihr alles leichter vor und der Zustand des Wartens machte ihr nichts mehr aus.

»Na, so alleine?«, hörte sie eine männliche Stimme dicht neben sich und fühlte gleichzeitig einen Arm um ihre Hüften.

Das Mädchen erschrak, entzog sich der Umklammerung und suchte verzweifelt ihren Freund.

Wieder rückte ihr der Bursche auf die Pelle, bis er unsanft von Jan, zwei Gläser haltend, beiseite gedrängt wurde. »Lass sie in Ruhe!«, schimpfte er und reichte seiner Freundin ein Glas. Danach packte Jan Sonjas Hand und zwängte sich mit ihr durch die Menge. »Schauen wir nach einem ruhigeren Örtchen.« Jan schenkte Sonja ein Lächeln.

Vor einer weiß getünchten Tür blieb der Junge stehen, drückte vorsichtig die Klinke hinab und schob sich mit Sonja in das angrenzende Zimmer, in dessen Mitte ein riesiges französisches Bett mit gold-schwarz gestreifter Seidenbettwäsche stand. Die Einrichtung wirkte aufgrund ihrer goldgerahmten Bilder und dem edel wirkenden Mobiliar mondän.

»Oh wie hübsch«, rief Sonja erstaunt. »Hast du in so einer Bettwäsche schon mal geschlafen?«, fragte sie naiv.

»Nein, aber wir könnten es doch mal ausprobieren«, murmelte Jan.

Sonja schaute ihn ungläubig an. »In einem fremden Bett? Das gehört sich nicht.« Sie nahm einen Schluck aus ihrem Glas und stellte es auf einen der Nachttische. Neugierig berührte sie die seidene Bettwäsche und glitt vorsichtig mit der flachen Hand darüber hinweg. »Fühlt sich kalt an.«

Im gleichen Moment spürte sie ein leichtes Pusten entlang ihres Nackens. Sonja zuckte zusammen und bekam eine Gänsehaut. Röte stieg in ihr Gesicht. Sie schämte sich.

Alleine mit einem Jungen zu sein, und das in einem fremden Zimmer, war ihr sichtlich unangenehm.

Jan umfasste ihre Hüften, drehte Sonja zu sich herum und presste sie sanft auf das fremde Bett. Gleichzeitig küsste er sie, in etwa so, wie sie es sich in ihren Träumen für das erste Mal immer vorgestellt hatte. Ohne Hektik und ohne jedes Gedränge. Dieser eine Moment, den man so schnell nicht vergessen sollte.

Sonja vergaß Raum und Zeit. Der Alkohol tat sein Übriges. Alles, was sie sich zurechtgelegt hatte, warf sie nun über Bord und erwiderte Jans Verlangen. In Windeseile hatte er sie ausgezogen, und wenig später gab sie sich ihm hin.

Sie keuchte vor Lust und stöhnte vor Leid.

Anfangs fühlte sie noch einen drückenden Schmerz, der allmählich nachließ. Weiß Gott, schön war das nicht, jedoch der Moment schien der Richtige zu sein. Sonja hatte ihren Liebsten nun ganz für sich. Selbst die laute Partymusik, die bis ins Zimmer dröhnte, störte die sich Wälzenden nicht. So eng umschlungen waren sie.

Mitten im Liebesakt krachte jemand lautstark gegen die Schlafzimmertür, hielt kurz inne und donnerte erneut dagegen.

Die beiden Liebenden unterbrachen ihr Tun und warfen die Bettdecke über sich.

»Was ist das?«, fragte Sonja erschrocken und blickte wie erstarrt zur Tür.

»Keine Ahnung, anscheinend ist jemand dagegengefallen. Die Volltrottel sind bestimmt alle schon besoffen. Ich schaue mal nach«, entgegnete Jan im Flüsterton. Er stand auf und begab sich zur Tür. Doch der Tumult hatte sich zwischenzeitlich wieder gelegt, sodass er beruhigt ins Bett zurückkehren konnte.

»Na meine Süße, hat's dir gefallen?«, erkundigte er sich und entdeckte die kleine Blutlache auf dem Laken. »Dein erstes Mal?«, fragte Jan besorgt nach und steckte das gebrauchte Kondom in seine Jeanshosentasche.

»Ja! Schlimm?« *Schwanger werde ich auf alle Fälle nicht.*

»Nein, aber das hättest du mir ruhig sagen können. Dann wäre ich noch behutsamer gewesen.« Er streichelte Sonja liebevoll über ihre Wange und schenkte ihr einen Kuss.

»Mir hat's gefallen. Tat nur ein bisschen weh.« Insgeheim war sie glücklich, es endlich getan zu haben. Ihre Eltern mussten ja nichts davon wissen. »Macht ganz schön durstig«, sagte sie lächelnd und schaute Jan mit verklärtem Blick an.

»Warte! Ich hol uns was.« Jan zog sich rasch an und huschte aus dem Zimmer.

Sonja war erschöpft und wollte sich ausruhen. *So fühlt man sich also im siebenten Himmel. Allerdings ohne diesen Schweißgeruch.* Die junge Frau rümpfte die Nase und schmiegte sich in die seidene Decke.

Plötzlich ging die Tür auf und zwei Jungen standen unvermittelt im Raum. Der eine war Bodo von Klausen, den anderen kannte sie nicht.

Sonja erschrak.

Überrascht setzte sich das Mädchen aufrecht aufs Bett, quetschte vor Angst die Bettdecke bis unter die Nasenspitze und getraute sich kein Wort zu sagen. Wahrscheinlich kamen sie nur zufällig herein und verschwanden auch gleich wieder.

Die Jugendlichen wirkten stark alkoholisiert und schwankten dazu. Dem Schmächtigeren schaute das Hemd aus der Hose, das er ungelenkerweise mit einer Zigarette in der Hand ordnete. Es gelang ihm nicht. Stattdessen ließ er die Zigarette fallen und trat sie auf dem Parkettboden aus.

Der Dickere, Bodo, schielte ein wenig, fuhr mit der Hand durch sein zerzaustes Haar und begann lautstark zu pöbeln: »He du Schlampe, was machst du im Bett meiner Eltern? … Hä?« Er schwankte, stolperte vorwärts und richtete sich wieder auf.

»Tut mir leid«, begann Sonja zu drucksen und hoffte insgeheim, dass Jan alsbald kommen würde. »Ich zieh mich an und dann …« Doch zum Weitereden kam sie nicht, weil Bodo, der sich inzwischen neben sie auf die Bettkante gesetzt hatte, die Decke ergriff und ihr vom Körper riss.

Sonja war starr vor Angst, zitterte.

Panik durchfuhr die junge Frau und sie kämpfte mit den Tränen.

»He schau mal, die ist ja vollkommen nackt!«, begann Bodo zu lallen und schielte hinüber zur Tür. »Hardy, schließ zu!«

Harald, den man nur Hardy nannte, gehorchte prompt. Er war einer dieser Mitläufer, ein wenig ungelenk und sich immer mit den anderen Mitschülern messend. Eigentlich war er ein guter Schüler und besuchte wie Bodo die elfte Gymnasialklasse. Doch leider fehlte es ihm an Ausdauer um sich konsequent auf die Schule zu konzentrieren. Für ihn waren andere Dinge wichtiger, wie etwa mit den Kumpels herumhängen oder in die Diskothek gehen.

Sonja wollte schreien.

Aber Bodo kam ihr zuvor und presste seine Hand auf ihren Mund.

Ihre Augen waren weit geöffnet und voller Tränen. *Wo bleibt nur Jan? Oh Gott, bitte hilf mir! Bitte,* flehte sie. *Mach, dass sie verschwinden. Bitte!*

»Kleines Miststück, du nimmst mir Jan nicht weg.

Vorher verpass ich dir einen Denkzettel, den du dein Leben lang nicht vergessen wirst.« Bodo hasste alle Mädels, mit denen sich Jan abgab. Die beiden waren seit der Kindheit beste Freunde und verbrachten ihre gesamte Freizeit miteinander. Aber seit Jan mit Sonja zusammen war, hatte sich vieles geändert. Die Freunde trafen sich nur noch selten, und ständig redete Jan nur von ihr.

Bodo legte sich mit seinem gesamten Körpergewicht auf die junge Frau, umfasste ihre Handgelenke und drückte sie ihr über den Kopf. Seine andere Hand presste er auf ihren Mund. »Hol mal ein Tuch aus dem Kleiderschrank!« Mit dem Kopf wies er zum Schrank seiner Mutter, den Hardy öffnete. Im Anschluss knebelte er Sonjas Mund. »Und jetzt binde ihre Arme zusammen!«, forderte Bodo bedingungslos und bat den Jungen um ein weiteres Tuch. Hardy gehorchte.

Sonja schüttelte sich. Mit Leibeskräften versuchte sie, ihren Peiniger abzuwerfen. Vergebens. Er war stärker und kräftiger dazu.

»Halt still!«, zischte Bodo, während er seine Hose öffnete.

Die junge Frau bäumte sich wieder und wieder auf. Sie versuchte zu schreien. Doch Bodo hatte sie fest im Griff.

Er lachte gehässig, unterdessen Sonjas Augen von Furcht gezeichnet waren. Gewaltsam schob Bodo sich zwischen ihre Schenkel, penetrierte Sonja und bewegte sich ein paar Male auf ihrem zitternden Körper. Mit einem lauten röhrenden Schrei vollendete er sein widerliches Werk. »Geschieht dir recht, du kleines Flittchen«, keuchte er und befahl den anderen zu sich. »Und jetzt du!«

Harald fühlte sich bei dem Gedanken, jemandem Leid zuzufügen, sichtlich unwohl. Er haderte mit sich, wusste, dass er Unrecht begehen würde. Andererseits ging er davon aus, dass er in Bodos Gunst endlich steigen würde und hoffte auf dessen Freundschaft.

Mit Widerwillen folgte er seiner Anweisung, missbrauchte ebenfalls die junge Frau und erteilte ihr eine abschließende Ohrfeige. »Hättest uns nicht anmachen dürfen.« In seinem Inneren fühlte er nunmehr keine Reue und er nahm das Unrecht als selbstverständlich hin.

Auf Sonjas Gesicht zeichnete sich die Hand des Jungen ab. Sie wurde rot.

»Toll gemacht, Hardy!«, lobte Bodo den anderen und schnalzte mit der Zunge. Im Anschluss lockerte er die Fesselung und gab das Mädchen wieder frei. »Zu keinem ein Wort! Sonst mache ich dich kalt. Jan hat recht. Du bist nur ein kleines dummes Mädchen. Glaubst du tatsächlich, dass er was von dir will?«

Im selben Moment bewegte sich die Türklinke und man vernahm die Stimme von Jan. »Sonja, mach auf! Ich bin's.«

Unterdessen stiegen die Vergewaltiger aus dem Fenster und sprangen einen Meter hinab in den Garten, derweil Sonja wie erstarrt auf dem Polsterbett liegen blieb.

»Mach auf, Sonja!«, kam es fordernder von Jan.

Unter Schmerzen schleppte sich die junge Frau zur Tür, öffnete sie und quälte sich zurück ins Bett.

Jan, der von alledem nichts mitbekommen hatte, glaubte, seine Freundin wäre noch immer vom vorangegangenen Liebesakt erschöpft. Doch was sich danach tatsächlich ereignet hatte, war das Niederträchtigste überhaupt. Sonja wurde an diesem Abend ihrer Seele beraubt.

Die junge Frau zog sich wie versteinert an und verließ anschließend die Villa. Zudem war es kurz vor 23.00 Uhr und Zeit zum Gehen.

Jan begleitete Sonja noch bis vor die Tür und suchte vergeblich das Gespräch. Aber sie wich ihm aus. Stattdessen wollte sie nur noch alleine sein und auf ihren Vater warten.

Auf Jungen sei er ohnehin nicht gut zu sprechen, meinte sie, während der junge Mann sich nichts dabei dachte. Nachdenklich entließ er Sonja in die milde Sommernacht. *Vielleicht hätten wir noch warten sollen,* sinnierte er und kehrte zurück zu den anderen.

## 2. Winter 1988

Nach der Vergewaltigung war Sonja nicht mehr die, die sie einmal gewesen war. Sie wurde zusehends ruhiger, trennte sich gleich nach dem Vorfall von Jan und vergrub sich in ihre Bücher. Mit den Eltern konnte sie über das grausame Erlebnis nicht sprechen und ihre Freundin erschien ihr zu jung. Also blieb sie auf sich gestellt und hoffte, alsbald alles vergessen zu können. Doch so einfach war es nicht. Albträume plagten sie, und die Erinnerung wollte nicht aus dem Gedächtnis weichen. Daher suchte sie Trost im übermäßigen Fernsehschauen und täglichen Bettwäschebeziehen, im Glauben, die widerlichen Alkoholfahnen der beiden Jugendlichen, die sie vergewaltigt hatten, wegzuwaschen. Doch nichts half. Zu allem Überfluss blieb ihre monatliche Periode aus.

Schwanger?

Nein!

Auf keinen Fall.

Erwartungsvoll sehnte sie ihre *Tage* herbei. Doch sie blieben aus. Stattdessen legte Sonja an Gewicht zu und ihre Brüste wurden ausladender. Außerdem hatte sie mit den hämischen Bemerkungen ihrer Mutter zu kämpfen, die sie für stark übergewichtig hielt.

Um endlich Gewissheit zu haben, kaufte sich Sonja einen Schwangerschaftstest und probierte ihn daheim sogleich aus. Sein Ergebnis war eindeutig. Zwei senkrecht verlaufende rosafarbene Streifen – schwanger!

Aus Angst schwieg sie die nächsten Wochen über und hoffte, dass sich das Problem irgendwie von selber lösen würde. Doch dem war nicht so. Langsam ließ sich auch mit weiten Blusen und Pullovern der kleine rundliche Bauch nicht mehr verdecken. Ein paar Tage vor Weihnachten fand sie dann den Mut, es ihrer Mutter zu beichten.

Die Reaktion der Eltern war eine andere als die, die sie sich erhofft hatte. Eine Abtreibung kam für die beiden sehr Gläubigen nicht infrage. Außerdem war die Tochter bereits im fünften Monat schwanger. Frau Fischer, die Mutter von Sonja, meldete ihre Tochter gleich am nächsten Tag von der Schule ab und begründete ihren Schritt mit einem einjährigen Schüleraustausch in Schottland. Danach schickte man Sonja zu ihrer Tante nach Berlin, wo sie das Kind bekommen sollte, um es später zur Adoption freizugeben. Die Eltern ließen dem Teenager keine Wahl, entweder sie fügte sich oder sie behielt das Kind und war dann auf sich gestellt. Sonja gab sich ihrem Schicksal hin, gebar das Mädchen am 02. Mai 1989 und ließ es sich wieder nehmen. Seither hatte sie ihre Tochter nie wieder gesehen. Insgeheim nannte Sonja die Kleine Maja, weil sie im Wonnemonat Mai geboren worden war. Zu jener Zeit ahnte die Jugendliche noch nicht, welche Auswirkungen die Adoption auf ihr späteres Leben haben würde.

Über die tiefe körperliche und seelische Demütigung, die Sonja tatsächlich in der Villa der Familie von Klausen erlitten hatte, verlor sie ihren Eltern gegenüber nie ein Wort. Sie erzählte ihnen lediglich, dass sie bei ihrem ersten sexuellen Erleben mit Jan kein Kondom benutzt hatte. Letztendlich war es den Eltern egal, wie sie zu dieser Schande, noch vor der Ehe, gekommen war. Das Kind konnte nicht bleiben.

Die Monate vergingen.

Es wurde Sommer.

Sonja kehrte in ihr Elternhaus zurück und ging im Herbst wieder aufs Gymnasium, während auch in Freiburg die Zeit nicht stehen geblieben war. Jan, Bodo und Harald hatten inzwischen das Abitur abgelegt und zogen in unterschiedliche Orte, um zu studieren.

# Siebenundzwanzig Jahre danach

# 3. Samstag, 23. Juli

Manche waren bereits eins geworden mit der Natur. Im grün gefilterten Sonnenlicht hoben sich ihre zerstreuten Knochen kaum mehr vom Unterholz ab. Es waren Maden und Fliegen, die uns sagten, dass ein Körper bereits seit Wochen im Unterholz lag.

Diese kleinen, winzigen Verräter, die Aufschluss über einen Todeszeitpunkt gaben. Verräter, die wir nicht mochten, weil sie in verdorbenen Nahrungsmitteln, menschlichem Gewebe, Aas und Kot brüteten. Sie brummten, nervten und übertrugen Krankheiten, zudem waren sie lästig und unappetitlich.

Und wem nützten sie dann?

Sie waren der Quell der Wahrheit!

Anhand ihrer Besiedlung in einer Leiche ließen sich Rückschlüsse auf den Todeszeitpunkt, oft auf den Tag genau, geben. Sie besiedelten einen Kadaver in zeitlich gestaffelten Wellen und unterschiedlichen Phasen. Aus dem Besiedlungsmuster sowie der Larvengröße konnte der geübte Experte für forensische Entomologie die sogenannte Liegezeit einer Leiche an einem Ort oder gar die gesamte Liegezeit seit der Insektenbesiedlung abschätzen.

Musste man sie deshalb mögen, diese grünen und brummenden Monster?

Wohl kaum!

Wer kannte das nicht, wenn die Plagegeister herumschwirrten und wir sie mit der Hand nicht schnappen konnten, weil sie davonflogen. Oder sie sich dort niederließen, wo wir es gar nicht mochten. Wie etwa auf dem sommerlichen Grillteller. Außerdem war da noch ihr lästiges Brummen, das man bereits aus der Ferne wahrnahm, wie an diesem Julitag.

Ein dumpfes nicht enden wollendes Brummen drang aus dem Unterholz, das hörbar lauter wurde, je näher man dem unbekannten Quell rückte. Ein Schwarm Insekten peitschte durch die Luft. Dazu der abstoßende Geruch, der selbst der kleinen schwarzen feuchten Nase, welche gerade am Geäst herumschnüffelte, zuwider war. Mit lautem Gebell tat der Hund es seinem Besitzer kund. Er hatte wohl etwas gewittert.

»Benny, was ist los?«, rief eine männliche Stimme dem aufgebrachten weiß-braunen Jack Russell Terrier entgegen. »Hast wohl wieder eine Maus gefunden? Lass sie liegen und komm!«

Doch Benny hörte nicht auf zu bellen. Irgendetwas stimmte nicht.

Der Mann im lässigen Poloshirt und passend blauen Bermudashorts näherte sich seinem Hund und vernahm bereits den widerlichen Gestank. Es roch nach Käse, gerade so, als hätte man ihn zu lange in der Wärme liegen gelassen. Zunächst glaubte der Hundehalter an ein totes Tier, wie etwa einem Reh oder einem Vogel. Auch die Überbleibsel eines Picknicks oder gar einer verrichteten Notdurft waren denkbar. Alles schien möglich.

Benny stand vor einem kleinen Berg zusammengesuchter Äste und bellte noch immer. Anscheinend hatte hier jemand etwas verstecken wollen, sich aber mit dem Auftürmen des Holzes nicht allzu viel Mühe gemacht. Womöglich hatten Kinder eine Höhle bauen wollen.

Der Mann näherte sich dem Hund und blieb vor dem zusammengetürmten Gehölz stehen. Neugierig hob er einen

Zweig auf und stocherte in den Ästen herum, bis plötzlich ein stark verschmutzter Fuß zum Vorschein kam. Gebannt blieb der Spaziergänger vor seinem ungewöhnlichen Fund stehen, schaute darauf und trat vorsichtig einen Schritt näher heran. Angstbehaftet, was jetzt wohl kommen möge, legte er mit seinem Stock ein dunkel verfärbtes Bein frei. Zweifelsohne, es war das nackte Bein einer jungen Frau, wie er unschwer feststellen konnte. Erschrocken ließ er den Ast fallen, stolperte rückwärts und schrie kurz auf. Nach rascher Besinnung griff er schließlich zum Handy und setzte einen Notruf ab. Offensichtlich war sie tot.

***

Nadine hatte sich für diesen herrlichen Sommertag nichts Besonderes vorgenommen. Sie wollte ausspannen und hatte es sich am Konstanzer Strandbad *Hörnle* mit einem guten Buch auf ihrer Decke bequem gemacht. Wie gerne hätte sie ihr Handy nur einmal daheim gelassen, aber in ihrem Job als Kripobeamtin der Mordkommission war dies schier unmöglich. Dennoch stellte sie es entgegen den Vorschriften stumm.

Im knappen roten Bikini hatte sie sich auf den Bauch gelegt, die Beine keck angewinkelt und ließ sie leicht hin und her wippen. Gleichzeitig genoss sie ihr humorvolles Buch, das ihr immerzu ein Lächeln abverlangte.

***

In der Zwischenzeit ging der Notruf des Spaziergängers im Konstanzer Polizeirevier ein.

Selzer, der leitende Beamte der Mordkommission erfuhr als Erster davon und alarmierte umgehend sein Ermittlerteam, Rudolf Hufnagel, Tilo Hübner und Nadine Andres. Hufnagel und Hübner erreichte er sofort, seine Kollegin aber nicht. Ihr Handy klingelte, doch sie nahm nicht ab.

Selzer schickte seine Männer zum Fundort der Leiche, der nach Angaben des Hundebesitzers nahe der Marienschlucht – auf der Gemarkung Allensbach und Bodmann-Ludwigshafen – im Landkreis Konstanz lag. Laut Polizei bestand in der Schlucht derzeit akute Lebensgefahr, nachdem im Juni des vergangenen Jahres ein größerer Erdrutsch den Seeuferweg verschüttet hatte. Die Leiche aber lag abseits der Schlucht in einem gut passierbaren Waldstück.

Inzwischen trafen dort die Spurensicherung sowie die Kollegen der Kripo ein. Man machte sich umgehend an die Arbeit und sperrte das Gebiet großflächig ab. Aufgrund der jetzt herrschenden Ferienzeit wimmelte es nur so von Schaulustigen und auch das schöne Wetter tat sein Übriges.

***

Nadine sonnte sich noch immer, als sie plötzlich einen Schatten neben sich bemerkte. Erschrocken drehte sich die junge Frau zur Seite um und erkannte zunächst nur eine Männergestalt. Die Sonne blendete sie, bis sie allmählich den Mann an ihrer Seite wahrnehmen konnte.

»Daniel? Was machst du denn hier?«, fragte sie irritiert nach und ahnte Schlimmes. Ihr Vorgesetzter mochte Nadine, aber würde er so weit gehen, sie an ihrem freien Tag aufzusuchen? Wohl kaum. Zu oft hatte sie ihm schon erklärt, dass sie prinzipiell nichts mit einem Kollegen anfangen würde. *Schnaps sei Schnaps und Job sei Job*, war ihre Auffassung von Arbeit. Und seitdem sich Daniel daran hielt, funktionierte die platonische Beziehung der beiden bestens.

»Es gibt Arbeit, Nadine.«

»Um mir das zu erzählen, kommst du extra hierher? Hättest mich auch anrufen können.«

Daniel schlug die Arme vor seiner Brust übereinander und meinte: »Dann schau mal auf dein Handy!«

Nadine fühlte sich ertappt, kramte das Handy aus der blau-weiß gestreiften Badetasche hervor und schaute auf das Display. *WAS? Zehn Mal!* »Oh, muss ich wohl überhört haben«, erklärte sie kleinlaut und bekam obendrein ein schlechtes Gewissen. »Woher wusstest du, dass ich hier bin?« Im selben Moment kannte sie auch schon die Antwort. *Handy-Ortung!* »Dir ist aber schon klar, dass es illegal ist? … Andererseits, will ich es gar nicht wissen.«

*Auch besser so, sonst stellt sie das GPS noch ab.* »Ich denke, wir sind quitt. Dein Handy auszuschalten, verstößt ebenfalls gegen die Vorschriften.« Der junge Mann betrachtete seine Kollegin genauer. »Soll ich dir beim Anziehen helfen?«, fragte er kess und ließ seine Augen auf ihrem wohlproportionierten Körper entlangwandern. *Hübsches Figürle, kann man nicht meckern.*

Erst jetzt bemerkte die junge Frau, dass sie halb nackt vor ihm lag. Normalerweise störte sie dieser Zustand nicht. Doch bei Daniel war das anders. Zwar zeigte sie ihm regelmäßig die rote Karte, aber ein bisschen flirten ging immer. Nadine genoss Selzers Begehren und kokettierte damit.

»Wag es nicht, das kann ich schon alleine!«, maulte sie.

Hastig zog Nadine ihr luftig bunt geblümtes Sommerkleid über, band ihre blonden langen Haare zu einem Zopf und schlüpfte in ihre Badelatschen. Danach stopfte sie Handtuch und Buch in die Tasche und schulterte sie.

»Fertig, kann losgehen!«, gab sie von sich.

Die beiden liefen raschen Schrittes über die Liegewiese des Freibades. Am Fahrradständer löste Nadine zunächst ihr Fahrradschloss, schob dann das Rad zu Selzers Pkw, um es im Kofferraum zu verstauen.

Das Auto setzte sich in Bewegung.

»Also, Daniel, erzähl, was ist passiert?«, fragte Nadine und bändigte ihr Haar, das der Fahrtwind ihr immerzu ins Gesicht wehte.

»Wir haben eine Tote. Nach ersten Erkenntnissen handelt es sich um eine junge Frau, die von einem Spaziergänger in der Nähe der Marienschlucht gefunden wurde.«

»Weiß man schon, wer sie ist?«, erkundigte sich Nadine.

»Nein bislang nicht.« Selzer konzentrierte sich auf die Straße und setzte den Blinker, um nach rechts zu fahren. »Hufnagel und Hübner sind schon vor Ort. Aber ich muss dich warnen. Hast du schon mal eine von Maden zerfressene Leiche gesehen? Kein schöner Anblick sag ich dir. Traust du dir das zu?«

Nadine wollte auf keinen Fall seine Frage mit einem Nein beantworten und sagte stattdessen: »Ja natürlich.« Dennoch zweifelte sie und ging in Gedanken alle möglichen Fotos, die sie bislang zu diesem Thema gesichtet hatte, durch. Aber allen war eines gemein: der Ekel.

»Gut, ich hoffe, du hast schon etwas gegessen«, bemerkte Daniel provokant. Selbst er hatte in seiner bisherigen Laufbahn nur ein einziges Mal Berührung mit einer von Insekten zerfressenen Leiche gehabt. Der Mord lag nun schon drei Jahre zurück.

Damals hatte ein Ehemann seine Frau aus Habgier erschlagen. Die Erschlagene hatte mit schweren Gesichts- und Schädelverletzungen im Wald gelegen. Auf ihrem Gesicht hatte sich ein morsches Stück Holz befunden, das es verdeckte. Die Gerichtsmediziner konnten den Todeszeitpunkt wegen der fortgeschrittenen Verwesung an der Luft nicht mehr genau bestimmen. Lediglich aus der Größe dreier Schmeißfliegen-Maden hatte man schließen können, dass die Frau nicht länger als fünf Tage tot gewesen war. Die übrigen Umstände hatten Selzer damals vermuten lassen, dass man sie kurz nach der Tat in den Wald gebracht hatte.

Der Ehemann hatte für die vermutete Zeit kein Alibi besessen. Außerdem hatten an seinen Gummistiefeln, die zu Hause standen, die gleiche Erde sowie Laubstreu wie am Fundort der Leiche gehaftet. Diese Erde jedoch gab es nicht in der Nähe seines Wohnhauses.

Das wichtigste Indiz aber war die *Glänzendschwarze Holzameise*, die an seinen Stiefeln geklebt hatte und ebenfalls auf der Toten in großer Zahl herumgekrabbelt war. Mit großer Wahrscheinlichkeit hatte das Tier von einem Ameisennest gestammt, welches ganz in der Nähe des Wohnhauses in einem Baum beheimatet war, und von dem auch das morsche Holzstück hergestammt hatte.

*Die betreffende Ameisenart bildete große Staaten; wobei die einzelnen Nester sehr weit verstreut lagen und man deshalb nur selten auf sie traf.* So lag die Vermutung nahe, dass es sich hierbei um ein- und denselben Ameisenstaat gehandelt hatte.

In einem aufwendigen Indizienprozess war schließlich der Ehemann der Getöteten der Tat überführt worden.

Selzer stellte das Auto am Waldrand ab.

Als Nadine den Wagen verlassen wollte, packte Daniel sie am Arm.

»Bist du sicher, dass du sie sehen willst?«, fragte er.

Nadine löste sich von seiner Umklammerung und

entgegnete: »Daniel, was soll das? Das ist mein Job.«

»Also gut. Zieh dir wenigstens Overall und Handschuhe an! So kannst du nicht in den Wald gehen.« Mit dem Gesicht deutete er auf ihr Kleid, das in Anbetracht der Umstände eher unpassend war.

»Hast du die Sachen dabei?«

»Liegen im Kofferraum.« Selzer hatte für solche Fälle immer ein paar Anzüge und Handschuhe im Auto liegen. Zudem trug er ein Paar Gummihandschuhe stets bei sich.

Nadine verschwand hinter Selzers Wagen, schnappte sich aus dem Kofferraum einen weißen Anzug und zog ihn über. Kurz darauf kehrte sie an seine geöffnete Wagentür zurück und streckte die Arme weit von sich.

»Okay?«

Selzer nickte stumm und musste schmunzeln. Sodann verließ er den Wagen, lief ein paar Schritte neben Nadine her und drehte unerwartet um. Es schien, als hätte er etwas vergessen.

Daniel ging zum Auto zurück, unterdessen Nadine ein paar Schritte entfernt ungeduldig wartete.

»Können wir?«, rief sie ihm genervt entgegen. »Du, ich würde dann gerne meinen Job machen.«

Daniel lief auf sie zu.

Im Gegensatz zu seiner Kollegin wusste Selzer, was ihn jetzt erwarten würde, denn bis heute konnte er die Tote von damals nicht vergessen. Lange hatte er deshalb Albträume gehabt.

Wortlos reichte Daniel Nadine ein kleines Döschen. »Reib dir davon etwas unter die Nase!«

Nadine nahm das Döschen und schaute erstaunt auf dessen Etikett: »WICK VapoRub …?«

»Gegen den Geruch«, fügte Selzer an.

»Ich brauch das nicht«, wehrte Nadine überheblich ab.

Selzer nahm etwas Salbe, rieb sie unter seine Nase und inhalierte das Menthol. Der Geruch erinnerte ihn an seine Kindheit. Schon damals hatte ihn die Mutter mit WICK VapoRub eingerieben, wenn er erkältet gewesen war.

Die beiden Beamten näherten sich dem Fundort, der bereits von Schaulustigen umgeben war.

Daniel hob das weiß-rote Absperrband, ließ Nadine darunter passieren und folgte ihr sogleich.

Mutigen Schrittes ging Nadine auf die Leiche zu, in deren Nähe es nur so von Insekten wimmelte. Gleichzeitig begrüßte sie die am Tatort umherlaufenden Kollegen mit einem kurzen »Hallo!«

Inzwischen hatte man den Leichnam vom Geäst freigelegt.

*Die Ersten, die einen freiliegenden Leichnam für ihren Nachwuchs nutzten, waren meist schwangere Schmeißfliegenweibchen. Sie suchten einen Kadaver oft unmittelbar nach dem Tod auf. Zu ihnen gehörten die metallisch goldgrüne Goldfliege, die Graue Fleischfliege und die blau schimmernde Schmeißfliege. Die millimetergroßen Larven schlüpften in der Wärme teils schon nach einer Viertelstunde. Später gesellten sich dann die Käsefliegen hinzu.*

Als Nadine die Tote erblickte, war sie kurz davor, sich zu übergeben.

Augen, Nase und Ohren der Verstorbenen waren von Maden besiedelt sowie von abgelegten Eiern der Fliegenweibchen. Nur mit Fantasie ließ sich noch erahnen, wie die junge Frau einst ausgesehen hatte. Ihrem Zustand nach zu urteilen, lag sie bereits ein paar Tage im Wald. Zudem hatte der Verwesungsprozess längst eingesetzt, was auf den übermäßigen Insektenbefall zurückzuführen war.

Der ätzende und süßliche Leichengeruch kroch in Nadines Nase.

Nadine wandte sich von der Leiche ab und erblickte die helfende Hand Daniels, der ihr erneut die kleine Dose reichte. Ohne ein Wort nahm sie etwas von der Salbe und rieb sie unter die Nase. Sodann wandte sie sich erneut der Toten zu und bückte sich zu ihr hinab.

»Na, geht's wieder?«, erkundigte sich der Mann direkt neben ihr. Er war etwas älter als Nadine und kniete ebenfalls vor der Toten. Neugierig nahm er die Leiche in Augenschein.

»Ja, muss wohl«, erwiderte Nadine. »Wenn bloß dieser Gestank nicht wäre«, schimpfte sie und hielt ihre Nase zu.

Der Mann schaute die junge Frau erstaunt von der Seite an und ließ seinen Blick auf ihre nackten Füße wandern. »Ist das nicht ein bisschen unpassend?«, fragte er verwundert.

»Meinen Sie? Man hat mich gerade vom Baden geholt.« Sie lächelte gekünstelt. »Wo finde ich denn den Rechtsmediziner? In diesen Schneemannanzügen kann man niemanden mehr unterscheiden.«

Im gleichen Moment reichte der Mann ihr seine Hand.

»Hendrick.«

Nadine tat überrascht. »*Hendrick?* Sorry, das mit dem DU lassen wir lieber«, widersprach die Polizistin und schaute ihn schräg von der Seite an.

»Mein Name ist Ron Hendrick, Rechtsmediziner«, stellte er das Missverständnis klar.

Sie atmete hörbar durch. »Nadine Andres, freut mich.« *Ist der nicht ein bisschen zu jung für den Job?* Sie schwieg für einen kurzen Moment, während er wohl ihren Zweifel spürte.

»Falls Sie an meiner Fähigkeit zweifeln, ich besitze auch einen Doktortitel.«

Mit Unbehagen kam sie endlich zur Sache. »Können Sie mir schon etwas über den Todeszeitpunkt sagen?«, fragte sie und rieb ihre Nase mit Daumen und Zeigefinger.

Hendrick schaute nachdenklich auf die Leiche, musterte sie.

»Die Frau muss etwa zwei Wochen tot sein. Wir haben Glück, wäre sie der prallen Sonne ausgesetzt gewesen, wäre sie fast skelettiert. Hier im Schatten ist sie beinahe unversehrt geblieben«, meinte er fachmännisch.

»Wie kommen Sie zu dieser Annahme?«

»Nun, aufgrund der konstanten Hitze, den Madenkolonien und wenn die Leiche zudem nicht bewegt worden ist, würde ich von circa acht bis zehn Tagen ausgehen. Warten wir die Einschätzung der Spezialisten ab! Forensische Entomologie ist nicht gerade mein Fachgebiet.«

Nadine Andres gab sich mit seiner ersten Einschätzung zufrieden.

Unterdessen gingen die Beamten der Spurensicherung ihrer Arbeit nach und sicherten die ersten Hinweise. Das Entsetzen war ihnen ins Gesicht geschrieben. Eine von Maden angefressene Leiche gehörte nicht gerade zum Alltag der Konstanzer Spurensicherung.

Auch Hufnagel verfolgte das Geschehen mit äußerster Skepsis, war er doch derart grausame Funde nicht gewöhnt. Mit Ruhe und Besonnenheit bat er unermüdlich die neugierigen Leute, sich vom Tatort zu entfernen. »Es gibt hier nichts zu sehen«, sagte er diszipliniert und schob den einen oder anderen Eindringling von der Absperrung weg.

Hübner dagegen machte sich mit dem Fundort vertraut und inspizierte das Gebiet in einem größeren Radius, unterdessen Selzer sich mit dem Hundebesitzer unterhielt. Seinen Hund hatte der Mann inzwischen an die Leine gelegt.

Die Hitze meinte es heute besonders gut. Die Leute schwitzten in ihren Overalls und rieben sich fortwährend den Schweiß vom Gesicht. Und nur zweihundert Meter von ihnen entfernt glitzerte der Bodensee im Sonnenlicht, als hätte er sein schönstes Kleid angelegt, um vor einer Urlaubskamera zu posieren.

Nadine zog ihren Handschuh zurecht, erhob sich und ging um die Leiche herum. In Höhe des Kopfes blieb sie stehen. Der Anblick der Maden im Bereich der Weichteile ließ sie erneut zusammenzucken. Ekel überkam die junge Frau, außerdem wurde das Brummen der Insekten allmählich unerträglich. Mit der Hand fächelte sie einige der Tiere beiseite und schaute auf das Haupt der Toten. Ihr blond gewelltes Haar lag völlig zerzaust auf dem Waldboden.

»Sie wurde gewürgt!«, stellte die Polizistin unerschrocken fest.

Hendrick pflichtete ihr bei. »Nach den Würgemerkmalen zu urteilen, sogar mehrere Male. Schauen Sie sich die versetzt liegenden roten Streifen am Hals an! Der Täter hat sie grausam sterben lassen.« Hendrick näherte sich der Andres. »Wir müssen diesen kleinen Plagegeistern direkt dankbar sein, immerhin haben sie uns noch genügend weiches Gewebe gelassen.«

»*Danken?* Diesen Viechern?«, widersprach Nadine entsetzt.

In der Zwischenzeit hatte sich Selzer hinzugesellt und schaute die Tote aus der Nähe an. »Kein schöner Anblick. Wieso ist sie nackt …?« Mit fragendem Blick wandte er sich seiner Kollegin zu. »Hat man inzwischen ihre Kleidung gefunden?«

»Nein«, entgegnete diese kurz. »Wir haben weder die Kleidung noch einen Hinweis auf ihre Identität.« Zudem machte Nadine ein nachdenkliches Gesicht. »Würde mich nicht wundern, wenn sie vergewaltigt wurde … Schau dir mal die Hämatome auf den Beinen an!«

»Also ein Gewaltverbrechen? Mhm …« Selzer musterte Hendrick und streckte ihm die Hand entgegen. »Selzer!«

Die beiden Männer lächelten, als würden sie einander kennen, und reichten sich die Hand.

# 4. Stunden später

**D**ie Kripobeamten Andres, Hufnagel, Hübner und Selzer fanden sich am Nachmittag, entgegen ihrer vorangegangenen persönlichen Planung, zu einem ersten Dienstgespräch im Polizeirevier ein. Man wollte den *Fall Käfer*, den sich Selzer als Arbeitstitel für die Tote im Wald ausgedacht hatte, besprechen. Zuallererst galt es, die Faktenlage sowie Aufgabenverteilung zu klären. Was waren die ersten Erkenntnisse? Und welche Ideen bezüglich eines möglichen Tatmotivs hegte ein jeder? Fantasie war jetzt gefragt.

Man sah den Kollegen ihren Unmut gegen das Arbeiten im völlig überhitzten Büro deutlich an. Zudem hatte an einem Samstagnachmittag wie diesem keiner mehr Lust zu arbeiten. Seit den frühen Morgenstunden schien die Sonne und die Hitze, die nun schon seit Tagen anhielt, lag wie eine große wärmende Decke über der Stadt. Unerträglich heiß und drückend dazu.

Hufnagels kurzärmeliges Sommerhemd klebte ihm am Rücken und war von Schweiß getränkt. Es war ihm sichtlich peinlich. Immerzu wischte er mit der Hand über seine nasse Stirn und schnaufte, während sich die Kollegen zu einem Halbkreis vor der Glaswand formiert hatten. Sämtliche Fakten der zu lösenden Kriminalfälle pinnten hier. Der letzte Fall lag bereits ein halbes Jahr zurück. Alle Hinweise und Fotos hatte man inzwischen in einem Karton verstaut und zu den Akten gelegt. Offiziell war dieser gelöst, und sein Erfolg hatte bundesweit für Furore gesorgt.

Daniel Selzer war inzwischen in Konstanz angekommen und hatte sein Team zu einem vielversprechenden

Ermittlerquartett formiert. Man zollte ihm Respekt.

Selzer verschanzte seine Hände tief in den Hosentaschen seiner beigefarbenen Leinenhose und fragte neugierig in die Runde: »Und, Kollegen, was ist Ihre Meinung? Fangen wir mit Herrn Hufnagel an.«

Hufnagel, der sich inzwischen mit einem Bogen Papier versorgt hatte, um sich Luft zuzufächeln, erklärte, dass er sich am Tatort wie auf dem Jahrmarkt vorgekommen sei. Mit derart vielen Schaulustigen hatte er nicht gerechnet und empfand die Situation als makaber. Seine Kollegen pflichteten ihm bei.

Hübner kam als Nächster dran und erzählte, dass die Kollegen der Spurensicherung Reifenspuren, vermutlich eines Pkws, sichergestellt hatten. Außerdem berichtete er von Fußabdrücken, von etwa der Größe eines ausgewachsenen Herrenfußes, die man ebenfalls in der Nähe des Leichenfundortes sichergestellt hatte. Ungewöhnlich erschien deren Tiefe im Waldboden.

»Entweder war unser Täter sehr dick oder er muss schwer getragen haben«, mutmaßte Hübner abschließend und schaute wie ein listiger Fuchs in die Runde. »Der Bericht der KTU liegt uns Anfang nächster Woche vor«, ergänzte er.

Nadine schlussfolgerte aus Hübners Bericht, dass der Täter das Opfer in den Wald gebracht haben musste, es vermutlich dort aber nicht getötet habe, weil man sonst die Fußabdrücke der Frau hätte finden müssen.

Selzer schaute sie mit fragendem Blick an.

»Nun, ganz abwegig ist deine Vermutung nicht. Angenommen, er hat sie nicht im Wald getötet, aber wo dann?« Selzer stoppte kurz und kratzte nachdenklich sein Kinn. »Die Würgemale am Hals können durchaus von einer Strangulierung herstammen.«

Nadine funkte dazwischen. »Sorry, dass ich dich unterbreche. Hendrick sagte das Gleiche. Jemand hat sie mehrmals gewürgt, langsam von ihr gelassen und von Neuem begonnen. Ihr Tod muss elend gewesen sein. Der Täter ließ ihr gerade so viel Luft, um zu Kräften zu kommen, und begann dann erneut, bis sie schließlich erstickte.«

*Hendrick? Hat die etwa schon wieder einen Neuen?*, dachte Hübner und schaute seine Kollegin abschätzig an.

»*Hendrick?*«, fragte Hufnagel.

»Ron Hendrick, der neue Rechtsmediziner«, ergänzte Nadine und warf Hübner einen verachtenden Blick zurück.

Selzer, der Nadines Unterbrechung nicht als störend empfand, führte seine Überlegung fort: »Das rückt die Sache in ein anderes Licht. Wenn es tatsächlich so ist, wie du sagst, Nadine, haben wir es hier mit einem Menschen zu tun, dem das Töten Lust bereitet. Er sieht dem Opfer bei seinem Überlebenskampf zu. Will es quasi leiden sehen und bezieht daraus Freude.«

»Ein Perverser«, schlussfolgerte Hufnagel, drehte sich um und ging zur kleinen Teeküche. »Noch jemand ein Mineralwasser?« Er holte aus dem Kühlschrank vier Halbliter-Flaschen heraus und reichte jedem eine.

»Ein Bier wäre mir jetzt lieber«, entgegnete Selzer scherzhaft und bedankte sich bei seinem älteren Kollegen für dessen Umsicht. Die Hitze mache allen zu schaffen, meinte dieser.

Schmunzelnd drückte man die Flaschen aneinander und prostete sich zu.

»Mensch, diese Hitze vernebelt mir noch die Sinne«, sagte Hufnagel und pustete hörbar Luft aus dem Mund. *Ich brauche jetzt dringend eine Dusche. Ich rieche. Hoffentlich bemerkt es keiner.*

»Also was haben wir?«, fragte Selzer seine Mitarbeiter.

Nadine antwortete: »Wir wissen weder, wer sie ist, noch, woher sie kommt. Wir sollten die Vermisstenanzeigen der letzten Zeit durchgehen oder ein Foto von ihr an den Südkurier geben. Vielleicht erkennt sie jemand.«

Hübner unterbrach sie kopfschüttelnd: »Ich befürchte, das ist keine so gute Idee mit dem entstellten Gesicht.«

Die junge Frau musste ihm entgegen ihrer persönlichen Abneigung recht geben. »Oh stimmt, daran habe ich gar nicht gedacht.« Nadine wirkte nervös.

Hufnagel nahm einen Schluck aus seiner Wasserflasche und atmete tief durch. »Die Vermisstenanzeigen sichten? Das bedeutet eine Menge Arbeit. Falls sich niemand darum reißt, übernehme ich das.«

Selzer nickte Hufnagel zu. »Vielen Dank, Herr Hufnagel!« Danach schaute er zu Nadine und dann zu Hübner. »Wissen Sie, was ich mich die ganze Zeit frage? Warum war das Opfer nackt?«

Nadine stemmte die linke Hand in die Hüfte und antwortete: »Weil man sie vergewaltigt hat?« *Was für eine Frage. Warum ist wohl eine Frau nackt?*

»Das ist durchaus möglich«, meinte ihr Chef, »doch mir zu wenig.«

»Wie bitte? Eine Vergewaltigung ist DIR zu wenig?«, widersprach Nadine erbost. Zornig schaute sie Selzer an.

»Nein, so war das nicht gemeint. Nach meiner Meinung hat sich jemand viel Mühe gemacht, um die Tote zu präsentieren. Die Art und Weise, wie der Täter sie gewürgt hat, lässt auf eine gut durchdachte Tat schließen. Hier wurde nicht im Affekt getötet und keineswegs schnell.«

»Das ist auch meine Meinung«, schloss sich Hübner an. »Die Kollegen der Spusi konnten keine Kleidung finden. Mir kommt das gerade so vor, als stieße uns jemand mit der

Nase auf den nackten Körper der Frau.«

»Sie meinen, der Täter wollte sie uns zeigen? Quasi wie eine Trophäe?«, schlussfolgerte Hufnagel.

»Ganz genau, werter Herr Kollege. Ganz genau.« Hübner schenkte ihm ein zustimmendes Nicken.

»Mit Mutmaßungen kommen wir nicht weiter«, entgegnete Nadine mürrisch. »Andererseits müssen wir die Ergebnisse der KTU abwarten. Heute ist alles spekulativ.«

Selzer stimmte ihr zu und sah sie mit festem Blick an.

»Richtig«, meinte er kurz, »aber wichtig für unsere Arbeit. Heute können wir nicht mehr allzu viel bewegen. Ich würde vorschlagen, wir erledigen noch den üblichen Schreibkram und gehen dann nach Hause.«

Die Kollegen waren seiner Meinung und untermalten dies mit einem kräftigen Kopfnicken.

***

»Wo steckst du?«, dröhnte es erwartungsvoll an Nadines Ohr.

»Wir holen uns gerade ein Eis«, bemerkte sie überrascht. »Wieso fragst du?«

Am anderen Ende der Leitung wurde es plötzlich ruhig. »Was heißt wir?«

»Daniel, das geht dich nichts an! Heute ist Sonntag, da kann ich machen, was ich will. Aber wenn es dich beruhigt, ich bin mit Lea unterwegs. Bei dieser Hitze wollten wir Eis essen gehen.«

Im Hintergrund ertönte ein dezentes »Der Nächste bitte!«

Nadine war an der Reihe und hatte sich nun aus einer Vielzahl von Eissorten zu entscheiden. In den Sommermonaten bevorzugte sie die fruchtigen, in den anderen die schokoladenen. Wie immer fiel ihr die Entscheidung schwer. »Mhm, eine Kugel Mango, dazu Zitrone und …«, sie schlich gleich einer Katze an der Theke entlang, bis sie schließlich ihren Satz mit »… Melone« ergänzte.

»Deine Mitbewohnerin?«, drängelte Daniel neugierig dazwischen.

»Ja Daniel! Zufrieden?«

»Ja«, kam es kurz zurück. »Nadine, bleib, wo du bist! Wir müssen reden.«

*Wie bitte? Worüber will Daniel mit mir am Sonntag reden?* »Reden? Heute? Muss das sein?«

»Bitte Nadine«, flehte Daniel sie am Telefon an.

Widerwillig lenkte sie ein, gab ihrem Chef den Standort der Eisdiele durch und verabredete sich mit ihm dort zur nächsten Stunde. »Okay, dann bis gleich.«

Da Nadine noch eine Stunde Zeit blieb, schlenderte sie mit Lea eisschleckend über die Marktstätte, auf der es an einem Sommertag wie diesem nur so von Touristen wimmelte. Nadine mochte Konstanz und hasste die Stadt sogleich ihrer vielen Urlauber wegen. Eine erdrückende Hitze lag über dem Platz.

»Wollen wir hinunter zum Hafen laufen?«, fragte Lea ihre Freundin. »Früher war das ein richtiger Geheimtipp. Von Touris kaum eine Spur. Aber jetzt …«, stockte sie und schnaufte hörbar durch die Nase.

»Und was ist jetzt anders?«, erkundigte sich Nadine.

»Du warst am Hafen fast alleine. Dort gab es weder Kneipen noch Geschäfte oder gar eine Eisdiele. Ganz anders als heute. War eine schöne Zeit. Die Stadt hörte an der Unterführung in Richtung *Imperia* einfach auf. Bis hier hin und nicht weiter, war wohl *ihre* Devise.«

»Wessen Devise?«, hinterfragte Nadine ungläubig.

Die beiden kamen dem Bodensee Meter um Meter näher.

»Von ihr«, antwortete Lea und zeigte mit dem Kopf

hinüber zur Imperia, der Konstanzer Hafenstatue, welche Peter Lenk entworfen und dort im Jahr 1993 aufgestellt habe, erklärte sie. Außerdem erzählte Lea weiter, dass die Statue satirisch an das Konzil von Konstanz (1414–1418) erinnere und eine üppige Kurtisane zeige, deren tiefes Dekolleté nur durch einen Umhang mittels Gürtel notdürftig zusammengehalten werde. Auf ihren erhobenen Händen trage sie zwei zwergenhafte nackte Männlein. Der Mann in ihrer rechten Hand trage auf seinem Haupt die Krone eines Königs und halte einen Reichsapfel in der Hand; die Figur in ihrer Linken trage eine päpstliche Tiara und sitze darauf mit übereinandergeschlagenen Beinen.

»Schöne Frau«, sinnierte Nadine und schaute hinauf zur Statue. »Du, ich würde gerne noch bleiben, aber der Job ruft. Ganz sicher will Daniel mit mir noch über unseren neuen Fall sprechen.«

»*Neuer Fall?*«, wiederholte Lea neugierig.

»Keine schöne Angelegenheit sag ich dir. Ich darf darüber nicht sprechen. Lass uns zurücklaufen!«

Sie drehten noch eine kleine Runde am Hafen, schauten auf das vor sich hin schwappende Wasser und auf die dort vor Anker liegenden Boote. Danach kehrten sie um.

Schon von Weitem erkannte Nadine ihren Chef, dessen Haarpracht unverkennbar war. Unweigerlich hätte man ihn auch für einen Studenten halten können, die es hier zu Hauf gab. Konstanz war eine junge Stadt und würde es dank seiner Studierenden auch bleiben.

Nadine näherte sich Daniel mit einem Lächeln, der sich unterdessen die Wartezeit am Schaufenster des Schuhhauses Haug vertrieb.

»Na, ist was dabei?«, fragte sie kess und stellte sich dicht neben ihn. *Mhm, du riechst gut. Hast wohl gerade noch geduscht*, erschnupperte sie seinen frischen Duft.

Daniel tat überrascht, hatte er sie doch längst kommen sehen.

»Nee, ist nicht so mein Ding«, erwiderte er und schaute auf seine schwarzen Chucks, die er über alles liebte und trotz mehrmaliger Hinweise der Kollegen nicht ausmustern wollte. Man war der Meinung, dass sie nichts für einen Chef der Kriminalpolizei wären. Daniel sah das anders. Darüber hinaus ignorierte er das Geschwätz.

»Mir gefallen die Schuhe. Wusstest du, dass das Schuhhaus vor ein paar Jahren in Flammen aufgegangen ist? Es brannte völlig aus«, erzählte Nadine.

»Ja, ich habe erst letztens einen Artikel darüber gelesen. Muss wohl um die Weihnachtszeit gewesen sein«, antwortete Daniel beiläufig und schien gedanklich längst woanders.

Nadine bemerkte sein geringes Interesse und versuchte, dem Gespräch eine andere Färbung zu verleihen. »Also schieß los, warum wolltest du mich sprechen?«

»Ich glaube«, begann Daniel langsam, »wir sollten in eine andere Richtung denken.«

»Wie? In eine andere Richtung denken? Im *Fall Käfer*?«, versuchte sie, seine Andeutung zu erklären.

Daniel drehte sich von der Fensterscheibe des Schuhhauses weg und lief ein paar Schritte voran.

»He, was soll das?«, schimpfte Nadine und holte ihn ein. »Du könntest wenigstens auf mich warten.«

Daniel blieb stehen, entschuldigte sich für seine unfreundliche Art und lief dann gemeinsam mit Nadine weiter.

»Nehmen wir mal an«, überlegte er und ließ seinen Blick über das Kopfsteinpflaster schweifen, »sie war eine Dame des horizontalen Gewerbes und wurde deshalb so zur Schau gestellt.«

»Eine Nutte?«, mehr als diese zwei Worte brachte Nadine nicht über die Lippen. Allein schon die Tatsache, dass es sich bei dem Opfer um eine Prostituierte handeln könnte, bot genügend Stoff für Spekulationen.

Die junge Frau stoppte abrupt ihr Gehen und stellte sich vor ihren Kollegen.

»Wie kommst du denn auf so eine abstruse Idee? Wir wissen doch noch gar nichts über die Tote. Können gerade mal ihr Alter schätzen. Mehr aber nicht«, widersprach Nadine entsetzt und lenkte jedoch gleich wieder ein: »Andererseits, du als Profiler wirst deine Gründe haben. Also ich höre!«

»Mächtig heiß heute, findest du nicht? Lust auf was Kaltes?«, antwortete Daniel stattdessen.

*Der macht mich wahnsinnig. Erst heiß machen und dann...* Sie schmunzelte bei dem Gedanken des Heißmachens, zumal es tatsächlich unerträglich schwül war und ein leckeres Kaltgetränk Abhilfe schaffen würde. »Wie wär's mit dem *Voglhaus*? Das liegt nur ein paar Schritte von hier entfernt.«

Das Voglhaus war nicht, wie der Name vermuten ließ, ein Futterort für Vögel, sondern ein Café und das mitten in der Konstanzer Altstadt, benannt nach dessen Eigentümerin Martina Vogl.

»Ins Voglhaus? Klar, warum denn nicht«, antwortete Daniel ungläubig und dachte zunächst an einen Scherz, bis er ein paar Meter weiter vor einer riesigen Fensterfront mit gleichnamiger Aufschrift stand. Ein tiefes Durchatmen gefolgt von einem »Aha« signalisierte seine anfängliche Skepsis.

Die beiden betraten das Lokal, in dem rechts ein langer Holztisch stand. Sie setzten sich auf die linke Seite an einen der runden Tische neben der Fensterfront. Das Café wirkte dank seiner zeitgemäßen Ausstattung außerordentlich gemütlich und lud zum Verweilen ein.

Eine junge Frau mit Brille nahm die Bestellung der beiden entgegen und brachte ihnen kurz darauf zwei Eiskaffee.

»Jetzt spann mich nicht so auf die Folter«, maßregelte Nadine Daniel und rührte mit dem langstieligen Löffel in der Sahne. Danach schleckte sie ihn wie ein Kätzchen ab und schaute mit großen Augen auf Selzer, der seinerseits sein Zuckertütchen öffnete. Es hatte den Anschein, als genösse er ihre Ungeduld.

»Nun sag schon«, bohrte Nadine weiter. »Wieso eine Nutte?«

»Wieso? Ist nur so eine Vermutung. Wieso stellt jemand eine Frau derart zur Schau?«, hinterfragte Selzer herausfordernd.

»Daniel, das war auch schon die Überlegung von Hübner und Hufnagel. Und deshalb wolltest du mich treffen? Hat das nicht Zeit bis morgen?« Nadine war stinksauer, dass sie sich auf Daniels Deal eingelassen hatte.

»Hätte schon. Aber mir ist das Büro zu steril zum Nachdenken. Lass uns jetzt die nächsten Schritte planen. Es spart wertvolle Zeit«, bemühte sich Daniel und versuchte, Nadines Laune wieder zu bessern.

»Also gut, der Nachmittag ist eh gelaufen«, entgegnete sie schnippisch. »Dann lass uns die einschlägigen Häuser im Kreis Konstanz abklappern. Vielleicht vermisst man dort eine der Damen.«

»Daran habe ich auch schon gedacht. Wer soll das machen?«

»Hufnagel eher nicht und Hübner, der Lustmolch, findet am Ende daran noch Gefallen. Nee nee, der soll sich mal um die anderen Dinge kümmern.«

»Und wie wär's mit dir?«, fragte Daniel.

»ICH?«

Er spürte ihre Erregung. »Ja du. Als Frau wird man dir vermutlich mehr erzählen. Du solltest dich direkt im Milieu umschauen! Vielleicht plaudert die eine oder andere Frau etwas aus. Versuch einfach mal dein Glück!«

Nadine stockte der Atem. *Soll ich etwa anschaffen gehen, nur für ein paar Infos? Der spinnt wohl.* »Soll ich etwa …?«, begann sie ihre Frage mit hohem Ton.

»Quatsch, so war das nicht gemeint. Ein bisschen nett sein, reicht oft schon.«

»Kennst dich wohl aus«, meinte sie ketzerisch.

»Lass das!«

»Okay, ich setz mich gleich am Montag mit der Sitte in Verbindung. Die können mir sicherlich eine Kontaktperson benennen. Ich für meinen Teil kenne mich damit zu wenig aus.« Nadines Stimme überschlug sich, obgleich sie alles daran setzte, dass Daniel es nicht bemerkte. »Was macht dich da so sicher, dass es sich bei der Toten um eine Hure handelt?«, fragte Nadine und schaute nachdenklich auf die Fußgängerzone, auf welcher sich gerade eine Gruppe junger Burschen grölend fortbewegte. Daniels Räuspern holte sie zu ihm zurück.

»Nun, sie war nackt und hat sich meines Erachtens ihrer Kleidung lange vor ihrem Tod entledigt. Vermutlich hatte sie sogar Sex mit ihrem Mörder.«

»Na ja, der Wald erscheint mir auch nicht gerade der geeignete Ort, zumal seine Fußspuren eindeutig beweisen, dass er etwas oder jemanden getragen haben muss. Mhm, deine Überlegung ist nicht ganz von der Hand zu weisen.«

»Zumindest wäre es ein Anhaltspunkt, wo wir ansetzen könnten. Ich hätte lieber eine Anzeige in der Zeitung geschaltet, aber Hübi hat schon recht, wenn er sagt, dass sie zu entstellt dafür wäre. Und ihren Körper sollten wir nicht der Öffentlichkeit preisgeben.«

»Siehst du, langsam kommen wir der Sache näher.«

Nadine legte ihre Stirn in tiefe Falten und dachte darüber nach, was er wohl mit sciner Äußerung zum Ausdruck bringen wollte. »Daniel, du verheimlichst mir doch was. Kanntest du etwa die Tote?«

»Nein. Aber hast du dir ihren Körper mal genauer betrachtet?«, entgegnete er und schlug die Beine übereinander, um es sich auf dem Holzstuhl bequemer zu machen.

»Ihren Körper? Er schien mir sehr gepflegt … sie hatte schöne Haut, wenn man das unter diesen Umständen überhaupt noch sagen kann.«

»Das empfand ich auch so.«

»Aber sie deshalb als Hure einzustufen?«, maulte Nadine und schüttelte den Kopf. Im gleichen Moment vernahm sie das surrende Piepen ihres Handys. Sie ignorierte den Laut, war aber dennoch neugierig, wer ihr wohl geschrieben haben könnte.

»Willst du nicht rangehen?«, ermunterte sie Daniel zum Handeln.

»Später, später«, kam es kurz von ihr.

»Und wenn es ein Verehrer ist?«, fragte er.

»Und wenn schon«, unkte Nadine. *Nee mein Lieber, ich lasse mich nicht aushorchen. Wenn ich nur mal einen Verehrer hätte. Die Sache mit Marcel zieht sich nun schon wie ein Kaugummi hin. Eigentlich wissen wir beide, dass wir keine Zukunft haben.* Ein flaues Gefühl breitete sich in ihrer Magengegend aus. Sie zog ihr Handy aus der Tasche und schaute auf die WhatsApp-Nachricht. Eine langjährige Freundin hatte aus Salzburg Urlaubsgrüße verschickt. Das angelegte Foto zeigte sie mit zwei Frauen. Nadine lächelte sanft vor sich hin. Doch viel lieber wäre sie jetzt in

Salzburg, statt einen brutalen Mord aufzuklären. Andererseits liebte sie ihren Job bei der Polizei. Immerhin war er nie langweilig und forderte sie ständig aufs Neue.

»Gute Nachrichten?«, hinterfragte Daniel.

Nadine zog das Foto auf dem Display weiter auf und zeigte es Daniel.

»Das ist Doris«, sie wies mit dem Finger auf die Frau ganz rechts, »daneben Petra, die andere kenne ich nicht.«

Daniel nickte und blickte plötzlich gehetzt aus dem Fenster.

»Macht's dir was aus, wenn ich jetzt gehe?«

Nadine konnte sein überraschendes Verhalten nicht verstehen, gab sich aber dennoch gelassen.

## 5. Montag, 25. Juli

Es war ein sonniger Morgen, und der Himmel legte sich beschützend über die Stadt. Die Vögel zwitscherten, als hätten sie sich etwas zu erzählen. Angenehm war ihr Gesang. Doch Nadine konnte sich daran nicht erfreuen. *Müssen die ausgerechnet vor meinem Fenster schnattern?* Es schien, als hätten sie den alten knochigen Kastanienbaum vor ihrem Haus dafür auserkoren.

Nadine fühlte sich niedergeschlagen. Die sommerlichen Temperaturen hatten ihr in der Nacht zugesetzt und ließen sie lange Zeit nicht einschlafen. Zwar wohnte sie in einem dieser hübschen Jahrhundertwendehäuser der Konstanzer Altstadt, aber die Wärme machte auch hier nicht halt und kroch durch die dicken Mauern. Sie war wie ein unsichtbarer Nebel, der sich durch alle Ritzen drückte. Selbst die herabgelassenen Jalousien halfen da nicht.

Immerzu hatte sich Nadine in ihrem Bett gewälzt. Geplagt von Träumen, die schnell wieder von dannen zogen und über die sie nicht weiter nachdenken wollte. Doch der Albtraum vom Wald setzte ihr zu, und in ein paar Stunden hatte sie sich dem erneut zu stellen.

Nach dem Duschen fühlte sich Nadine gleich viel wohler. Sie genoss das Frühstück mit Milchkaffee und Marmeladenbrot und las den Südkurier, den ihre WG-Mitbewohnerin Lea wohl auf dem Küchentisch vergessen hatte. Zum Leidwesen von Nadine nahm sie die Zeitung immer mit ins Büro. Aber Murren half nichts, immerhin zahlte Lea das Abonnement.

Nadine holte ihren Roller aus dem Hinterhof, zog ihren Helm auf und ließ den Motor an. Mit dem typischen Geräusch eines Viertakters fuhr sie zum Polizeirevier. Als sie etwa zwanzig Minuten später im Büro eintraf, saß ihr Kollege Rudolf Hufnagel bereits an seinem Schreibtisch und telefonierte angeregt.

»Mutter, wie geht's dir jetzt? ... Was? Du hattest eine Blutung beim Wasserlassen und du weißt nicht, warum?« Hufnagel griff sich hektisch an die Stirn, rieb sein Kinn und sagte: »Gott oh Gott. Soll ich kommen?« Er stöhnte leicht. »Nein Mutter, ich komme sofort. Ich muss wissen, was los ist. Keine Widerrede!«, entschied Hufnagel und knallte den Hörer auf den Telefonapparat. Sodann stand er auf und lief ein paar Meter quer durchs Büro.

Nadine starrte ihn erschrocken an, denn so kannte sie ihn nicht. Rudolf Hufnagel wirkte sichtlich niedergeschlagen.

»Ist was mit Charly?«, fragte Nadine fürsorglich. Die beiden Frauen kannten sich seit Nadines erstem Fall, der sich ein paar Jahre zuvor im Seniorenstift von Charlotte Kaufmann ereignet hatte. Seitdem waren die beiden Frauen per Du.

Hufnagel antwortete nicht und schien geistig abwesend.

Einfühlsam versuchte Nadine, ihn zu beruhigen: »Jetzt setzen Sie sich doch erst einmal, Herr Hufnagel.«

Er begann zu schwitzen. Nicht dass es ohnehin im Büro schon unerträglich warm war, nein, jetzt kam auch noch Hufnagels Anspannung hinzu.

»So musste es irgendwann einmal kommen. Wir werden alle nicht jünger«, fluchte er und wandte sich überrascht Nadine zu. Unwillkürlich dachte er daran, dass vielleicht seine Mutter sterben könnte. Die Vorstellung machte ihm Angst.

»Hat die Heimleitung wenigstens einen Notarzt

gerufen?«, fragte Nadine hartnäckig weiter.

Hufnagel nickte verdrossen. »Ich glaube schon. Aber die Idioten«, begann er und wurde laut, »haben sich nicht bei mir gemeldet. Angeblich fand man keine Telefonnummer von mir in ihrer Personalakte. Muss wohl irgendeine Aushilfe gewesen sein. Sonst wüsste sie, dass ich nicht den gleichen Namen wie meine Mutter trage. Wie oft soll ich denen denn noch erklären, dass ich nicht Kaufmann, sondern Hufnagel heiße? Schon damals wurde ich immer mit meinem Vater verglichen. Er war der große Held, der sämtliche Mordfälle bei der Kripo gelöst hatte, und ich nur ein kleiner Polizist. Irgendwann hat es mir einfach gereicht. Da ist es doch nur rechtens, dass ich den Namen meiner Frau angenommen habe. Gott sei Dank trat damals gerade das neue Familiennamensrecht in Kraft. Und das ist über zwanzig Jahre her. Hufnagel klingt doch besser als Kaufmann. Diesen Namen vergisst man wenigstens nicht.«

»Jetzt regen Sie sich mal nicht so auf. Fahren Sie zu ihr! Erst dann wissen Sie, wie es um ihre Gesundheit bestellt ist. Richten Sie Charlotte bitte Genesungswünsche von mir aus … Das wird schon wieder. Sie ist doch eine starke Frau.«

»Aber der neue Fall«, wandte Hufnagel ein und schaute seine Kollegin ruhelos an. »Ich kann doch nicht …«

»Doch Sie können«, antwortete Nadine. Sie bemerkte Hufnagels Schweiß entlang der Schläfen, entnahm ein Papiertaschentuch ihrer oberen Schreibtischschublade und reichte es ihrem Kollegen wortlos.

Hufnagel trat an Nadines Schreibtisch heran, nahm es ihr ab und wischte sich über das feuchte Gesicht. »Wenn Sie meinen«, antwortete er und ging zurück an seinen Platz. Er schnappte seine Tasche und wollte gerade das Büro verlassen, als ihm Selzer sprichwörtlich in die Arme fiel.

»Falsche Richtung, Herr Kollege«, entgegnete dieser

scherzhaft und schaute mit großen Augen auf Hufnagel, der gerade mit der rechten Hand über seinen fülligen Bauch glitt. Hufnagel aber hatte es eilig. Außerdem war ihm nicht nach einer Erklärung zumute, stattdessen sagte er: »Meine Mutter ist krank.« Kurz darauf verschwand er und lief schnellen Schrittes den Flur entlang, während Selzer das Büro mit einem lauten »Guten Morgen« betrat.

»Moin«, entgegnete Nadine und klärte Daniel über den Krankenstand von Hufnagels Mutter auf, der seinerseits Verständnis dafür zeigte. »Dann hoffen wir mal, dass es nicht so schlimm ist. Werden wir ohne ihn an die Arbeit gehen müssen.«

Hübner kam unterdessen ins Zimmer und wirkte gereizt.

*Na, das Wochenende war wohl nicht so klasse*, dachte Nadine und scrollte gerade durch die eingegangenen Mails der letzten Stunden. Sie sortierte Wichtiges von Unwichtigem und blieb schließlich bei einer Nachricht von Ron Hendrick, dem neuen Rechtsmediziner, stehen. Nach ein paar persönlichen Worten, die der jungen Polizistin schmeichelten, erklärte der Arzt, dass er noch am Samstag die Tote genauer betrachtet habe. Er gehe davon aus, dass sie etwa zwanzig Jahre alt war und mit großer Wahrscheinlichkeit noch vor ihrem Tod Geschlechtsverkehr gehabt habe. Die Spermarückstände entlang ihrer Oberschenkel ließen ihn zu dieser Vermutung kommen. Darüber hinaus sei der Tod vor circa sechs Tagen eingetreten, schätzte er. Außerdem erwähnte Hendrick, dass die Leichenschau mit seinem Kollegen am heutigen Montagvormittag stattfinden würde. Gerne könne Nadine ihn dann gegen Mittag in der Rechtsmedizin besuchen. *Und wieso schreibt er mir das? Wäre Daniel nicht der richtige Ansprechpartner? Oder aber ... Ach was, jetzt bilde dir mal nichts ein.*

Die Kollegen gingen an die Arbeit, erledigten den montäglichen Papierkram, der aus dem Lesen von Mails sowie von eingehender Briefpost bestand. Erst dann gönnte man sich den ersten Kaffee.

Man begab sich mit den großen Kaffeetassen zum Besprechungstisch, setzte sich und begann mit dem montäglichen *Kick-off*, einen Namen, den sich Nadine mit Zustimmung der Kollegen für ein solches Gespräch gewünscht hatte. Da der Begriff irreführend war, führte man wieder den *Jour Fixe* ein. Doch egal, wie man die Dienstbesprechung auch nannte, es ging immer um dasselbe.

Nach ein paar belanglosen und persönlichen Worten, wie das vergangene Wochenende gewesen war, konzentrierte man sich wieder auf den *Fall Käfer*.

Selzer berichtete, dass sich inzwischen auch der Bürgermeister von Konstanz eingeschaltet hätte und um eine rasche und vor allem unspektakuläre Aufklärung gebeten habe. Immerhin waren Ferien und in der Bodenseeregion herrschte Hochkonjunktur. Das Image der Stadt als attraktives Touristenziel könnte Schaden nehmen.

Danach gab Nadine Auskunft über Ron Hendricks erste Einschätzung der Toten, erwähnte ebenso die vormittägliche Leichenschau.

»Ich nehme an, er wird dich gleich im Anschluss informieren?«, fragte Selzer nach.

Nadine nickte ihm zu. »Das denke ich auch.«

»Gut.« Selzer machte sich einen Vermerk in sein Notizbuch. »Konntest du schon mit den Kollegen der Sitte sprechen?«

Die junge Frau schaute ihn genervt an. »Nein! Bin noch nicht dazu gekommen. Mache ich aber heute Vormittag noch.«

»Und Sie kümmern sich bitte um die Vermisstenanzeigen!«, kam es fordernd von Selzer mit Blick zu Hübner.

»Geht klar, Chef«, antwortete dieser schleimig. »Ich habe heute Morgen schon damit begonnen. Herr Hufnagel wird wohl keine Zeit haben, jetzt wo seine Mutter krank ist.« Hübner blickte rasch zu Nadine, um ihr seinen Fleiß mit einem hämischen Grinsen unter die Nase zu reiben. »Meine erste Sichtung der Vermisstenkartei hat noch nichts ergeben. Allerdings habe ich mich vorläufig nur auf die Bodenseeregion beschränkt«, sprach er und kam Selzer mit einer möglich nachfolgenden Frage zuvor, indem er sagte: »Ich werde die Suche selbstverständlich auch länderübergreifend ausdehnen.«

»Das ist gut. Sie sollten sich dabei nicht nur auf Prostituierte konzentrieren, sondern auch auf junge Frauen, die in ähnlicher Weise aktenkundig geworden sind. Vielleicht war die Wahl des Mörders nur Zufall, vielleicht aber auch nicht.« Selzer wirkte nachdenklich, stützte seinen Ellenbogen auf den Tisch und vergrub sein Kinn in die offene Handfläche, derweil sein Zeigefinger seine Nase bedeckte.

Nadine schickte Hufnagel eine SMS und informierte ihn in zwei kurzen Sätzen über das Gespräch.

***

Zwischenzeitlich erreichte Rudolf Hufnagel das Haus Wolkenlos, eine der besten und mondänsten Seniorenresidenzen Deutschlands. Wer hier wohnte, verfügte entweder über das nötige Kleingeld oder konnte sich einen Platz aufgrund seiner persönlichen Eignung ergattern. Man pflegte ein strenges Auswahlverfahren, um die Mischung der älteren Leute so lebhaft wie möglich zu gestalten. Nicht nur das Geld war entscheidend, sondern auch das Herz am richtigen Fleck zu haben.

Hufnagel hatte es eilig. Hastig schritt er durch das Eingangsportal, begrüßte einige ihm bekannte Seniorinnen und Senioren und eilte zum Wohntrakt seiner Mutter. Nach einem lauten und unüberhörbaren Klopfen bat die ältere und kränklich wirkende Stimme von Charlotte Kaufmann ihn zum Eintreten.

Hufnagel betätigte die Klinke und betrat das Appartement seiner Mutter.

Charlotte Kaufmann lag von einer dicken Wolldecke umhüllt auf ihrem gemütlichen Sofa und blätterte in einer Illustrierten.

»Hach Junge, du hättest doch nicht kommen brauchen. Alles in Ordnung, alles in Ordnung«, tat seine Mutter den kurzen nächtlichen Krankenhausaufenthalt ab und legte die Zeitung beiseite.

Hufnagel schaute entsetzt auf seine müde wirkende Mutter.

»Alles in Ordnung? Machst du Witze? Was sagt der Arzt?«, kam eine Frage nach der anderen wie aus der Pistole geschossen.

Frau Kaufmann gähnte und ließ einen lauten Seufzer entweichen.

»Ach Rudi, eins nach dem anderen. Die Ärzte konnten nichts finden. Auch die Frauenärztin nicht. Sie meinte nur, ich solle regelmäßig zu ihr kommen, auch noch in meinem Alter«, sagte die alte Dame leise. »Soweit geht es mir aber gut. Mach dir keine Sorgen! Aber Junge, sag, habt ihr einen neuen Fall? Aus zuverlässigen Kreisen hört man so einiges. Schlimme Sache. Die Tote soll ganz entstellt gewesen sein.« Frau Kaufmann setzte sich mit einem klagenden und lauten Seufzer aufrecht aufs Sofa. Es fiel ihr augenscheinlich schwer.

Hufnagel nahm mit etwas Abstand neben ihr Platz.

»Woher weißt du das schon wieder?«

Sie lächelte, gönnte sich ihren kleinen Wissensvorteil und genoss ihn.

»Ach, wo soll ich anfangen? … Also, du kennst doch Frau Limberger, du weißt schon, meine Freundin aus dem Rathaus. Sie rief mich gestern, kurz bevor diese dumme Sache mit mir passiert ist, an und erzählte, dass der Bürgermeister eine außerordentliche Sitzung im Rathaus einberufen hätte. Und das am Sonntag. Alles nur wegen eurer Toten aus dem Wald. Was ist denn so Außergewöhnliches an ihr, dass der Bürgermeister seine Leute bestellt?«, fragte Charlotte ihren Sohn.

Rudolf war außerstande zu antworten, schüttelte nur den Kopf.

»Was ist, Rudi? Weißt du etwa nichts davon?«

»Nein, Mutter, davon weiß ich nichts«, antwortete Hufnagel gereizt. »Bist mir wohl mal wieder eine Länge voraus.«

Charlotte schaute ihn aus liebevollen und treu sorgenden Mutteraugen an und sagte schließlich: »Nimm es nicht so tragisch. Jetzt bist du jedenfalls informiert.«

*Ganz genau und das von meiner eigenen Mutter. Na, den Kollegen werde ich nachher gleich mal was erzählen. Warum hat mir das keiner gesagt? Oder wussten sie es selber noch nicht? Nichts überstürzen Rudi, Piano, Piano!*

»Nun erzähl schon, Junge. Was ist mit ihr?«

»Mutter, wenn ich dir jetzt wieder sage, dass ich nichts zu sagen habe, wäre es genauso, als würde in China ein Sack Reis umfallen. Es würde dich nicht interessieren«, gab er sich erfolglos.

Charlotte senkte ihren Kopf leicht nach rechts und signalisierte ihre Zustimmung.

Hufnagel, der es besser wissen musste, schaute sich konspirativ im Wohnzimmer um. Die beiden waren alleine, weder eine Tür noch ein Fenster waren geöffnet. Geheimnisvoll rückte er näher an seine Mutter heran.

»Nun«, begann Rudolf, »sagen wir es mal so, die Tote wurde stranguliert und lag ein paar Tage bei dieser brütenden Hitze im Wald. Wie sie jetzt aussieht, kannst du dir sicherlich vorstellen.«

Charlotte schaute entsetzt.

»Und das ist alles? Deshalb diese Aufregung im Rathaus?«

»Ja.« Hufnagel hoffte, sie würde nun Ruhe geben.

»So Rudi, und jetzt kommst du mal zum interessanten Teil der Geschichte!«, antwortete seine Mutter streng blickend.

*Hach, wie ich diesen Blick an ihr hasse. Schon als Kind hat sie mich so gemustert. Hört das denn niemals auf?* »Die Strangulierung wurde immerfort unterbrochen, außerdem vermutet mein Chef, dass sie vom horizontalen Gewerbe war. Sie muss kurz vor ihrem Tod noch aktiv gewesen sein.«

»Klingt schon besser, mein Sohn.« Frau Kaufmann lächelte ihn an, als hätte er soeben eine Mathematikaufgabe richtig gelöst. »Jetzt verstehe ich die Herrschaften im Rathaus. Das ist ein delikater Fall und könnte dem Image der Stadt außerordentlich schaden. Schaut, dass ihr den Fall so schnell wie möglich löst! Dein Vater hatte mal einen ähnlichen Mordfall. Damals ging das bis in die höchsten Regierungskreise.«

Rudi ersparte sich die Nachfrage, ob sein Vater den Mörder auch dingfest gemacht hatte, denn das zufriedene Gesicht seiner Mutter gab ihm Antwort.

»Ohne mich wäre es ihm aber nie gelungen. Wenn es mir

wieder besser geht, erzähl ich dir die Einzelheiten … So mein Sohn, ich sollte jetzt ein Schläfchen machen. Ich bin müde und brauche Ruhe«, versuchte sie ihn auf charmante Miss-Marple-Manier loszuwerden. Denn jetzt hatte nicht nur Rudi einen neuen Mordfall zu klären, sondern auch sie und an den wollte sich die alte Dame unverzüglich begeben. Galt es doch, diesbezüglich erste Gespräche mit ihren Bekannten Frau Schulz und Frau Limberger zu führen.

Rudi zeigte sich einverstanden. Er stattete seine Mutter noch mit den typischen Vorsorgemaßnahmen aus, wie: »Ruf mich sofort an, falls es dir schlechter geht!« und »Du kannst mich zu jeder Tages- und Nachtzeit erreichen!« Mit dem Resultat, dass es ihm gleich besser ging, obwohl ihm gar nichts fehlte.

Doch kaum dass Rudolf das Zimmer verlassen hatte, begab sich die Seniorin ins Bad, um sich zurechtzumachen. Wenig später verließ sie das Appartement und lief langsam, so wie es die Beine nach dem gesundheitlichen Vorfall erlaubten, zu Maria Schulz, ihrer Berliner Freundin.

Das laute Klopfen signalisierte ihr Kommen.

»Kann man denn nicht mal in Ruhe 'nen Kaffee trinken?«, rief Maria der Tür entgegen und begab sich in ihrem pinkfarbenen Jogginganzug dorthin. »Wat is?«, fragte sie, ohne zu öffnen.

»Ich bin's, Maria. Ich muss ganz dringend mit Ihnen sprechen.«

Maria öffnete die Tür. Wie immer war sie neugierig, und wenn Charlotte sie schon einmal besuchte, dann musste auch etwas passiert sein.

»Na, wat jibts denn so Uffregendes? Haben wir mal wieder einen Mord?«, fragte sie scherzhaft.

Charlotte nickte.

»Wat? Schon wieder? Ick dachte, dit Konstanz ist so

wunderbar harmlos. Und jetzt kommt een Mord nach dem anderen. Is ja wie dit Brezelbacken, nur mit 'nen bisgen Blut drumherum.«

»Darf ich reinkommen?«, fragte Charlotte Kaufmann genervt.

»Klaro, immer rinn in die jute Stube. Käffchen gefällig oder lieber 'nen Eierlikörchen?«

»Nein danke! Ich fühle mich immer noch etwas wackelig auf den Beinen«, gab Charlotte ihrer Bekannten zu verstehen und setzte sich auf einen von Marias alten Sesseln, von denen sie sich nicht trennen wollte, obwohl sie es dank eines Lottogewinns längst hätte tun können. Maria machte sich nicht viel aus Geld, schätzte es zwar seiner Annehmlichkeiten wegen, vergaß aber nie, anderen zu helfen, wenn es denen schlechter erging. *Das Fenster könnte sie auch mal öffnen*, dachte Frau Kaufmann und rümpfte die Nase. *Es riecht nach abgestandener Luft.*

»Na, wenn dit so ist, verzichte ick och.« Maria nahm ihr gegenüber auf dem Fernsehsessel Platz, drückte sich tief ins Polster und faltete die Hände über ihrem fülligen Bauch. Ihr legeres Sweatshirt brachte ihn in dieser Haltung erst richtig zur Geltung. »Aber so schlimm kann dit nicht gewesen sein, immerhin sitzen Sie schon wieder bei mir und haben Hummeln im ...«

»Jaja, ich weiß schon, was Sie sagen wollen«, funkte Charlotte dazwischen und erzählte vom Gespräch mit ihrem Sohn.

»Wat, dit is ja ekelhaft. Sachen jibt dit. Und wie stellen Sie sich dit nun vor? Für son Besuch im Puff sind wir wohl zu alt. Soll ick mal mit Egon, meinem Freund aus Berlin reden? Diese Zeitungsfritzen wissen doch so ville.«

»Nein, nicht nötig. Dieses Mal müssen wir unseren Mörder wohl in der näheren Umgebung suchen. Das

Problem sehe ich eher in der Identität dieser jungen Frau. Wenn wir nicht wissen, wer sie ist, können wir auch nirgends ansetzen.« Frau Kaufmann schien sich bereits Gedanken gemacht zu haben und suchte nach einer Lösung.

»Dann kieken wir halt mal im Internet. Dort jibt es doch sicher 'ne Vermisstenseite. Vielleicht steht sie dort drinne.«

»Daran habe ich auch schon gedacht. Kommen Sie, gehen wir zu mir! Sie haben doch keinen Laptop, obwohl diese kleinen Prachtstücke heutzutage so günstig sind.« Charlotte war stolz auf ihre Computerkenntnisse, die sie in einem Seniorenkurs Stück für Stück erworben hatte. Inzwischen war sie sogar ganz fit im Umgang mit dem World Wide Web.

»Nee nee, dieser neumodische Kram kommt mir nicht ins Haus. Reicht doch, dass Sie so wat haben, dit langt für uns beede. Also jut, kieken wir in den Kasten. Wer wees, vielleicht finden wir ja wat über die Tote.«

***

Während sich die beiden alten Damen an Charlottes Computer begaben und nach Anhaltspunkten suchten, verfolgten die Kollegen der Kriminalpolizei eine ähnliche Spur. Nur dass diese über weit mehr Möglichkeiten verfügten, dank des Zugangs zur zentralen Datenbank der Vermisstenstelle des BKA.

Tilo Hübner verbrachte Stunden mit der Suche nach einer vermissten Frau, die mit dem Opfer Ähnlichkeit hatte. Doch seine Suche sollte sich schnell als erfolglos erweisen. Entweder waren die gesuchten Damen zu alt, oder aber sie hatten mit der Toten wenig gemein. Resigniert gab er auf. Und die brütende Hitze tat ihr Übriges. Viel lieber sah sich Hübner jetzt am Bodensee sitzend und sein Gesicht der

Sonne preisgebend. Doch stattdessen blieb ihm nur der Blick gen Himmel, dessen Blau von ein paar Kondensstreifen durchbrochen worden war.

Nadine hatte inzwischen Kontakt zu den Kollegen der Sitte aufgenommen und ein paar Anlaufstellen für ihre Recherche erhalten. Zunächst erhielt sie zwei relevante Adressen, die für ihren außergewöhnlichen Service in einem gepflegten Ambiente bekannt waren. In privater Atmosphäre konnte man dort seinen Gelüsten nachgehen, außerdem wechselten die Girls, so der Kollege der Sitte, in regelmäßigen Abständen. Die Begeisterung war Nadine förmlich ins Gesicht geschrieben und der Gedanke, jetzt die Häuser aufsuchen zu müssen, war ihr zuwider.

»Na Hübi, eigentlich sollten wir tauschen. Jetzt muss ich auch noch zu *Lydias sexy Girls*.« Nadine blickte herausfordernd zu ihrem Kollegen.

Hübner sah augenblicklich hoch, als er den Namen des Bordells vernahm. »Aha, man hört nur Gutes über dieses Etablissement«, antwortete er mit gierigem Blick. »Soll ich nicht lieber …?«

»Nee nee, das bekomme ich schon alleine auf die Reihe. Wieso, kennst du es?«

»Nein, woher denn?«, echauffierte sich Hübner.

»Na, woher wohl? Vom Spazierengehen mit der Familie wohl kaum.«

»Selten so gelacht, Nadine«, antwortete er abschätzig.

»Also ich geh dann mal. Sag den anderen Bescheid, falls mal wieder einer hier auftaucht! Ach, wo ist überhaupt unser Chef?«

# 6. Am Nachmittag

Nadine hatte weiche Knie. Die zu erledigende Aufgabe verlangte ihr doch einiges ab. Mutigen Schrittes verließ sie die Dienststelle und dachte darüber nach, wie sie am besten damit umgehen konnte. *Soll ich Daniel anrufen oder einfach gehen? Wenn ich anrufe, hält er mich womöglich für ein Weichei und wenn nicht, schmettern wieder Vorwürfe über mich hernieder. Egal, wie man es dreht, am Ende ist es falsch. Andererseits bin ich alt genug und brauche keinen Beschützer.*

Sie zog ihr Smartphone aus der Tasche, setzte sich auf eine der Parkbänke vor dem Polizeirevier und suchte die Adresse des Bordells im Internet. Zunächst glaubte sie, den falschen Suchbegriff vorgegeben zu haben, als ein graublaues Balkendiagramm auf dem Display erschien. Es zeigte das höchste Besucheraufkommen im Hause *Lydias sexy Girls.* Beim Gedanken daran musste sie schmunzeln. *Na ja, da ist das Wochenende daheim wohl eher langweilig verlaufen. Ausgerechnet Montagmittag kommen die meisten Männer. Ich kann mir das Szenario gut vorstellen. Ein Mann hat Mittagspause, geht in den Puff und kehrt danach erleichtert ins Büro zurück.* Laut Diagramm herrschte gerade Ruhe, sodass Nadine weniger Sorge hatte, einen Bekannten zu treffen. Wenn sie ehrlich war, kannte sie niemanden, der ein solches Haus besuchen würde. Aber wer konnte schon in einen Menschen hineinsehen? Sie jedenfalls nicht.

Nach einigem Hin- und Herscrollen auf der Webseite von *Lydias sexy Girls* hatte sie die nötigsten Informationen gesammelt. Nadine genoss noch ein paar Minuten die Wärme, doch gerade als sie ihr Gesicht der Sonne entgegenstrecken wollte, klingelte das Handy.

»Andres!«

»Hallo Frau Andres, Hendrick hier. Wir haben die Ergebnisse der Leichenschau. Möchten Sie vorbeikommen?«

Nadine schluckte. *Jetzt?* »Im Moment geht's nicht. Bis wann kann ich Sie erreichen?«

»Nun, ich muss noch den Bericht schreiben und ein paar Auswertungen machen. Lassen Sie mich überlegen …«, es wurde kurz ruhig, »… bis 18.00 Uhr auf jeden Fall.«

»Gut, dann komme ich in circa einer Stunde vorbei.«

Die beiden legten auf, während Nadine noch eine WhatsApp an ihre Freundin Caro schickte, um sich mit ihr für Mittwochabend zu verabreden. Danach ging sie zum Parkplatz der Kleinkrafträder und fuhr wenig später in Richtung Industriegebiet.

Das Haus *Lydias sexy Girls* wirkte aufgrund seiner braunen Dachziegel und dem weißen Anstrich eher unscheinbar und ließ vermuten, dass es sich hierbei um ein ganz normales Einfamilienhaus handelte, statt eines Stundenhotels.

Nadine stieg zwei Stufen zum Haus empor, klingelte und wartete, bis man ihr öffnete.

Eine Dame im knappen schwarzen Lederrock sowie transparenter passender Bluse schaute die junge Polizistin aus stark geschminkten Augen an.

»Also wenn du bei uns anfangen willst, kannst du dich *sooo* nicht kleiden.« Sie musterte Nadine von oben bis unten und blickte auf ihre klein karierte Bluse und Jeans.

»Das liegt auch nicht in meiner Absicht«, gab Nadine augenrollend zurück. »Könnte ich bitte den Inhaber sprechen?«

»Und in welcher Angelegenheit?«, fragte die andere schnoddrig.

Nadine zeigte ihren Dienstausweis vor.

»Sind Sie von der Sitte? Hat einer von uns was ausgefressen?«

Nadine beruhigte die Dame des horizontalen Gewerbes mit bestimmendem Ton und stellte ihre Frage erneut, bis sie schließlich hereingelassen wurde.

Leicht bekleidet und mit hochhackigen Schuhen stolzierte diese voran, wackelte mit dem Po, unterdessen Nadine ihr kopfschüttelnd folgte. *Etwas mehr anziehen könnte sie sich schon. Aber hier herrscht wohl zu jeder Tages- und Nachtzeit reger Verkehr.*

Am Ende eines langen rot ausgeleuchteten Ganges, welcher mit unzähligen Erotikfotos gespickt war, stoppte sie und klopfte an die Tür mit einem Hinweisschild für *Privat*.

»Ja!«, kam es mürrisch aus dem angrenzenden Zimmer.

Die Prostituierte öffnete die Tür, steckte den Kopf durch den Spalt und entschuldigte sich bei jemandem. Im Anschluss bat sie Nadine, näher zu treten. »Das ist Ramon, mein Chef«, flüsterte sie Nadine beim Hineingehen zu.

Ramon saß an einem goldverzierten Schreibtisch, war etwa um die vierzig, zudem von üppiger Statur. Bekleidet in einem schwarz glänzenden Hemd zog er genüsslich an einer Zigarre. Sein spärliches Haar lag gegelt über der Glatze.

*Widerlich*, dachte Nadine. *Dem möchte ich weder bei Tag noch Nacht begegnen.*

Erneut zog Ramon mit seinen fleischigen Lippen an der Zigarre, rollte sie im Mund und lutschte süffisant an ihr.

Die junge Polizistin musste schlucken.

»Na Kindchen, was kann ich denn für unseren Freund und Helfer tun?« Mit gierigem Blick schaute er auf die junge Frau und bat sie per Handwinken näher zu kommen. »Nehmen Sie doch bitte Platz, Frau …«

»Andres«, vervollständigte Nadine und wies sich aus. »Kennen Sie diese Frau?« Ohne Umschweife übergab sie ihm ein Foto mit der Toten aus dem Wald.

Ramon legte seine Zigarre in den Aschenbecher, nahm das Bild und starrte auf die junge Tote. Wahrlich, ein schöner Anblick war es nicht. Doch ihn schien es nicht zu stören. Nach einer kurzen Pause mit Blick zunächst auf die Tote und dann zu Nadine antwortete er entschlossen: »Tut mir leid, kenn ich nicht.«

»Vielleicht hat sie früher mal hier gearbeitet?«, wollte Nadine wissen.

»Nein, ich kenne alle meine Bunnys und glauben Sie mir, die hat nie für mich angeschafft.«

»Wie können Sie sich da so sicher sein?«

»Das kann ich nicht, zumal sie schlecht auf dem Foto zu erkennen ist. Meine Häschen sind im Stall und keins fehlt. Ist sie überhaupt eine Nutte?«

Nadine zuckte mit den Achseln. »Kann ich Ihnen nicht so genau sagen. Das ist eher eine Vermutung.«

»Sie könnte aber auch eine von den wöchentlich wechselnden Ladys sein.«

»Sie meinen die, die von Stadt zu Stadt ziehen?«, fragte Nadine.

»Ganz recht. Aber auch hier hörte ich nichts von einer Vermissten. Glauben Sie mir, das Gewerbe ist engmaschig und da bekommt man so einiges mit.«

»Und wenn sie auf eigene Faust gearbeitet hat?«

»Denkbar, ich kann mich ja mal für Sie umhören. Kostet aber eine Kleinigkeit.« Er schaute sie erwartungsvoll an.

»Besorgen Sie mir die Info und ich besorge Ihnen das Geld!«, kam es entschlossen von Nadine.

Ramon erhob sich, nahm seine Zigarre wieder vom Aschenbecher auf und steckte sie in den Mund. »Und wenn Sie mal einen Nebenjob suchen, dann melden Sie sich bei mir!«

*Ganz sicher nicht.* »Danke, ich finde schon alleine raus.« Ihm die Hand zu reichen, ersparte sie sich. *Bloß raus hier.* Das leise Stöhnen aus einem der benachbarten Zimmer ließ sich nicht überhören. *Wie soll man denn eine Prostituierte finden, die auf eigene Faust anschaffen geht? Im Grunde könnte es jede von uns sein. Wieso wird sie nicht vermisst?*

Auch im nächsten Bordell hatte Nadine kein Glück. Keiner kannte die Tote und keiner vermisste eine seiner Angestellten. Nadine war ratlos.

***

Auch Charlotte und Maria forsteten die einschlägigen Vermisstenseiten im Internet durch. Jedoch ohne Resultat. Das Opfer blieb, was es war, unbekannt. Doch die alten Damen ließ der *Fall Käfer* nicht kalt, wurden sie doch durch den Mord mit dem Thema *Vermisst* konfrontiert. Charlotte Kaufmann war bei der Suche im Internet auf ein Vermisstenportal gestoßen, das überwiegend nach Kindern und Jugendlichen suchte. Sie entnahm der Seite, dass etwa Hunderte von Kindern und Jugendlichen in Deutschland derzeit vermisst wurden, mit stetig wachsender Zahl. Auf der Webseite erhielten betroffene Eltern Hilfe durch die Polizei und ehrenamtliche Mitarbeiter.

Maria, die neben Charlotte am Computer saß, wirkte bestürzt.

»Wat, dit ist ja schrecklich. Stellen Sie sich mal vor, Ihr Kind verschwindet urplötzlich! Mensch, diese Angst, wie furchtbar.«

Auch Charlotte war ergriffen vom Leid der Eltern, nicht zu wissen, was mit ihren Kindern geschehen war. Die Ungewissheit war wohl dabei das Schlimmste.

»Ich wäre wahnsinnig geworden, wenn auch nur eines meiner Kinder verschwunden gewesen wäre. Als Rudi, da muss er so fünf oder sechs gewesen sein, uns am See einmal davon gelaufen war, bin ich unzählige Male vor Angst gestorben. Zum Glück brachte ein Bekannter den Kleinen wieder zurück.«

***

Zwischenzeitlich trafen Andres, Hufnagel und Hübner wieder im Büro ein, unterdessen Selzer fehlte. Noch immer wusste niemand, wo er den ganzen Mittag über geblieben war.

Nach einem kurzen Informationsaustausch über den bisherigen Stand der Ermittlungen, den alle als überaus erfolglos einstuften, telefonierte Nadine mit Ron Hendrick, dem Rechtsmediziner und kündigte ihr Kommen an.

Hufnagel wirkte nicht ganz bei der Sache, weilte er doch in Gedanken noch bei seiner Mutter.

***

Selzer brauchte ein wenig Abstand von der Enge im Büro. Zu viele Menschen auf einem Haufen waren ihm heute unangenehm. Daher hatte er beschlossen, sich samt Laptop und Bier an den Bodensee zu begeben. Ein stilles Örtchen zum Verweilen war schnell gefunden und so machte er sich unabhängig von den anderen auf die Suche nach der ermordeten Frau. Er nutzte seine Kontakte zum BKA, telefonierte mit alten Kollegen und zwielichtigen

Gestalten, die ihm noch einen Gefallen schuldeten, allerdings ohne Erfolg. Die junge Tote aus dem Wald kannte und vermisste niemand. Resigniert gab er nach drei Stunden auf und fuhr zurück ins Büro. Dort erntete er dementsprechend Schuldzuweisungen.

»Und bei mir machst du so ein Galama, wenn ich mal auf eigene Faust recherchiere. Und du machst, was du willst. Hättest wenigstens Bescheid geben können«, schimpfte Nadine empört und richtete den Blick auf Selzer.

Doch statt einer Entschuldigung fragte er nur: »Galama?«

Hufnagel mischte sich ein: »Chef, das ist schwäbisch und heißt so viel wie *Lärm um nichts* oder *unnötige Aufregung verbreiten*.«

Selzer gab sich zufrieden und beließ es dabei, wusste er doch, dass jedes weitere Wort jetzt zu nichts führte.

»Egal, ich geh dann mal. Wenn ihr mich sucht …«, Nadine stoppte kurz und schaute Daniel provozierend an, »… findet ihr mich in der Rechtsmedizin.«

Die skeptischen Gesichter wurden nachdenklich. Der eine oder andere nickte.

Kaum zwanzig Minuten später stand Nadine gemeinsam mit Ron Hendrick vor der Toten. Jedes Mal, wenn sie die Leichenhalle betrat, durchzog sie ein kalter Schauer. Der Gedanke, dass jeder früher oder später hier einmal liegen könnte, bereitete ihr Angst.

Hendrick stellte ihr seinen Assistenten vor, welcher ihm gerade den Autopsiebericht übergab und sich wenig später wieder an den Computer setzte. Denn neben dem *Fall Käfer* lag noch ein weiterer ungeklärter Todesfall auf dem Sektionstisch.

Nadine schaute nachdenklich hinüber zum aschfahlen

Gesicht eines älteren Mannes, den sie weit über siebzig schätzte.

»Keine Sorge, der wurde nicht ermordet. Auf dem Totenschein war die Todesart noch ungeklärt. Suizid oder Unfalltod, wir finden es heraus«, erklärte Hendrick.

Die junge Frau gab sich zufrieden und kehrte gedanklich wieder zu *ihrem* Mordopfer zurück.

Hendrick postierte sich vor Nadine und erzählte, dass in der Kniekehle der Toten der Rest einer Zigarettenkippe, vermutlich von einer Mentholzigarette, geklebt hatte. Außerdem erwähnte er Faserspuren eines wollähnlichen Materials unter den Fingernägeln.

»Haben Sie Fremd-DNA sicherstellen können?«, erkundigte sich Nadine.

»Ja, sowohl im Sperma als auch an der Zigarette«, erklärte Hendrick und durchblätterte den Bericht. »Leider fanden wir keine Übereinstimmung der DNA.«

Nadine überlegte kurz. »Demnach stammt die DNA von einer dritten Person? Womöglich haben wir es mit zwei Tätern zu tun.«

»Oder Täterin. Die DNA an der Zigarette stammt von einer anderen Frau.«

»Eine Frau?«, fragte Nadine überrascht. »Und die Faserspuren, welche Farbe haben sie?«

Hendrick schaute auf den Bericht und dann auf Nadine. »Rosa.«

»*Rosa?* Mhm.« Nadine machte ein nachdenkliches Gesicht. *Vielleicht von einem Pullover oder Teppich – soll die KTU klären.* »Vielleicht hatte sie einen rosafarbenen Wollpullover an.«

Hendrick schaute skeptisch. »Bei diesen Temperaturen ist das eher unwahrscheinlich. Ich würde auf einen Teppich oder gar Badvorleger tippen. Womöglich lag sie bei ihrem

Liebesabenteuer auf einem solchen.« Er hielt kurz inne. »Das ist aber noch nicht alles, werte Kollegin. Wir haben im Bereich des Haaransatzes Tierhaare gefunden, vermutlich von einem Hund oder einer Katze.«

»Hundehaare?«, antwortete Nadine grübelnd. »Der Mann, der die Tote gefunden hat, besitzt einen Hund. Die Haare werden mit großer Wahrscheinlichkeit von ihm stammen«, schätzte sie.

»Denkbar. Die KTU sollte die Haare vergleichen«, meinte Hendrick.

»Gut, werde ich veranlassen«, versprach Nadine. »Und sonst?«

»Steht alles im Bericht. Meine erste Einschätzung bezüglich der Todesursache deckt sich mit der Autopsie. Das Opfer wurde langsam und immer wieder von Neuem stranguliert, bis schließlich der Tod eintrat. Als Todeszeitpunkt kann man etwa von Samstag oder Sonntag vor einer Woche ausgehen.«

»Eine Woche? Und etwas präziser?«

»Tut mir leid, da müssen Sie sich noch ein wenig gedulden. Wie ich Ihnen bereits sagte, forensische Entomologie ist nicht mein Fachgebiet. Ich musste einen Spezialisten vom Frankfurter Zentrum für Rechtsmedizin konsultieren. Er ist gerade an der Auswertung der Larven und sicherte mir sein Gutachten noch für diese Woche zu.«

»Diese Woche? Geht das nicht schneller?«, murrte Nadine.

»Nein! Das ist eine Wissenschaft für sich und die Untersuchung braucht Zeit. Sie werden sich also gedulden müssen«, maßregelte er Nadine und schenkte ihr ein gekünsteltes Lächeln.

Nadine bedankte sich bei Ron Hendrick und verließ mit dem Bericht in der Hand die Rechtsmedizin, während er sich tief durchatmend eine Zigarette im kleinen Innenhof des Krankenhauses gönnte.

Zurück im Konstanzer Büro

Nadine klärte die Kollegen umgehend über ihren Kenntnisstand bezüglich der Leichenschau auf. Im Anschluss setzte sie sich telefonisch mit dem Hundehalter in Verbindung. Dieser sicherte ihr noch heute eine Haarprobe seines Jack Russell Terriers zu, zumal er ohnehin noch einmal nach Konstanz fahren wollte. Laut Angabe seiner Adresse wohnte er in Liggeringen, einem kleinen Örtchen, dessen Vorfahren schon einige Jahrhunderte vor der ersten unverfälschten Urkundenerwähnung im Jahre 946 in dieser sonnigen, vom Seenebel verschonten Lage, mit schönen Wäldern und Naturschutzgebieten gelebt hatten. Darüber hinaus verfügte die beliebte Wohn- und Feriengemeinde über eine Gastronomie der besonderen Art: Das Gasthaus Kranz, in dem man ganzjährig Dünnele essen konnte. Diese bäuerliche Spezialität war im gesamten alemannischen Sprachraum beheimatet. So vielfältig die Namen dafür auch waren, so vielfältig waren die Varianten. Es gab sie mit Käse, Speck, Zwiebeln, Spinat, Pfeffer, Knoblauch und Apfel.

Beim Gedanken an diese Köstlichkeit bekam Nadine sogleich Hunger, da sie den ganzen Tag kaum etwas gegessen hatte. Und jetzt blieb dafür genauso wenig Zeit, denn sie musste noch auf den Hundebesitzer warten.

Unterdessen machte sich eine gewisse Unruhe unter den Kollegen breit.

»Ich mach dann mal Feierabend«, war das abschließende Resümee von Herrn Hufnagel, der anscheinend nur noch auf das Eintreffen seiner Kollegin gewartet hatte.

*Super, und ich blöde Kuh muss warten. Könnte doch*

*auch einer von denen machen. Die sitzen den ganzen Tag hier, während ich mir die Füße heiß laufe.* Doch außer einem dezenten Stöhnen beließ es Nadine dabei.

»Wie sieht es bei Ihnen aus, Frau Kollegin?«, fragte Hufnagel väterlich.

»Ich muss leider noch auf den Mann mit den Hundehaaren warten.«

Selzer unterbrach sie: »Nadine, wenn du gehen willst, warte ich.« Anscheinend plagte ihn das schlechte Gewissen.

Nadine ließ sich das nicht zweimal sagen, bedankte sich bei Selzer und verabschiedete sich kurz darauf in den Feierabend. Schnurstracks begab sie sich zu ihrem Motorroller und fuhr ohne Umwege in Richtung Hauptbahnhof, dem gegenüber eine Fast-Food-Kette eine Filiale besaß. Obwohl sie Nahrung dieser Art verabscheute, bestellte sie eine große Cola sowie einen Hamburger XXL und verschlang beides binnen weniger Minuten. Wohlgenährt auf der einen Seite, und einem schlechten Gewissen auf der anderen, fuhr sie nach Hause.

Etwa eine halbe Stunde später brachte der Liggeringer Hundehalter die versprochenen Hundehaare, die Selzer zum Abgleich sofort der KTU übergab.

Schröder machte sich sogleich an die Arbeit. Es dauerte nicht allzu lange, dann hatte der junge Mann mit der übergroßen schwarzen Brille ein Ergebnis parat und wollte es Selzer voller Tatendrang mitteilen, noch bevor dieser das Büro verließ.

»Herr Selzer, sind Sie's?«, fragte Schröder naiv.

»Ja, wer denn sonst? Sie haben doch meine Nummer gewählt, also werde ich wohl am Apparat sein.« Selzer kannte bereits Schröders unbeholfene Art, schätzte umso mehr sein Wissen.

»Also, die morphologischen Merkmale deuten auf Hundehaare hin. Allerdings stimmt das DNA-Profil der Haarspuren nicht überein. Wir haben es hier mit zwei unterschiedlichen Hunderassen zu tun.« Schröder machte eine Pause und wartete geduldig auf sein Gegenüber.

»Sie meinen, Schäferhund und Dackel?«

»So könnte man es auch sagen. In unserem Fall ist es ein Mops und ein Jack Russell Terrier.«

»Respekt, Schröder. Demnach muss das Opfer mit einem Mops in Berührung gekommen sein oder besaß gar einen solchen. Endlich können wir die Suche etwas eingrenzen. Können Sie schon etwas über die rosafarbenen Fasern und den Zigarettenrest sagen?«

Doch so schnell war Schröder nicht.

»Nein, im Moment kann ich die Überlegung meines Kollegen Hendrick nur teilen. Warten Sie bitte bis morgen!«

Man legte auf, während sich der eine auf ein Bier in die nächstgelegene Kneipe aufmachte und der andere nach Hause ging, wo niemand auf ihn wartete. Schröder liebte klassische Musik und schob eine CD von Richard Wagners *Lohengrin* in den Schlitz der Stereoanlage. Mit Kopfhörern ausgestattet begab er sich in eine andere Welt und hatte nach einer guten Stunde seine Arbeit vollends vergessen.

***

Auch Nadine hatte es sich daheim gemütlich gemacht und saß mit ihrer Freundin Lea in der Wohngemeinschaftsküche. Wenn es ihre Zeit erlaubte, gönnten sich die jungen Frauen ein Glas Rosé und ließen den Abend dabei ausklingen. Ein paar Stunden später verschwanden beide in ihre Zimmer.

An diesem Abend konnte Nadine nicht in den Schlaf

finden, denn zu sehr plagten sie die Gedanken um die Tote aus dem Wald. *Wo hat man sie ermordet? Und warum? Rosafarbene Faserspuren, eine Mentholzigarette und Tierhaare könnten auf einen Frauenhaushalt schließen. Wurde sie womöglich in einem Stundenhotel getötet? Und wenn ja, könnte die Einschätzung dieses Ramon durchaus passen, dass sie eine reisende Prostituierte war.*

# 7. Das zweite Opfer

**A**m nächsten Tag

Schröders Gedanken kehrten aus den grenzenlosen Tiefen seines Unterbewusstseins ins Hier und Heute zurück. Noch lag ihm Wagners Musik im Sinn, mit welcher er, gedanklich vereint, seine Arbeit erledigt hatte, um sich dann Selzer telefonisch zuzuwenden.

Selzer hatte offensichtlich auf Schröders Anruf gewartet, denn allzu rasch nahm er das Gespräch entgegen.

»Und, Schröder? Was haben Sie herausgefunden?«, schmetterte dieser sogleich los.

»Langsam, langsam«, bat der junge Mann der KTU um ein wenig Bedenkzeit. »Also, die Faser muss aufgrund ihrer Beschaffenheit von einem Teppich herstammen. Einen Badvorleger schließe ich mal aus, da die meisten aus Mikrofasern hergestellt werden und diese hier keine künstliche Faser ist, sondern eine natürliche. Obwohl …«, Schröder stockte kurz, »… obwohl Mikrofasern auch aus natürlichen Werkstoffen hergestellt werden können. Unsere Probe ist jedoch aus Wolle. Das wichtigste Garn in der Teppichherstellung. Man unterscheidet dabei zwischen Schurwolle, die vom lebenden Schaf gewonnen wird und von höherer Qualität ist, und Gerberwolle, die dem toten Tier abgenommen wird und daher von niederer Qualität ist.«

Selzer stöhnte hörbar am anderen Ende der Leitung. *Mensch, komm zur Sache!*

»Schon gut, schon gut, habe verstanden. Also, dann komme ich zum Punkt. Die Probe stammt von einem Teppich, eventuell auch von einem Wollpullover.« Schröder war nach Musik, daher stellte er sein Radio an.

»Hallooo? Das ist jetzt aber nicht Ihr Ernst? Und was ist mit der Zigarette?«, schimpfte Selzer laut in den Hörer. Er kochte vor Wut. Normalerweise brachte ihn nichts so schnell aus der Ruhe, aber dieser Mann tat es.

Schröder schwieg und schien mit seinen Gedanken abzudriften.

»Schröder!?«, kam es barsch von Selzer. »Vielleicht verraten Sie mir, was Sie wissen?« Selzer schüttelte den Kopf, fletschte seine Zähne und präsentierte seinen Groll Nadine, die das Gespräch belustigt verfolgte. Kannte sie doch Schröders eigensinnige Arbeitsweise und war froh, ihm jetzt nicht alles aus der Nase ziehen zu müssen.

Bedächtig schaute Schröder auf den Hörer, zuckte mit den Schultern und wollte nicht verstehen, wie man so reagieren konnte.

»Ach die Zigarette, na ja, das ist eine ganz normale handelsübliche Mentholzigarette. Dürfte schwer sein, den oder die Raucherin auszumachen. Davon gibt es Unzählige. Angeblich sollen Mentholzigaretten einen Frischekick geben. Aber wenn Sie mich fragen, erleichtert das Zeug nur den Einstieg ins Rauchen. Dann doch lieber Nichtraucher.«

Das war Selzer nun doch zu viel. Er wollte Fakten und kein persönliches Statement von Schröder.

»Ich frage Sie aber nicht«, antwortete Selzer wütend und knallte den Hörer auf den Telefonapparat. »Mann, der geht mir so was von auf die Nerven.«

Um sich wieder zu beruhigen, erhob sich Daniel Selzer von seinem Platz und lief ein paar Mal durchs Büro, derweil Hufnagel und Hübner einander nur anschauten. Derart aus der Fassung gebracht, kannten sie ihren Chef noch nicht.

»Daniel, Schröder meint es nicht so. Er ist halt oft mit seinen Gedanken ganz woanders, wie ein Teenager, dessen

Synapsen noch nicht zueinandergefunden haben. Du weißt schon, die Entwicklung des Gehirns erinnert während der Pubertät an eine Großbaustelle.«

Selzer starrte Nadine nachdenklich an. *Was hat das bitte schön mit der Pubertät zu tun?*

»Nicht ganz, Kollegin, nicht ganz«, mischte sich Rudolf Hufnagel ein. »Viele Verbindungen zwischen den Nervenzellen, den Synapsen, werden gekappt. Was bedeutet, dass jede Sekunde 30.000 dieser Verknüpfungen verschwinden. Aber kein Grund zur Sorge, das ist völlig normal. Keine leichte Zeit für Eltern, sage ich Ihnen … Unsere Tochter hat uns in dieser Zeit auch ganz schön zugesetzt.«

Hübner, der wie so oft, auf diese Art von Gesprächen keine Lust hatte, bat sich schließlich ein wenig Ungestörtsein aus, da er mit einer Recherche im Internet beschäftigt war.

Selzer pflichtete ihm bei und entschied kurzerhand, seine Mittagspause mit einem Spaziergang zu verbringen. Jetzt brauchte er einen kühlen Kopf. Außerdem wollte er noch privat telefonieren, und zwar ungestört.

***

Langsam kehrte die Kontrolle über sein Ich zurück. Er besann sich und dachte an den letzten Samstag. Ungelenk schritt er über die alten Holzlatten, bedachtvoll, um sie nicht zum Knarren zu bringen. Er wollte sie nicht wecken und wusste, wohin er zu treten hatte. Als er die Tür erreicht hatte, schloss er sie leise auf und betrat den angrenzenden Raum. Nicht verputzt, mit altem Mauerwerk, durch das braune Klinkersteine deutlich hinter vergilbten Zeitungsausschnitten hervorstachen. Bilder von toten Frauen. Headlines alter Zeitungsartikel. Selbst geschossene Fotos mit entstellten Gesichtern, leblos, tot und voller Blut.

Wortlos stellte er sich vor die Wand, ließ seinen Blick über die Fotos schweifen und dachte nach. Doch er fühlte nichts außer einer großen Leere und dem Wunsch, es wieder zu tun. Er genoss die Aufmerksamkeit, die man ihm entgegengebracht hatte, ohne zu wissen, wer er war und warum er es tat. Er tat es einfach. Aus Spaß, einen Menschen leiden zu sehen. Zu fühlen, wie er langsam dahinschied, um sein Leben bettelte, um es dann gleich einer Obrigkeit, die zwischen Leben und Tod zu entscheiden hatte, zu nehmen. Ja er war es. Gott. Zumindest fühlte er sich als solcher. Nur fehlte es ihm an Wertschätzung, hatte man sie ihm ein Leben lang nicht entgegengebracht. Und so holte er sich seinen Teil vom Leben, wie er es für sich beschrieb, zurück.

Danach wendete er sich ab, trat einen Schritt nach links zu einer Truhe. Er öffnete sie, entnahm einen Damenslip und schnüffelte daran. Die Nasenflügel vergrößerten sich und die Augen schauten verklärt auf den Stoff. Noch immer schmeckte er den Duft nach unaufdringlichem Parfum. Für ein paar Minuten verharrte er in dieser Stellung, wusste er doch, dass er alleine war, weil sie diesen Raum gar nicht kannte.

Das alte Bauernhaus, das die zwei bewohnten, lag etwas abseits der Stadt und barg so manches Geheimnis wie diesen Raum, der nur über eine verborgene Treppe im Keller zu erreichen war. Ein altes Brettergestell deckte sie ab.

Er hörte ihre Schritte, hielt inne und verbarg das Wäschestück nebst anderen Utensilien wieder in der Truhe. Dennoch gönnte er sich einen letzten verstohlenen Blick, bevor er seiner Freundin wieder unter die Augen treten würde, um ihr zu sagen, dass er in seiner Werkstatt an Holzspielzeug gebastelt hätte. Sie zweifelte nicht daran, aber ein Muster seines Handwerks hatte sie noch nie gesehen.

War sie doch dankbar, wieder einen Mann gefunden zu haben, der das Leben mit ihr auf dem Land zu teilen vermochte. Und ein kleines Geheimnis hatte doch jeder.

Eine Etage höher knarrten Dielen und er wusste, dass sie vor dem Briefkasten stand, um ihn zu leeren. Im Anschluss würde sie sich noch einen Kaffee gönnen und später zu ihrer Schicht radeln, während er seinen Lebensunterhalt ausschließlich mit Gelegenheitsjobs bestritt.

Er schlich vom Keller hinauf, ging in die Küche und setzte sich wortlos neben sie. Nach der Kaffeepause gab er ihr noch einen letzten Kuss, wünschte einen schönen Tag und erledigte den Haushalt. Die beiden hatten eine Übereinkunft getroffen. Sie ging arbeiten, unterdessen er sich um die Belange des Hauses kümmerte, für die Zeit, in der er ohne ein festes Anstellungsverhältnis war. Allerdings blieb dieser Zustand in den drei Jahren ihres Zusammenlebens unverändert.

Schon etliche Jahre hangelte er sich auf diese Weise durchs Leben, hatte er doch andere Ambitionen als ein geregeltes Einkommen. Und er lebte damit gut. Darüber hinaus hatte er eine dunkle Seite, die ihn seit einer gefühlten Ewigkeit nicht loslassen wollte.

Sein Geheimnis, von dem nur er etwas wusste. Niemand war ihm bisher auf die Schliche gekommen. Seine unzähligen Opfer, die er anfangs im Wald verscharrt hatte, später sich dafür nicht einmal mehr die Zeit nahm. So sicher fühlte er sich. Im Laufe der Jahre war das Morden zu einer Sucht geworden, immer in der stillen Hoffnung, dass man ihm endlich das Handwerk legen würde. Sich den Behörden zu stellen, dafür war er zu feige. Seit mehr als zehn Jahren tappte die Polizei nun schon im Dunkeln. Die Mordserie führte von Norden nach Süden und von Westen nach Osten. Mal waren es Jahre, dann wieder Monate, doch so engmaschig wie jetzt war es noch nie.

Nachdem er alles erledigt hatte, setzte er sich an seinen Computer und suchte *sie*. Die Frau, mit der er sich treffen wollte, um sie zu lieben und ihr am Ende wieder Leid zuzufügen. Er war besessen von der Vorstellung, dass diese Sorte von Frau nur Unheil über die Menschheit brachte, weil sie leichtfertig ihren Körper verkaufte. Schließlich fand er *sie*, wie auch sie ihn.

***

Während Selzer angeregt mit einem Berliner Freund telefonierte und seine Sonnenbrille dandylike auf dem Kopf platziert hatte, setzte ein unmerkliches Vibrieren auf seinem Handy ein. Jemand versuchte, ihn zu erreichen. Zunächst ignorierte der junge Mann mit der Rastamähne den anderen Anrufer, fühlte sich aber durch dessen Hartnäckigkeit gestört. Genervt legte er auf und nahm das andere Gespräch entgegen.

»Was gibt's?«, meldete er sich, ohne seinen Namen zu nennen.

»Herr Selzer?«, fragte eine männliche Stimme mit piepsigem Ton.

Die Antwort von Selzer war barsch. Auf die Frage hin, worum es denn gehe, erklärte ihm der andere, dass er seine Telefonnummer der Kurzwahlliste der hiesigen Polizei entnommen habe, und er ihn dringend sprechen möge.

»Wie bitte?«, schnauzte Selzer laut und beruhigte sich sogleich wieder. *Wieso hat mir das keiner gesagt? Ich nahm an, meine Nummer kennen nur die Kollegen.* »Also, ich höre!«

Der andere, der Stimme nach ein Jüngerer, entschuldigte sich, obwohl er für das Missverständnis nichts konnte und sprach von einem Notruf, den er gerade von einer aufgeregten Mutter erhalten habe. Die Tochter habe mit ihren Freundinnen im Wald gespielt und einen grausigen Fund gemacht.

Dem Leiter der Mordkommission schwante nichts Gutes. »Wieder eine Leiche?«, fragte er vorsichtig nach.

»Ja. Und wieder eine Frau«, nickte der andere.

Selzer, der sich lässig auf einen Mauervorsprung an der Seestraße, einer der schönsten Meilen Konstanz' mit prächtigen Jugendstilfassaden, hochherrschaftlichen Villen sowie mit Platanen durchzogener Promenade gesetzt hatte, entglitt der Blick. *Nicht schon wieder. Wir tappen beim ersten Mord doch noch immer im Dunkeln.*

Er sprang sofort von der Mauer und stieß beinahe mit einer jungen blondbezopften Joggerin zusammen. Nach einer raschen Entschuldigung und ein paar netten Worten, reichte er ihr eine Visitenkarte. Danach rief er Nadine an, die sich um alles Weitere kümmern sollte, damit er zum Fundort der Leiche fahren konnte.

Nadine kam sein Anruf gar nicht recht, wollte sie doch alle Konstanzer Stundenhotels überprüfen. Vielleicht hatte die Tote in einem dieser Etablissements ein Zimmer gemietet. Widerwillig disponierte sie um. Sie legte die Akte *Käfer* aus der Hand, griff zum Hörer und alarmierte die Spurensicherung.

Als Hufnagel schließlich aus der Mittagspause mit einem hochroten Kopf, wohl der Hitze wegen, zurückgekehrt war, hatte Nadine bereits einen Kloß im Hals. »Man hat eine zweite tote Frau gefunden«, platzte es aus ihr heraus.

Hufnagel, der gerade im Begriff war, ein paar Einkäufe in den Kühlschrank zu legen, verharrte sofort und drehte sich langsam seiner Kollegin zu. »Noch eine? Aber …« Im selben Moment fühlte er die Kälte entgegenströmen, genoss sie für ein paar Sekunden, bevor er die Kühlschranktür wieder schloss. »Die Hitze schafft einen.« Er wischte sich mit der Hand über die Stirn.

Nadine nickte besonders langsam.

Hufnagel schluckte schwer. »Wo hat man sie gefunden?«

»Nur ein paar Meter vom alten Fundort entfernt.«

»*Nur ein paar Meter*«, wiederholte Hufnagel fassungslos. »Vielleicht lag sie dort schon, als wir die andere fanden.«

»Ich weiß es nicht, Herr Hufnagel. Selzer ist bereits vor Ort und wir sollten auch gleich hin.«

»Wie, jetzt? Das geht nicht, Frau Andres. Ich, ich …«, druckste er, »sollte eigentlich … ach was soll's. Gut, ich bin dabei.« *Muss Muttern halt warten.*

Da Hübner telefonisch nicht erreichbar war, legte Nadine ihm einen Zettel auf den Schreibtisch mit der Bitte, sich sofort bei ihr zu melden. Wenig später gab sie ihm alle Details telefonisch durch.

Selzer schnürte es den Hals zu, ihm wurde heiß. Und es waren nicht die dreißig Grad Celsius, die das Thermometer anzeigte, sondern der Anblick der Leiche, der ihm zusetzte. Schockiert blickte Selzer auf eine unbekleidete Frau mit rötlichen Würgemalen entlang des Halses. Er schätzte sie nicht älter als Mitte zwanzig. Obwohl es noch keinerlei Informationen seitens der Rechtsmedizin gab, erkannte er sofort eine gewisse Übereinstimmung mit dem *Fall Käfer*. Selzer rang nach Fassung. »Ich begreif das nicht, warum zwei Morde nacheinander?«, sprach er leise zu sich selbst und spürte hinter sich die Anwesenheit einer anderen Person.

»Was begreifst du nicht?«, fragte Nadine, während Daniel ihr mit dem Rücken zugewandt stand.

Selzer zuckte kurz, hatte er doch längst ihren Schatten auf dem Boden bemerkt.

»Sieh sie dir an!«, forderte er.

Wortlos trat Nadine hinter Selzers breiten Schultern hervor. Der Anblick der Toten ließ sie erstarren. Sie sah sich kurz um, und verschaffte sich einen ersten Eindruck von der Leiche sowie vom näheren Umfeld.

»Haben wir es mit dem gleichen Täter zu tun? Was meinst du?«, erkundigte sie sich.

»Ja, davon gehe ich aus. Der Täter muss sich hier sicher gefühlt haben, sonst hätte er diesen Ort nicht zweimal gewählt.«

Nadine dachte über Selzers Worte nach und ließ sich mit ihrer zweiten Frage Zeit. »Und wenn es hier noch mehr Tote gibt? Wir sollten das Gebiet weiträumig absuchen!«

»Das werden wir auch tun.«

»Stell dir mal vor, deine Tochter hätte sie gefunden! Gott, die Kleinen müssen ganz durcheinander sein. Wir sollten mit den Müttern reden, die Mädchen brauchen psychologische Betreuung.« Nadine schluckte, fasste sich ein Herz und sprach weiter: »Ich kümmere mich darum und rede mit ihnen.«

Selzer nickte, steckte seine rechte Hand in die Hosentasche und zog Gummihandschuhe heraus. Er streifte sie mit starrem Blick auf die Tote über und ging langsam um den Leichnam herum, bis er sich schließlich zu ihm hinabbeugte.

Süßlich ätzender Geruch stieg in seine Nase.

Nadine zog ebenfalls Handschuhe an und hockte sich neben ihn.

Es brauchte nicht lange, um zu erkennen, dass die Tote erst seit Kurzem hier lag. Die Verwesung hatte langsam eingesetzt und die Bauchdecke zeigte eine grünliche Färbung, zudem begann sich die Haut punktuell zu lösen.

Allerdings hatte die Insektenbesiedelung wie im *Fall Käfer* noch nicht eingesetzt, was Selzer zu dem Schluss kommen ließ, dass die Frau erst vor wenigen Tagen ermordet worden war.

»Was meinst du, wie lange liegt sie hier schon?«

»Ich gehe von zwei bis drei Tagen aus«, mutmaßte Selzer.

»Demnach wurde sie am Wochenende getötet«, bestimmte Nadine.

Selzer sah ihr in die Augen und stimmte seiner Kollegin mit einem kurzen Augenaufschlag zu, unterdessen die weiß gekleideten Männer und Frauen der Spurensicherung eintrafen. Unverzüglich riegelten sie den Platz mit rot-weißen Plastikbändern der Polizei ab. Das Interesse der Schaulustigen hielt sich heute allerdings in Grenzen. Es schien, als ginge man bei dieser Hitze lieber baden. Zumindest hatte die Polizei weniger Arbeit.

Auch Ron Hendrick, der neue Konstanzer Rechtsmediziner, lief hektisch mit einem schwarzen Koffer in der Hand auf die Tote zu.

Nach einer kurzen Begrüßung machte er sich an die Arbeit, derweil Daniel Selzer mit seinem Team den Fundort der Leiche unter Augenschein nahm. Selzer bat Hufnagel, zum Parkplatz zu gehen, um die Presse fernzuhalten. Denn inzwischen hatte sich dort eine Gruppe Journalisten versammelt und suchte nach einer reißerischen Story.

Nadine stupste Daniel in die Seite. »Woher wissen die von der Toten?«

»Keine Ahnung. Hufnagel sagt denen schon, dass sie zu gehen haben.«

»Wieso, lass sie doch! Etwas Publicity kann nicht schaden. Wir sind im Fall der ersten toten Frau noch keinen Deut weitergekommen. Vielleicht hilft ein Artikel in der

Zeitung beim Finden der Frau.« Nadine blickte hinüber zum Absperrband, hinter dem die Reporter wie gefräßige Hunde vor einem Fressnapf lauerten und das Handeln der Polizei verfolgten.

»Informationen an die Presse zu geben, ist Sache der Pressestelle«, entgegnete Selzer mürrisch.

»Jemand muss ihnen die Sache gesteckt haben«, begann Nadine ihre Überlegung von Neuem. »Außer uns vieren wusste niemand davon.«

»*Außer uns vieren* plus dem Polizisten, der mich anrief, plus die Mütter der Mädchen, die die Tote gefunden haben. Such dir was aus! Einer von denen konnte den Mund nicht halten. Mensch, wenn das unser Bürgermeister mitbekommt, können wir uns warm anziehen«, ergänzte Daniel weniger ruhig. Andererseits war ihm die Öffentlichkeit egal, er machte seine Arbeit und das tat er gründlich. Sollte sich doch sein Vorgesetzter Harald Amans damit herumschlagen. Schlussendlich konnte man es doch niemandem recht machen. Irgendjemandem musste man immer auf die Füße treten. Die Tatsache, dass zwei junge Frauen auf derart brutale Weise getötet worden waren, spornte Selzer erst recht an. Ihm war die Meinung anderer schnuppe.

Genau wie im *Fall Käfer* fand die Polizei keine Kleidung oder irgendeinen Hinweis auf die Identität der Toten. Man entdeckte weder ein Mobiltelefon noch eine Geldbörse oder gar Papiere.

Inzwischen war auch Hübner am Leichenfundort eingetroffen, und erkundigte sich bei seiner Kollegin über die ersten Ergebnisse.

»Gibt es bereits einen Anhaltspunkt, ob sie hier getötet wurde?«, fragte er interessiert nach.

Nadine verneinte, zudem gab es keine Hinweise auf einen möglichen Kampf. Mit großer Wahrscheinlichkeit hatte ein solcher an einem anderen Ort stattgefunden. Hendrick bestätigte ihre Einschätzung und fügte hinzu: »Der Täter hat das Opfer mehrere Male brutal mit der Hand ins Gesicht geschlagen«, er zeigte auf das Gesicht der Toten, »was die geformten Hämatome mit streifigen Fingerabdruckkonturen entlang der Wangen beweisen.«

Während man sich einen ersten Eindruck über die Tote verschaffte, überzeugte Hufnagel die Journalisten davon, dass sie jetzt vor Ort keinerlei Informationen erhalten würden. Weder von ihm noch einem anderen Polizisten. Er verwies auf die Pressestelle und bat die Leute um Geduld.

Langsam, mit einem gewissen Widerwillen löste sich die kleine Menschentraube auf. Man stieg in die Autos und fuhr davon. Dennoch hatte ein jeder mindestens ein Foto geschossen und einen Dreizeiler ins Mikro diktiert. Immerhin brachte eine mögliche Story Publicity und ließ die Auflagen ihrer Zeitung in die Höhe schnellen.

Die Spurensicherung suchte alles akribisch ab. Man schaute nach Fingerabdrücken, Blut- und Speichelresten, Haaren, Hautschuppen und Faserspuren. Außerdem tütete man jeden nur erdenklichen Hinweis ein.

Ron Hendrick hatte inzwischen seine Arbeit beendet und gab die Tote für den Abtransport frei. Zwei dunkel gekleidete Männer im Anzug hievten das Opfer in einen Sarg und fuhren es in die Rechtsmedizin.

Mit Unbehagen schritt Nadine noch einmal den Fundort der Leiche ab. Sie wirkte nachdenklich und grübelte darüber nach, warum jemand die zwei Frauen so grausam ermordet und sie dann wie ein Stück Dreck im Wald liegen gelassen hatte. *Und was ist, wenn eine der beiden vom Mord an der anderen wusste und deshalb sterben musste? Vielleicht war die Situation eskaliert? Oder aber wir haben es mit einem*

*Triebtäter zu tun. Wenn wir nicht alsbald herausfinden, wer eine der beiden war, tötet er womöglich weiter. Was ist sein Beweggrund? Warum tötet er und warum legt er sie in den Wald? Ich hoffe, dass die Rechtsmedizin einen für uns brauchbaren Hinweis findet.*

»Na, so nachdenklich«, ertönte plötzlich Hufnagels Stimme.

Nadine war dankbar für seine Störung und schenkte ihm ein sanftes Lächeln.

»Na ja, man macht sich so seine Gedanken«, meinte sie grüblerisch, »die beiden waren so jung. Ich versteh das nicht.«

Rudolf Hufnagel teilte ihre Meinung, zumal seine Tochter kaum älter als die beiden ermordeten Frauen war.

»Kommen Sie, fahren wir ins Revier. Wir können jetzt sowieso nichts mehr machen. Der Rest ist Sache der Spusi«, gab er väterlich von sich und setzte sich in Bewegung.

# 8. Noch am selben Abend

Nadine fuhr mit der Zunge über die trockenen Lippen. Mit verschwitzten Händen griff sie nach dem Wasserglas, das rechts von ihr auf dem Schreibtisch stand. Gierig ließ sie die Flüssigkeit die Kehle hinablaufen und lehnte sich gegen die Stuhllehne. Obwohl sie nur leicht bekleidet war, schwitzte sie. Auch das Herablassen der Jalousien durch einen ihrer Kollegen ließ das Büro nicht kühler werden, denn das Zimmer lag der Sonne zugewandt in südlicher Richtung.

Es war kurz nach achtzehn Uhr und noch lange kein Feierabend in Sicht.

Bei diesen Temperaturen fiel es einem schwer, sich noch auf die Arbeit zu konzentrieren. Nach Hause gehen wollte Nadine aber nicht. Sie hatte das Gefühl, noch etwas erledigen zu müssen, und wenn es nur der Umstand war, hier zu sitzen und darüber nachzudenken, wer die Tote gewesen sein könnte. Wieder einmal hatte sie sich in Geduld zu üben, da man die Leiche wohl heute nicht mehr obduzieren würde.

Rudolf Hufnagel hantierte mit einer Gießkanne herum und goss seine Blumen. »Zehn Cent für Ihre Gedanken«, meinte er und blickte schelmisch zu seiner Kollegin hinüber, derweil die anderen Kollegen noch außer Haus waren.

»So wenig?«, scherzte Nadine und vernahm aus der Ferne das Geräusch eines Rettungswagens. »Da muss etwas passiert sein«, lenkte sie ab.

Hufnagel bemühte sich, das Geräusch auszumachen, hatte er doch seit einiger Zeit Hörprobleme.

»Aha, es wird doch wohl nicht«, sinnierte er, »was mit meiner Mutter sein.«

»Nein nein, die Sirenen kommen eher aus der Innenstadt und nicht vom Seniorenheim.«

Hufnagel gab sich zufrieden und fragte noch einmal nach: »Also, woran dachten Sie gerade?«

»Nun, ich hoffe, dass uns die Rechtsmedizin brauchbare Hinweise liefern kann.« Nadines Stimme klang pessimistisch.

Hufnagel stellte die Gießkanne auf das Fensterbrett, ging an seinen Arbeitsplatz und begann, diesen ein wenig aufzuräumen. Es war wohl an der Zeit zu gehen.

»Na ja, auch wenn es anfangs aussichtslos erscheint, sollte man nicht gleich die Flinte ins Korn werfen. Warten wir die Ergebnisse der Obduktion ab. Sich verrückt machen bringt eh nichts«, meinte er und fuhr seinen Computer herunter.

Nadine kannte Hufnagels Weisheiten längst und schätzte sie seiner Inhalte wegen. Nachdem er gegangen war, machte sie sich an die Arbeit. Da es anscheinend im Fall des ersten Mordes keine Vermisstenanzeige gab, durchforstete sie erneut die zentrale Datenbank der Vermisstenstelle des BKA, in der Hoffnung, etwas zu finden. Die Suche blieb jedoch ohne Erfolg. Dennoch beschloss sie, gleich morgen die hübsche brünette Praktikantin damit zu beauftragen. Sie hingegen wollte die Ruhe im Büro nutzen, um nach ungeklärten Mordfällen im Internet zu suchen. Bei ihrer Recherche stieß sie immer wieder auf Fälle, bei denen man aufgrund mangelnder Beweise das Verfahren eingestellt hatte. Doch außer dass es sich hierbei um jüngere Frauen handelte, gab es keinerlei Übereinstimmung mit den hiesigen Fällen. Die Morde geschahen verteilt auf das gesamte Bundesgebiet.

Nadine spürte, wie ihr langsam der Rücken vom langen Sitzen schmerzte. Voller Entsetzen starrte sie auf die Uhr, sie hatte nicht bemerkt, wie die Zeit vergangen war. »Was, schon neun?«, schrie sie auf. *Die Verabredung mit Caro kann ich dann wohl vergessen. Wieso hat sie sich nicht gemeldet?* Nadine griff zum Handy und schrieb ihrer Freundin eine Entschuldigung, die ihrerseits mitteilte, dass sie erst morgen verabredet seien. Spätestens jetzt wusste die junge Polizistin, dass es Zeit war zu gehen. Resigniert verließ sie das Bürogebäude.

***

Das Geschrei der Frau riss ihn aus seinen Gedanken. Voller Zorn sprang er im Bett hoch. Er schwitzte und sein weißes Rippenshirt klebte auf seinem Oberkörper. Doch es war nur ein Traum, sein Albtraum, den er des nächtens in seinem Unterbewusstsein erlebt hatte. Verstohlen blickte er sich um. Die Freundin war noch nicht von ihrer Arbeit zurückgekehrt. Und noch immer hörte er das Flehen der anderen Frau, als er ihren Hals umfasst hatte und ihr nach dem Leben trachtete. Sie bettelte, flehte ihn an, es nicht zu tun. Vergeblich. Er konnte sie nicht am Leben lassen, denn sie hätte ihn verraten. Er war mit ihr den Weg gegangen, und er würde ihn auch mit ihr beenden. Wie immer, wenn er den Teufel in sich gespürt hatte und einer Frau so nahe wie möglich sein wollte. So nahe, wie er es bei ihr zu Hause nicht vermochte zu sein. Nur weil er ihr nicht wehtun wollte, mussten die anderen sterben. Qualvoll und alleine. Aber was konnte er denn dafür? Sie waren es doch, die sich auf ihn einließen und bereit waren, mit ihm zu gehen.

Schweißgebadet stand er schließlich auf und gönnte sich

eine erfrischende Dusche, bis er ihren Schlüssel in der Tür vernahm.

***

Am nächsten Morgen fühlte sich Nadine völlig unausgeschlafen, weil sie nachts von Katzen, die unter ihrem Fenster laut miauten, gestört worden war. Irgendwann waren sie verschwunden und Nadine hatte wieder in den Schlaf gefunden.

Müde kam sie ins Büro und freute sich zunächst auf einen starken Kaffee. Doch statt der Kaffeemaschine fand sie nur einen kleinen Zettel vor mit dem Vermerk, dass die Maschine von Herrn Amans, dem obersten Chef, ausgeliehen worden war. Seine sei defekt und er erwarte Besuch. *Super, ausgerechnet heute. Und was mache ich jetzt? Zum Automaten gehen?*

Schnurstracks begab Nadine sich zum Getränkeautomaten und holte ihren morgendlichen Muntermacher. Mit dem Becher in der Hand lief sie über den Flur, als ihr Schröder auf dem Weg zum Büro begegnete.

»Morgen Kollegin. Siehst müde aus. Sag mal, wann holt ihr eigentlich den Bericht bei mir ab?«, rief Schröder für Nadines Verhältnisse viel zu laut, denn noch war sie müde.

»Ist der denn schon fertig?« Sie nippte an ihrem Becher und lief mit Schröder weiter.

»Ja«, antwortete Schröder wie selbstverständlich und rückte seine Brille gerade, um Nadine zu betrachten. »So war es doch mit Herrn Hübner vereinbart. Anfang der Woche hieß es. Ich halte meine Termine ein, das weißt du doch.« *Na ja, zumindest versuche ich es.*

»Stimmt, hatte er erwähnt. Müssen wir wohl vergessen haben. Ich nehme den Bericht gleich mit.« Nadine wirkte irritiert und begleitete Schröder bis zur Glastür der KTU. Die Sichtfolie darauf versperrte unliebsame Blicke.

»Also mir gefällt die Tür gar nicht. Sieht aus wie eine WC-Tür«, sagte Schröder kopfschüttelnd. »Aber unsereiner wurde bei der Renovierung nicht mal gefragt.«

»Würde mir auch nicht gefallen, Schröder«, antwortete Nadine gähnend.

Schröder wirkte genervt, schloss sein Büro auf und stellte seine Aktentasche in die Ecke. Danach wusch er sich die Hände, trocknete sie ab und schaute nach der Akte. Schließlich entdeckte er sie unter einem Haufen anderer.

»Na, und ich dachte, du bist so ordentlich«, scherzte seine Kollegin von der Mordkommission.

Schröder zog seine Augenbrauen zusammen.

»Das bin ich auch«, wehrte er ab, »es gibt nicht nur eure Abteilung.« Wie es schien, war auch er mit dem falschen Fuß aufgestanden. »Übrigens haben wir es bei den gefundenen Reifenspuren mit einer eher seltenen Marke zu tun. Aufgrund des gefundenen Reifenprofils habe ich mich mit einem Autoexperten in Verbindung gesetzt. Dieser bestätigte mir, dass es sich hierbei um einen *Firestone ATX* handelt.«

Nadine schaute Schröder ungläubig an.

»*Firestone ATX?* Noch nie gehört! Muss mir das was sagen?«

»Muss nicht, aber kann«, meinte Schröder altklug. »Ich habe mich diesbezüglich mal schlaugemacht. Der Reifentyp ATX und ATX II soll allein in den Vereinigten Staaten für über 170 tödliche Verkehrsunfälle und Hunderte von Verletzten verantwortlich gewesen sein.«

»Ja, aber wir haben keinen tödlichen Unfall zu klären, sondern einen Mord«, widersprach Nadine vehement.

»Stimmt, aber ein seltener Reifen ist wie ein

Fingerabdruck. Es kann doch nicht so schwer sein, den zu finden.«

»Meinst du? Dann werde ich die Kollegen fragen. Danke Schröder, ich nehme den Bericht gleich mit.« *Wieder so eine Technikfrage, bei der ich mich erst mal schlaumachen muss.*

Unterdessen waren die Kollegen eingetroffen und unterhielten sich angeregt bei einer Tasse Kaffee, derweil Nadine die Tür öffnete.

»Moin, auch schon da?«, fragte sie verunsichert nach. »Wo kommt jetzt der Kaffee her?«

»Ach der«, wehrte Hufnagel mit der flachen Hand ab, »den habe ich von Frau Kleinschmidt kochen lassen. Die Thermoskanne«, er zeigte zu einer schwarzen großen Kanne, »dürfte uns eine Weile reichen.«

*Typisch Mann! Unsereiner rennt und holte sich den Kaffee selbst und DIE lassen sich einen kochen. Wir Frauen sind einfach zu sozial.* »Gute Idee, die hätte auch von mir sein können«, log sie. »Ich war gerade in der KTU, der Bericht zum *Fall Käfer* läge jetzt vor.«

Selzer der sichtlich am Schwitzen war und das Bündchen seines Poloshirts am Oberarm lockerte, meinte: »Bevor jeder den Bericht liest, sag uns doch bitte, was drin steht! Somit haben wir alle denselben Wissensstand.«

Nadine informierte die Kollegen, schielte dabei auf Daniels muskulöse Arme und hatte Mühe, sich zu konzentrieren. *Reiß dich zusammen! Stell irgendeine Frage, sonst merken die noch was.* »Stimmt das, was Schröder sagte, dass eine Reifenmarke wie ein Fingerabdruck sei?« *Gut gemacht. Und jetzt schau bloß woanders hin!*

Hufnagel und Hübner bewegten energisch die Köpfe. »Blödsinn«, kam es von Hufnagel. »Im Grunde kann jedes Auto einen solchen Reifen haben. Es kommt auf den

Wagentyp an. Ein Kleinwagen benötigt schmalere als zum Beispiel ein SUV.«

»Also kommen wir damit auch nicht weiter«, schlussfolgerte Nadine.

»Vorläufig nicht«, antwortete Selzer, »dennoch sollten wir in den hiesigen Autohäusern nachfragen, ob dort ein Halter mit besagtem Reifen bekannt ist.« Er lächelte sie an, als wollte er noch hinzufügen *»Na, ich gefalle dir wohl doch.«* Hufnagel wurde die Ehre der Haltersuche zuteil.

*Erde, tue dich auf und verschlinge mich! Könnte es nicht den ganzen Tag regnen? Dann müsste Daniel nicht so enge Shirts tragen. Auf der anderen Seite wird immer gemeckert, wenn Frauen kurze Röcke anziehen. Aber wenn ein Mann mit seinem Körper reizt, fragt keiner. Ich muss hier raus! Und zwar sofort.* »Für den Transport der Leichen brauchte es auch keinen großen Wagen. Die Frauen waren sehr schlank und dürften wohl in jedem Kofferraum Platz gefunden haben.« Nadine legte eine kurze Pause ein, nahm einen Schluck Kaffee aus ihrem Becher, der inzwischen kalt geworden war, und sagte: »Wir sollten uns mit den Kollegen von Europol in Verbindung setzen. Es wäre doch möglich, dass unsere erste Tote aus dem Ausland stammt und dort jemand nach ihr sucht. Und bevor gleich wieder jemand mault, das wäre eine schöne Arbeit für unsere Praktikantin. Bislang war Frau Jäger immer eine große Hilfe.«

Die Kollegen gaben sich mit einem Kopfnicken zufrieden.

Nadine verließ das Büro und suchte sofort Sandra Jäger auf, um alle Details zu besprechen.

***

Ein lautes Geschrei drang bis zum Flur der Seniorenresidenz.

»Nein, das ist ja schrecklich«, kam es von einer zittrigen, weiblichen Stimme, der man wiederum fragend antwortete: »Was ist denn passiert?«

Wenig später machte sich ein Aufbegehren im Speisesaal der Residenz breit, von dem auch Charlotte Kaufmann und Maria Schulz nicht verschont geblieben waren.

Charlotte schaute zu Maria und Maria zu Charlotte. Die beiden Seniorinnen sagten kein Wort. Stattdessen erhoben sie sich von ihrem Platz und verschwanden kurz darauf aus dem Saal. Unmittelbar hinter der Tür starrten sie einander fassungslos an.

»Noch eene? Dit jibt es doch jar nicht. Wenn wir da nicht wat unternehmen, tötet der Halunke womöglich noch uns alte Weiber. Wer wees wat dit für ein Kerl ist?« Maria hatte Angst.

Charlotte legte sanftmütig ihre Hand auf Marias Arm. »Das wird er nicht, meine Liebe. Aber dass es sich bei dem Mörder um einen Kerl handelt, vermute ich auch. Denken Sie doch mal nach, Maria!«

»Worüber denn? Ick bin doch keene Polizistin.«

Charlotte nickte ihr wissend zu und zerrte ihre Bekannte am Arm.

»Ja, ick komme ja schon«, zierte Maria sich. »Wat haben Sie vor?«

»Wir rufen jetzt Rudi an und der soll mir alles erzählen«, antwortete Charlotte entschlossen.

»Klaro, darauf wartet der och schon. Als ob der nüscht anderet zu tun hätte, als mit seiner alten Mutter über den neuen Fall zu plaudern. Wovon träumen Sie nachts?«

Doch Charlotte ignorierte das Gezeter ihrer Bekannten und zerrte sie in ihr Appartement. Schnurstracks schritt sie zum Telefon und wählte die Nummer ihres Sohnes.

»Hach Junge, ich glaube, mir geht's nicht so gut. Kannst du bitte sofort kommen?«, tat Charlotte wehleidig und mit süßlicher Stimme.

Hufnagel, der gerade nach dem Halter des ATX-Reifens suchte, ließ alles stehen und liegen und nahm entgegen seiner Art einen Dienstwagen. Womöglich ging es mit seiner Mutter dem Ende entgegen.

Maria starrte ihre Bekannte entsetzt an.

»Charlotte? Dit war doch gelogen! Sie sollten sich wat schämen, Ihrem Sohn so einen Schrecken einzujagen«, brüskierte sie sich und konnte dem nur ein heftiges Kopfwippen hinzufügen.

»Ach Quatsch, der soll sich ruhig ein bisschen um mich kümmern«, antwortete Charlotte Kaufmann und fügte protestierend an: »Immerhin bin ich seine Mutter.« Um ihr Wehklagen so täuschend echt wie nur möglich zu gestalten, begab sich Charlotte zu ihrem gemütlichen Sofa, zog die bequemen Pumps aus und kuschelte sich unter ihre warme Decke.

Kurz darauf klopfte es auch schon aufgeregt an ihrer Tür.

»Ja bitte!«, kam es klagend von Charlotte.

Rudi preschte ins Zimmer und ging geradewegs auf seine liegende Mutter zu.

»Mutter, hat man einen Arzt gerufen? Was tut dir weh?« Er schaute auf seine Mutter, dann auf Frau Schulz. »Was fehlt ihr?«

»Ruhig Blut. Dit is allet nicht so schlimm. Sie hatte nur einen leichten Anfall. Mehr nicht.«

»Anfall??? Den bekomme ich auch gleich. Du musst dich noch mal untersuchen lassen, Mutter!«, schimpfte Rudolf Hufnagel, als wäre sie noch ein kleines Kind.

»Ja ja, hast ja recht«, säuselte seine Mutter, »sag mal, stimmt das, was man in der Zeitung liest?«

Ihr Sohn schaute ratlos. »Was liest man denn?«, fragte er ahnend.

»Dass man eine zweite Tote gefunden hat«, fügte sie an.

Leugnen half nicht. Rudi hatte Mitleid mit seiner kranken Mutter und wollte mit ihr auf keinen Fall darüber diskutieren, was er erzählen durfte und was nicht. Also plauderte er alles Wissenswerte über die beiden Morde aus.

»Und jetzt rufe ich dir einen Arzt!«, war sein abschließender Satz, hatte er doch ganz vergessen, warum er hergekommen war.

»Ach Junge, das brauchst du nicht. Frau Schulz hat das schon erledigt. Er muss gleich kommen«, flunkerte Charlotte mit einem raschen Augenzwinkern ihrer Bekannten zu.

»Jaja, er kommt gleich«, betonte Maria nochmals. »Gehen Sie nur! Wir machen das hier schon. Ich rufe Sie sofort an, sollte es Charlotte wieder schlechter gehen. Versprochen!«

Hufnagel, der eigentlich hätte dableiben müssen, doch seiner Mutter nichts Gravierendes anmerkte, beschloss zu gehen. »Versprochen, Sie rufen mich an!« Widerwillig verließ er das Zimmer, ging ein paar Schritte den Flur entlang, verharrte für einen kurzen Augenblick, um dann mit einem schlechten Gewissen ins Büro zurückzufahren.

Währenddessen klatschten die alten Damen, als wären sie Teenager, einander gegen die flache Hand. Sichtlich ergriffen genossen sie ihren Triumph.

»Geschafft«, posaunte Charlotte. »Jetzt sind wir auf dem Wissensstand der Polizei und können uns überlegen, wie wir denen helfen.«

Maria konnte dem nichts entgegensetzen. Sie wusste, jetzt war Charlotte nur noch davon besessen, den Fall zu lösen.

»Willi gefällig?«, fragte Charlotte und warf energisch die Decke von ihren Beinen. Sogleich stand sie auf, klagte noch ein wenig über ihre schmerzenden Füße und schritt bedächtig zu ihrem alten Sideboard, das so manche Köstlichkeit beherbergte. Eine Flasche heimischen Obstbrand und eine Tafel Schokolade hatte die alte Dame immer im Schrank.

»Ist dit nicht ein bisgen zu früh?«, maulte Maria Schulz.

Charlotte drehte sich zu Maria um.

»Zu früh? Nee nee, meine Liebe, in unserem Alter gibt es das Wort *zu früh* nicht mehr. Jetzt ist es weder zu früh noch zu spät, sondern gerade richtig. Wir feiern *jetzt* die Feste, wie sie fallen. Wozu noch irgendwelche Pläne machen? Jetzt Maria, JETZT!« Sie nahm eine kleine bauchige Flasche sowie zwei Gläser aus dem Regal und befüllte sie mit der farblosen Flüssigkeit. Danach reichte sie Maria eines der beiden Gläser und prostete ihr mit einem sanften Lächeln entgegen.

»Und wat wollen Sie jetzt unternehmen?«, fragte Maria, während sie sich dezent nach dem Hochprozentigen schüttelte. »Jutet Tröpfchen.«

Direkt danach war das Glas ein zweites Mal voll.

»Na, auf einem Bein kann man bekanntlich nicht stehen«, entschuldigte sich Charlotte und gönnte sich ebenfalls eine zweite Runde. »Ich dachte, ich rufe als Erstes mal meinen alten Freund Georg in Freiburg an. Als Rechtsmediziner kommt er sicher an den Autopsiebericht seines Kollegen. Den neuen Konstanzer Arzt kenne ich nicht. Und garantiert wird er uns auch nicht behilflich sein.«

»Tun Sie dit, tun Sie dit. Und wat mach' ick? Haben Sie für mich eine Uncover-Ufgabe?«

»Maria!«, gab sich Charlotte belehrend. »Das heißt nicht Uncover, sondern Undercover.«

»Mir doch egal, wie dit heißt. Sie wissen schon, wat ick

meine.«

»Sieee? Mhm!«, grübelte Charlotte, unterdessen sie die Flasche in den Schrank zurückgestellte und sich zu Maria umdrehte. »Das ist gar nicht so einfach. Es gäbe da etwas, aber ich könnte mir denken, das wäre nichts für Sie.« Charlotte druckste und wollte mit der Sprache nicht heraus, bis Maria sie regelrecht nötigte.

Wenig später wusste Maria Schulz, um was es ging, und tat sichtlich empört.

»WAT? Das ist aber jetzt nicht Ihr Ernst. Wat soll ick? Nee, da kriegen mich keene zehn Pferde rinn. Mit mir nicht!«

»Sehen Sie, ich wusste doch, dass Sie sich das nicht zutrauen würden«, reizte Charlotte ihre Bekannte.

»Und wie soll ick da rinn jehen? Ick als alte Frau!« Marias Gesicht hatte die Farbe eines unbeschriebenen weißen Blattes. Blass und leer.

Doch auf ihre Frage hatte Charlotte im Moment keine Antwort parat und erklärte, dass sie sich etwas einfallen lassen würde.

***

Ron Hendrick sowie ein Kollege hatten sich an diesem Morgen an die rechtsmedizinische Leichenschau der zweiten Toten begeben. Schnell war für den jungen Mediziner klar, dass die Frau, welche gerade auf seinem Sektionstisch lag, von ein und demselben Täter ermordet worden war. Die an ihr gefundenen Spuren glichen denen der anderen Toten. Ohne Umschweife griff er zum Telefon und bat Selzer umgehend in die Rechtsmedizin.

Etwa eine halbe Stunde später standen Daniel Selzer und Nadine Andres vor dem zweiten Opfer und ließen sich von

Ron Hendrick über die Hintergründe des Mordes aufklären.

»Nun«, begann dieser langsam, als suchte er nach Aufmerksamkeit, »wir haben es hier mit dem gleichen Täter zu tun. Die DNA des Spermas ist dieselbe wie beim anderen Opfer. Auch die rosafarbenen Faserspuren konnten wir unter ihren Fingernägeln ausmachen sowie Reste einer Zigarette, die zwischen den Zehen klebte.«

»Und der Todeszeitpunkt?«, überlegte Nadine fragend.

»Nach der Beschaffenheit der Leiche zu urteilen, letztes Wochenende. Und …«, Hendrick stoppte und schluckte sichtlich erregt, »… auch bei ihr fanden wir Tierhaare.« Doch das, was er nun zu sagen hatte, war selbst für einen hart gesottenen Rechtsmediziner wie er einer war, jenseits von Gut und Böse.

Hendrick atmete schwer und hüstelte dazu.

»Noch etwas, laut DNA-Analyse war der Mörder mit der Toten verwandt.«

Den beiden Polizisten entglitt der Blick. Das Entsetzen war ihnen anzusehen.

»Verwandt?«, hinterfragte Nadine und schaute den Rechtsmediziner fassungslos an. »So wie Nichte und Onkel?«

»Nein. So wie Vater und Tochter!«

## 9. Mittwoch, 27. Juli

Fassungslosigkeit war Nadine ins Gesicht geschrieben. Zweifelsfrei waren beide Frauen auf brutale Weise ermordet worden. Dennoch konnte Hendrick eine Vergewaltigung ausschließen, da er keinerlei Gewaltanwendung im Intimbereich beider feststellen konnte. Die Hämatome an den Beinen, so schlussfolgerte er, mussten den Opfern erst nach dem sexuellen Akt zugefügt worden sein. Die Annahme, dass es sich bei den Frauen um Prostituierte handeln könnte, erhärtete sich.

Als den beiden die Tragweite dessen, was Hendrick gesagt hatte, bewusst wurde, blieben sie wie angewurzelt stehen.

Nadine packte Daniel am Arm. »Hast du von so einem Fall schon mal gehört?«

»Nein!« Selzer legte die Stirn in tiefe Falten und dachte konzentriert nach. »Klingt nach einer Beziehungstat. Wieso hat sie mit dem eigenen Vater geschlafen? Und noch dazu freiwillig?«, meinte er schließlich.

»Keine Ahnung. Mensch, wir treten völlig auf der Stelle. Für mich fühlt sich das alles wie ein Klumpen Eis an, den man festhalten will und der einem immer wieder aus der Hand rutscht. Außer Nässe hinterlässt er nichts.« Im selben Moment klingelte Nadines Handy. Sie drückte die grüne Annahmetaste und fragte ahnend: »Ja bitte?«

»Na Kleines, mein Angebot steht noch.«

»Ramon??? Haben Sie was für mich? Ansonsten …«

»He, wollen Sie mir drohen? Ja! Wie ich hörte, gibt es eine weitere Tote. Was muss das für ein Arschloch sein?

Besser Sie kommen vorbei. Am Telefon kann ich nicht darüber reden.«

Nadine versprach es. Sie unterrichtete Daniel, der seinerseits ihr zu verstehen gab, dass er sie begleiten würde.

»Von mir aus«, gab sie schnippisch zum Besten. Dennoch war sie froh, Daniel an ihrer Seite zu wissen. Dieser Ramon war ihr nicht geheuer.

Dieses Mal ließ man Nadine nicht lange warten. Ohne Umschweife bat eine der Angestellten die Polizisten ins Haus und führte sie direkt an die Bar. Eine zierliche Asiatin in körperbetont rot glänzendem Kleid und Hochsteckfrisur fragte die beiden nach ihrem Wunsch und brachte jedem ein Glas Mineralwasser.

Dezente Barmusik sorgte im Hintergrund für eine angenehme Stimmung.

Nadine schaute sich neugierig um und entdeckte kleine Separees, in denen sich ein paar Herren mit ihren Tischdamen vergnügten. Doch außer Geschmuse gab es nichts zu sehen.

»Zur Sache kommen die natürlich erst auf den Zimmern«, funkte plötzlich eine männliche Stimme von hinten dazwischen.

Nadine zuckte zusammen und drehte sich der Stimme zu.

»Hallo!«, sagte sie und stellte Ramon ihrem Chef vor.

»Dann schießen Sie mal los!«, forderte Selzer und schaute sich den Zuhälter genauer an. Laut Polizeiakte war Ramon, der mit richtigem Namen Detlef Förster hieß, bereits aktenkundig geworden. Zuhälterei, Diebstahl und Körperverletzung wurden ihm darin zur Last gelegt. Selzer hatte sich vorab informiert.

»Hier nicht. Gehen wir in mein Büro!«, antwortete Ramon und führte die beiden in sein Arbeitszimmer.

Als Nadine jedoch das Zimmer betrat, machte sie große Augen. Mitten im Raum stand ein riesiges französisches Bett mit Leopardenbezug. Obenauf lagen Handschellen und diverse Sexspielzeuge.

»Ihr Arbeitszimmer?«, fragte sie angewidert nach.

»Ganz recht, mein Arbeitszimmer. Nun, jede Frau, die bei mir anschaffen will, muss mich erst von ihrer Gunst überzeugen. Und glauben Sie mir, hier wollen viele arbeiten.« Er lachte übertrieben laut, schnalzte widerlich mit der Zunge und bemerkte nicht, wie etwas Speichel auf seiner Lippe haften blieb.

Nadine wurde vom Anblick schlecht. Am liebsten wäre sie wieder gegangen, doch zuvor hätte sie diesem Kerl gerne noch in seinen Wohlstandshintern getreten. Diese Sorte Mann war ihr verhasst, lebte er doch auf Kosten anderer, ganz besonders Frauen.

Selzer ergriff das Wort und verlangte nach Ramons angedeuteter Information.

»Nicht so schnell. Ihre Kollegin hatte mir eine kleine Gefälligkeit für meine Dienste versprochen. Sagen wir einen Hunderter?« Er meinte es tatsächlich ernst.

Doch kaum dass Ramon seine Forderung ausgesprochen hatte, packte Selzer den um einen halben Kopf kleineren Mann am Kragen und hievte ihn hoch, sodass seine Zehenspitzen gerade noch am Boden schleiften. Zappelnd versuchte dieser, sich der Umklammerung zu entziehen, doch der Polizist hatte ihn fest im Griff.

»Schon gut. Ich erzähl Ihnen, was ich weiß«, schnaufte Ramon und schnappte nach Luft.

Selzer ließ den Mann wieder hinab, der sogleich wütend von ihm Abstand nahm. Sein Hemd steckte er zurück in die Hose und schaute den Kripobeamten aus zusammengepressten Augen an, als wollte er ihm drohen. Stattdessen musste er mit den Behörden kooperieren, immerhin hatte man ihm die Schließung seines Hauses angedroht.

Ramon bat die beiden zu einer gemütlichen Sitzgruppe mit kleinem Couchtisch. Er bevorzugte den Sessel, die anderen das Sofa.

»Wie ich Ihrer Kollegin schon sagte, zur ersten Toten habe ich nichts in Erfahrung bringen können. Vermutlich stammt sie aus dem Ostblock und pries sich ihren Freiern per Internet an.« Ramon rutschte auf dem Polster umher und schlug die Beine übereinander. Seine Schuhe glichen denen eines Cowboys. Spitz verlaufend und aus Schlangenleder. »Die zweite allerdings war mir bekannt. Vor etwa zwei Monaten hat sie sich bei mir beworben, wollte mir aber nicht zeigen, was sie kann. Tja, also schmiss ich sie raus.«

»Moment mal«, unterbrach ihn Nadine. »Woher wussten Sie überhaupt, wie die Tote aussieht?«

»Vom Foto, das gestern in meinem Briefkasten lag.«

»Ein Foto? Von wem?«, fragte Nadine.

»Keine Ahnung. Der Brief kam ohne Absender.«

»Kann ich es sehen?«

»Ja klar.« Ramon zog das Bild aus seiner Hosentasche hervor und reichte es Nadine über den Tisch.

Wortlos starrte die Polizistin auf das Gesicht der Toten, die man erst gestern gefunden hatte, und reichte das Bild an ihren Kollegen weiter. Erstaunt schauten sie einander an und ein jeder fragte sich, wer das Foto geschossen hatte und warum es gerade im Besitz dieses Mistkerls war.

»Das behalten wir vorläufig als Beweismaterial«, fügte Nadine scharf hinzu. »Nannte die Frau ihren Namen?«

»Warten Sie!«, Ramon schien zu überlegen. »Irgendetwas mit L … Lola oder Loreen … nein Lolita. Ja, so nannte sie sich, Lolita.«

»Klingt mir eher wie ein Künstlername statt eines

Vornamens. Hatte sie sich ausgewiesen?«, hinterfragte Selzer barsch.

Ramon zeigte sich bestürzt.

»Nein, wozu? Erst wenn die Damen für mich arbeiten, müssen sie sich ausweisen. Schwarzarbeit gibt es bei mir nicht«, antwortete der Bordellbesitzer energisch.

»Und das ist alles, nur ein Name?«, schimpfte Nadine.

Ramon nestelte nervös an seinem Hemdkragen herum, unter dem eine auffällige Goldkette zum Vorschein kam. Er zögerte und versuchte wohl, so einer Antwort aus dem Weg zu gehen.

»Jetzt antworten Sie schon!«, forderte Selzer eindringlich und schaute ihn mit bohrendem Blick an.

»Sie erwähnte eine Internetseite, falls ich es mir anders überlegen würde«, antwortete er rasch. »Und vielleicht hätte ich das sogar.«

Nadine holte aus ihrer Umhängetasche einen Notizblock samt Kugelschreiber hervor und legte beides vor Ramon auf den Tisch. »Schreiben Sie mir bitte die Adresse auf!«

Ramon nahm den Stift und notierte die Webadresse, unterdessen er weitersprach: »Der Betreiber der Seite ist einer der größten Pornobosse Deutschlands. Mit dem würde ich mich nicht anlegen. Seine Damen sind für alle Bordellbetreiber ein rotes Tuch. Wehe, eine will bei ihm aussteigen.«

»Und wieso wollte sie ausgerechnet zu Ihnen?«, fragte Nadine weiter.

»Weil sie dort rund um die Uhr anschaffen muss. Also zu jeder Tages- und Nachtzeit. Ihr bleibt kaum Zeit zum Ausruhen, geschweige denn zur Erholung. Oft wissen die Frauen gar nicht, worauf sie sich einlassen. Meistens sind es Osteuropäerinnen mit schlechten Deutschkenntnissen. Während meine Damen geregelte Arbeitszeiten haben und dazu zwei Tage die Woche frei. Viele haben sogar Familie.«

»Nachvollziehbar«, antwortete die Polizistin kurz. *Wenn das unter diesen Umständen überhaupt möglich ist.*

»Gut, wenn Ihnen noch etwas einfällt, rufen Sie mich an!«, erklärte Selzer und reichte dem Bordellbesitzer eine Visitenkarte.

»Danke! Ihre Adresse wäre mir da lieber«, gab er herausfordernd von sich und schaute dabei auf Selzers Kollegin, die ihrerseits den Widerling mit kleinen, hasserfüllten Augen betrachtete. »Wir kommen wieder!«

Ramon nickte abgehackt.

Nachdem die beiden gegangen waren, begab sich Ramon in sein anderes Büro, um von dort aus zu telefonieren.

»Nein, ich habe der Polizei nichts gesagt … Keine Sorge … Ihr müsst die Sache jetzt endlich regeln! … Irgendjemand tötet eine nach der anderen.«

Doch ohne dass er es ahnte, stand eine ältere Dame mit Kopftuch und Eimer hinter der Tür und belauschte sein Gespräch. *Menno, wat mach ick hier nur? Charlotte hat jesagt, einfach rinnjehen und denen sagen, ick sei vom Reinigungsservice. Die wüssten dann schon, wat ick zu tun hätte.* Die alte Dame getraute sich kaum zu atmen und wollte nur weg. Wie hätte sie denn ahnen können, dass ausgerechnet jetzt der Chef des Hauses in seinem Büro auftauchen würde, derweil sie darin zugange war? Zum Fortlaufen war es allerdings zu spät, daher suchte sie sich die nächstbeste Tür und harrte dahinter aus. *Wat? Hat der gerade Polizei jesagt? Meint der etwa den Mord an der Kleenen? Schiete, wie komme ick hier nur wieder raus?*

Unfreiwillig belauschte die alte Frau ihn weiter.

»Treffen wir uns heute Abend zur gewohnten Zeit am gewohnten Ort?«, fragte Ramon etwas leiser in den Telefonhörer.

*Und wo is dit, du Vollidiot? Mann, der Typ klingt wie aus 'nem Krimi,* überlegte Maria.

Nachdem Ramon aufgelegt hatte, setzte er sich an seinen Schreibtisch und schien sich ein paar Notizen zu machen, die er leise kommentierte: »Den Termin mit der Neuen muss ich dann wohl verschieben, wenn ich um elf an der alten Fabrik sein will.«

Jemand klopfte aufgeregt an die Tür und riss ihn aus seinen Gedanken.

»Ja, was ist?«, polterte Ramon sogleich los.

Die asiatische Bardame stand in der Tür und forderte ihren Chef zum Mitkommen auf. In ruhigem Ton erklärte sie ihm, dass es zwischen zwei Gästen zu einer heftigen Debatte gekommen sei, wer von beiden die attraktive Blondine, die erst seit Kurzem hier arbeitete, freien durfte.

Ramon kochte vor Wut, denn Auseinandersetzungen dieser Art hasste er. Brachten sie am Ende doch nichts Gutes.

Die alte Dame nutzte die Gunst der Stunde, schlüpfte hinter der Tür hervor, derweil Ramon sich noch einmal umsah. Er spürte einen Schatten, tat diesen aber kopfschüttelnd ab. »Komisch, ich dachte ich hätte jemanden gesehen.«

Hastig begab er sich in eines der Zimmer und klärte das Missverständnis mit den erregten Männern auf. Er teilte ihnen mit, dass die junge Frau hier noch nicht offiziell arbeite und sich daher verabschieden müsse. In ein paar Tagen stünde sie ihnen dann zur Verfügung. Bis dahin verwies er auf zwei andere Prostituierte, ebenfalls wie er meinte, attraktive Blondinen.

Maria verschwand durch die Hintertür, hatte sie doch wichtige Informationen für Charlotte.

***

Während Nadine die Zusammenhänge zwischen den beiden Morden suchte, befasste sich Daniel mit Fragen zu zwei sowohl wichtigen als auch dringenden Fakten.

Erstens, wer war das zweite Opfer, und zweitens, warum schlief es mit dem eigenen Vater? Je mehr er darüber nachdachte, desto unwahrscheinlicher wurde für ihn der Fakt, dass sie es aus freiwilligen Stücken getan hatte. *Wir müssen wissen, wer sie ist! Nur so kommen wir dem Täter auf die Spur.*

An diesem herrlichen Sommertag hatte Nadine keine Lust auf das Arbeiten im stickigen Büro. Kurzerhand bat sie Daniel um einen Spaziergang am nahe gelegenen Bodensee. Das Industriegebiet, in dem sie noch immer waren, schien ihr dafür eher unpassend.

Die aufgeheizte Luft stand in den Straßen der Stadt. Kaum eine Wolke war am Himmel zu sehen. Es roch nach warmem Asphalt und einer Mischung aus Algen und See. Eine frische Brise erhoffte man sich heute allerdings vergebens.

Von unterwegs aus rief Nadine die Praktikantin an und fragte nach ihren bisherigen Erkenntnissen. Auch sie hatte keinen Erfolg vorzuweisen. Von ihr kam lediglich der Hinweis, dass es unzählige junge Frauen aus dem Ostblock gab, die man derzeit vermisste. Die meisten landeten in zwielichtigen Etablissements. Nadine Andres gab Sandra Jäger die genannte Webadresse des Bordellbesitzers durch und bat sie, nach dieser Lolita zu recherchieren.

Die Praktikantin machte sich umgehend an die Arbeit und fand recht schnell die einschlägige Seite. Die chic aufgemachte Webseite gehörte zu einem *First Class Escort Service* mit Dependancen in ganz Europa. Nach Städten unterteilt, klickte sie durch sämtliche Namen der dort registrierten Damen. Eine jede war mit Profil und Eckdaten verzeichnet; zudem lag ein entsprechendes Foto bei. Keine war älter als dreißig, und alle besaßen Modelmaße. Und tatsächlich: Eine Lolita war unter den Frauen. Ihr Profil wies sie als bezaubernd, süß, humorvoll und charmant aus. Weiterhin wurde sie als Modell der Luxusklasse angepriesen, das sich gerne auf ausgefallene Unternehmungen einließe.

Entschlossen wählte Frau Jäger die für Deutschland genannte Kontaktnummer und erzählte der freundlichen Dame am Telefon, dass sie Interesse an einer Tätigkeit in ihrem Unternehmen hätte. Sie beschrieb sich als überdurchschnittlich gut aussehend, nannte ihre Körpermaße und erwähnte, dass sie mehrsprachig sei und über ein abgeschlossenes Studium verfüge. Leider bezahle man sie in ihrem Job unzureichend, sodass sie nach einem lukrativen Nebenerwerb suche.

Die freundliche Dame wurde hellhörig und fragte Frau Jäger nach einem Künstlernamen, da die Identität der Escort-Frauen nicht preisgegeben werden durfte.

Dem Wunsch, sich Lolita zu nennen, widersprach sie allerdings, da dieser bereits vergeben sei. Die Praktikantin verstand sich jedoch bestens auf Konversation und verwickelte die Dame in ein angenehmes Geplauder, bei dem diese unvorsichtigerweise den bürgerlichen Namen von Lolita nannte. Ihr Name war Janine.

Etwa eine Stunde später rief die Praktikantin Nadine zurück. Diese wiederum setzte Selzer in Kenntnis, der seinerseits Hübner informierte, um sich an den Betreiber der Webseite zu *hängen*. Doch der blockte sein Anliegen nur ab und drohte stattdessen mit seinem Anwalt. Hübner ließ das kalt, kannte er doch die Machenschaften solcher Verbrecher. Entschlossen wandte er sich an die Staatsanwaltschaft und erklärte, dass Gefahr im Verzug sei, und er sofort einen

Durchsuchungsbeschluss für die Firma *First Class Escort Service* benötige. Überraschend schnell hatte Hübner das Papier in der Hand. Da der Firmensitz in Konstanz war, begab sich Hübner unverzüglich mit einigen Beamten zum Firmeneigner und legte ihm das Schreiben vor. Kurz darauf hatte er die gewünschten Informationen sowie die letzte Meldeadresse der gesuchten Janine Maurer vorliegen.

***

Der Tag neigte sich langsam seinem Ende zu.

Nur die zwei agilen Seniorinnen Maria Schulz und Charlotte Kaufmann waren noch lange nicht bereit, sich zur Ruhe zu begeben. Seit zwei geschlagenen Stunden suchten sie die alte Fabrik. Da Konstanz im Moment eher einer Baustelle glich, gab es mindestens drei Möglichkeiten, wo sie hätte sein können. Nach einem Telefonat mit Charlottes altem Freund und ehemaligem Stadtrat, Dr. Klaus Richter, gab es für diesen nur einen Ort, an dem er sich die alte Fabrik hätte vorstellen können. Interessanterweise lag sie nur einen Steinwurf von Ramons Bordell entfernt.

»Jut, jetzt wissen wir, wo die alte Fabrik liegt. Und nu? Spazieren wir dort einfach hin und kieken den beeden bei ihrem Geplauder zu oder wat?« Maria war außer sich. Es war stockfinster und auch wenn es draußen herrlich warm war, hatte sie dennoch keine Lust, das Seniorenheim zu dieser späten Stunde noch zu verlassen. Außerdem war ihr diese Aktion eine Nummer zu groß.

»Jetzt beruhigen Sie sich mal! Lassen Sie uns lieber überlegen, was wir anziehen. Ich denke, schwarz wäre wohl am besten.« Charlotte schaute sich suchend um und verschwand für kurze Zeit in ihrem Schlafzimmer.

Da Maria nicht unhöflich erscheinen wollte, harrte sie

solange in Charlottes Wohnzimmer aus und betrachtete die Fotos auf dem Sideboard. Sie blickte auf alte Familienbilder sowie auf Fotos mit der Enkelin. Während sie sich umsah, hörte sie Charlotte Selbstgespräche führen: »Nee, das ist zu klein … Und das nicht dunkel genug.«

Endlich zeigte sich Charlotte in einem engen schwarzen Jogginganzug und einer dunklen Wollmütze, die sie tief übers Gesicht gezogen hatte.

»Na, wie gefällt es Ihnen? So kann man sich doch sehen lassen. Und jetzt zu Ihnen.« Sie stellte sich vor Maria und musterte diese argwöhnisch. »Wir sollten etwas Passenderes für Sie finden. In Ihrem pinkfarbenen Anzug können Sie dort nicht erscheinen. Hier, probieren Sie das mal an!« Charlotte reichte Maria einen ihrer Jogginganzüge. Ihr war er zu weit.

Maria hingegen schaute grimmig, nahm ihr den Anzug ab und hielt sich die Hose vor die Beine.

»Da pass ick ja zwei Mal rinn. Der ist viel zu lang. Haben Sie nix anderet?«

Frau Kaufmann schüttelte streng den Kopf.

»Leider nein, aber das Oberteil dürfte Ihnen doch passen. Probieren Sie es mal!«

Tatsächlich, es passte.

»Wunderbar, dann brauchen wir nur noch eine Hose für Sie. Vielleicht schauen Sie besser bei sich!«, meinte Charlotte.

Eine halbe Stunde später kehrte Maria in passender Gaunermontur in das Appartement zurück. Jetzt waren beide dunkel gekleidet, während Maria einen Kopf kleiner als ihre Bekannte war und um die Hüfte dicklicher wirkte.

»Alte Fabrik, wir kommen«, erklärte Charlotte konspirativ und schaute verschmitzt zu ihrer Verbündeten. »Maria, Uhrenvergleich! Jetzt ist es 22.00 Uhr. Lassen Sie uns ein Taxi rufen!«

Zwanzig Minuten später standen die beiden alten Damen an der besagten Fabrik.

Die Dämmerung hatte längst eingesetzt, und hoch oben in den Wolken zeigte sich ein Blitz. Man konnte den Regen förmlich hören, ihn aber noch nicht sehen.

An der alten Getränkefabrik war seit Jahren nichts mehr gemacht worden. Die Fenster waren eingeschlagen und das Glas lag überall am Boden. Wie ein verlorener Ort wirkte sie. Aufgegeben, vergessen und verfallen. Ein Teil des rotbraunen Backsteingebäudes wurde bereits demontiert. Überall lagen Schutthaufen und abgebaute Stahlträger herum. Alles war überzogen von grauem Staub und von Pflanzen, die sich im Betonboden einen neuen Lebensraum erschaffen hatten.

Charlotte und Maria schauten sich ängstlich um.

Niemand war zu sehen.

Vorsichtig gingen sie auf die Fabrik zu und verbargen sich schließlich hinter einem Berg Stahlträger, der ihnen eine freie Sicht auf das Gelände gewährte. Nichts bewegte sich, nur ein paar Käuzchenrufe waren zu hören.

Charlotte schaute auf ihre kleine goldene Armbanduhr und zeigte sie wortlos Maria. Es war zehn vor elf und es schien, als wären sie alleine.

Plötzlich sah man aus der Ferne das Scheinwerferlicht von zwei Autos. Sie fuhren auf die Fabrik zu.

# 10. Die Nacht zum Donnerstag

**D**ie schwarzen Limousinen fuhren geradewegs zur Fabrik. Zwei Männer stiegen aus, reichten sich wortlos die Hand und verschwanden kurz darauf im Inneren der Fabrikhalle.

Charlotte atmete aus, und erst jetzt wurde ihr bewusst, dass sie den Atem angehalten hatte. Die Angst hatte sie fest im Griff. Doch zum Umkehren war es längst zu spät. Maria dagegen stand wie angewurzelt neben ihr und hatte stumm die Männer mit den Augen verfolgt. Sie kratzte sich das Gesicht. »Und wat jetzt? Wir müssen denen folgen, Charlotte«, bestimmte sie flüsternd.

Charlotte nickte, weil sie nicht wusste, was sie sagen sollte. Sie dachte nach und versuchte, die Situation einzuschätzen. Würde den beiden hier etwas zustoßen, würde sie keiner finden. Niemand wusste von ihrer nächtlichen Eskapade. Nicht einmal Rudi hatte sie es erzählt. In ihrer Angst griff sie zum Handy, das sie vorsorglich in die Hosentasche gesteckt hatte, und schrieb Nadine Andres eine SMS.

*Nadine, wir sind in der alten Fabrik. Mach dir keine Sorgen, es geht uns gut. Charly*

Doch die Polizistin überhörte den Ton der ankommenden Nachricht, da sie zur selben Zeit mit ihrer Freundin Caro im Berrys, einer der angesagtesten Diskotheken, weilte.

Entschlossen pirschten die beiden Alten im spärlichen Licht des Mondes zum Eingang der Fabrikhalle vor und verschwanden sogleich hinter der Tür. Die Halle dahinter war kaum beleuchtet. Lediglich ein Lichtstrahl drang vom oberen Stock bis zum unteren. Die Luft schmeckte abgestanden. Fühlte man in die Vergangenheit, so hörte man noch die Obstpressen ihre Arbeit verrichten.

Charlotte warf Maria einen fragenden Blick zu und wies mit dem Finger hinauf.

Maria zuckte mit den Schultern und rieb sich die Nase. Gleichzeitig signalisierte sie ihre Zustimmung, sich dem oberen Stockwerk zu nähern, derweil dort, in einem von Glasscheiben abgetrennten Büro, Ramon mit einem muskelbepackten Fremden diskutierte. Der andere stand mit dem Rücken zum Glas und war nicht zu erkennen. Auffällig war nur seine Statur.

»Also, was ist nun?«, schrie Ramon den anderen an. »Bekomme ich eure Zusage?« Er war aufgebracht und gestikulierte dazu mit den Armen.

»Nicht so schnell. Besorge du uns den Mörder, dann besorgen wir dir die Fabrik!«, bekam der Bordellbesitzer als Antwort in ähnlicher Lautstärke zu hören.

Ramon war außer sich. »Und wie soll ich das anstellen? Ich weiß nicht, wer die Frauen auf dem Gewissen hat.« Er schnaufte und rang nach Luft.

»Ramon, wir haben einen Deal. Eine weitere Tote kann sich mein Chef nicht leisten.«

Unterdessen hatten sich die Seniorinnen ein sicheres Plätzchen unterhalb des Büros gesucht und belauschten die Ganoven.

Endlich hatte Nadine die SMS gelesen und Charlotte sogleich geantwortet. Dummerweise hatte diese das Handy angelassen, sodass der Summton der eingehenden Nachricht lautstark in der leeren Halle ertönte.

Ramon hörte es und wurde augenblicklich still. Dem

anderen gab er ein Zeichen. »Pst!« Sie ließen ein paar Sekunden verstreichen und schauten dann hektisch umher. Hatte sie jemand belauscht? Und wenn ja, wo steckte er? Ohne Umschweife stürzte Ramon aus dem Büro, eilte zur Brüstung, von der man das Innere der Fabrik überschauen konnte. Die fleischigen Hände auf den Mauervorsprung gelegt, machte er sich ein Bild von der Lage. Die Dunkelheit gab jedoch nichts preis. *Verdammte Scheiße! Ich sehe gar nichts.* Nervös fischte er seine Taschenlampe aus der Hosentasche hervor und strahlte über die Räumlichkeiten. Doch außer ein paar umherlaufenden Ratten war nichts Ungewöhnliches zu erkennen. *Mist!* Er seufzte und wandte sich wieder seinem Bekannten zu.

»Lass uns lieber abhauen, bevor die Bullen hier noch aufkreuzen!«, forderte er kaltschnäuzig und checkte ein letztes Mal die Halle. Wenig später verließen die beiden das Gebäude.

Aus Angst, entdeckt zu werden, hatten sich die Damen an die Wand gepresst und zitterten wie Espenlaub, unterdessen die Gauner ihre Autos bestiegen und, eine große Staubwolke hinter sich lassend, davonrasten.

»Puh, dit war knapp. Wenn die uns jefunden hätten, hätten die aus uns Hackfleisch jemacht. Uns alte Weibsen vermisst doch kener mehr. An Altersschwäche jestorben, stünde dann im Totenschein. Wenn dit so weiterjeht, sterbe ick noch an einem Herzinfarkt.«

»Seien Sie doch nicht immer so ängstlich, Maria. Die Kollegin meines Sohnes wusste doch Bescheid«, entschuldigte sich Charlotte kleinlaut.

Maria schaute missbilligend in das Gesicht ihrer Bekannten, das sie im spärlichen Licht nur schwer erkennen konnte. »Und dit sagen Sie mir erst jetzt? Mensch, ick bin tausend Tode gestorben.«

Die beiden schritten langsam zum Ausgang, öffneten die Tür und lunzten hinaus. Mit einem Rechts-links-Blick vergewisserten sie sich, ob sie tatsächlich alleine waren, und verließen dann eilig die Fabrik.

Inzwischen hatte es endlich zu regnen begonnen und die Luft roch angenehm frisch.

Laut durchatmend gönnten sich die beiden eine Minute der Ruhe, bevor sie sich zur Straße begaben, um ein Taxi zu rufen. Plötzlich bremste direkt vor ihnen ein kleiner Pkw, den man im Dunkeln fast übersehen hätte.

Unvermutet sprang eine Frau heraus und lief erschrocken um den Wagen herum.

»Charly? Bist du das?«, fragte eine ihr bekannte Stimme Charlotte Kaufmann.

Die Seniorinnen fühlten sich vom Scheinwerferlicht geblendet und hielten die Hand vor die Augen.

»Nadine? DU?«, fragte Charlotte überrascht und schwankte ein wenig vor Furcht.

Die junge Frau kam auf die beiden zu und schien ihnen zu winken.

»Seid ihr wahnsinnig, euch um diese Zeit noch herumzutreiben? Was wolltet ihr hier?«

»Na wat wohl, spazieren gehen«, kam es von Maria provokant, derweil sie von einem Fuß auf den anderen trat.

Nach einer kurzen Standpauke wurden die beiden von Nadine ins Auto beordert und ins Seniorenheim zurückgebracht. Über den wahren Grund ihres nächtlichen Ausfluges schwiegen sie sich allerdings aus.

***

Als Nadine am anderen Morgen das Büro betrat, plagten sie Gewissensbisse. Sollte sie Hufnagel vom gestrigen

Vorfall mit seiner Mutter in Kenntnis setzen? Sie entschied sich dagegen, ging davon aus, hätte seine Mutter ihm etwas sagen wollen, hätte sie es getan. Stattdessen hatte Charlotte die Nummer von Nadine gewählt. Ganz sicher wollte sie keine Scherereien, außerdem hätte sich der Sohn nur unnötige Sorgen gemacht.

Nadine griff nach ihrem Block und notierte sich den Namen der zweiten Toten. Eine Bewegung aus dem Augenwinkel ließ sie hochblicken.

Selzer kam ins Büro.

»Guten Morgen.« Er setzte sich und schwieg.

Nadine entgegnete seinen Gruß und wartete ein paar Minuten, bevor sie fragte: »Schlechte Laune?«

»Nein«, erwiderte er kurz. »Ich konnte die ganze Nacht kein Auge zumachen.«

»Wieso? Was ist passiert?«

Selzer blickte starr vor sich hin, erhob sich und ging zur Pinnwand. Mit den Händen in den Hosentaschen schaute er auf die Fotos.

»Von wem hatte Ramon das Bild? Der Fundort der Leiche war abgesperrt. Dort hätte niemand ein Foto schießen können. Bleibt nur die Leichenhalle. Doch außer der Rechtsmedizin hat keiner Zutritt.«

»Du meinst, einer von uns hat das Foto gemacht und ihm gegeben? Und aus welchem Grund? Das ergibt doch keinen Sinn.« Doch Nadine teilte seine Überlegung und auch ihr kamen Zweifel.

»Entweder hat Ramon etwas mit den Morden zu tun, oder er weiß, wer es war. Überprüfe bitte sein Alibi!«

Nadine gab einen dumpfen Ton von sich. »Und wie stellst du dir das vor? Ohne die genaue Tatzeit kann ich ihn schlecht fragen. Ich rufe jetzt Hendrick an. Langsam muss er doch das Gutachten aus Frankfurt vorliegen haben.« Sie wählte die Nummer der Rechtsmedizin und hatte Hendrick gleich am Apparat.

»Gut, dass Sie anrufen, das Gutachten kam gerade per Post. Ich scanne es ein und maile es Ihnen. Geben Sie mir bitte Ihre E-Mail-Adresse.«

Hendrick notierte sie und begab sich sogleich zum Drucker.

Wenig später hielt Nadine den Bericht in den Händen.

Laut Bericht vom Frankfurter Zentrum für Rechtsmedizin konnte man aufgrund der gefundenen Schmeißfliegen an der Toten davon ausgehen, dass diese bereits vor einer Woche verstorben war. Die Tatsache aber, dass man Spuren von Fliegenmaden an der Leiche vorgefunden hatte, ließ den Experten für Forensische Entomologie schlussfolgern, dass die Frau zuerst an einer für Fliegen unzugänglichen Stelle gelagert und erst später an den Ablageort gebracht worden war.

*Fundort der Leiche war also nicht gleich Tatort. Und das bedeutet,* Nadine schaute auf den Kalender, *dass sie am 16. Juli getötet worden ist. Also an einem Samstag genau wie das zweite Opfer. Dann werde ich mir mal diesen Ramon vorknöpfen und ihn nach seinem Alibi befragen.* Nadine griff zum Telefon und ließ sich zu Ramon durchstellen.

»Wo waren Sie am Samstag, den 16. Juli?«, fragte Nadine.

»Wieso fragen Sie?« Ramon lief mit dem Hörer in der Hand durchs Büro.

»Beantworten Sie mir meine Frage, dann beantworte ich Ihre!«

Schließlich setzte sich Ramon bequem aufs Sofa, strich seine Hosenbeine glatt und lächelte vor sich hin. »Lassen Sie mich nachdenken.« Er schaute an die Decke und schien zu überlegen. »Samstag? … Mhm … Moment, ich schaue in meinem Kalender nach.« Für kurze Zeit herrschte verhaltenes Schweigen. »Samstag, der Sechzehnte?«

»Ja, der Sechzehnte.«

»Auf Geschäftsreise in Baden-Baden.«

»Gibt es Zeugen?«

»Nein, aber ich kann Ihnen die Belege vom Hotel zukommen lassen.«

»Und eine Woche später, wo waren Sie da?«, erkundigte sich Nadine.

»Letztes Wochenende war ich hier in Konstanz.«

»Und?«

»Wie und? Was man halt so am Wochenende macht. Ausgehen, Freunde treffen, Sex haben. Ganz normale Sachen eben.«

*Ganz normal? Alles Dinge, wozu ich kaum Zeit habe, geschweige denn einen Mann. Tja, der nimmt sich einfach, was er will. Vielleicht sollte ich das auch. Aber deshalb gleich mit dem Erstbesten ins Bett steigen. Nee, dafür bin ich mir zu schade.* »Gut, schreiben Sie mir alle Personen auf, die bezeugen können, dass sie mit Ihnen zusammen waren. Wir werden das überprüfen.«

»Geht klar.« Ramons Antwort kam schnell. »Und bekomme ich jetzt meine Information?«

»An diesen Wochenenden wurden die beiden Prostituierten getötet. Im Übrigen kennen wir jetzt den richtigen Namen von Lolita. Danke noch mal für den Hinweis.«

»Immer wieder gerne«, schleimte Ramon zum Abschied und legte auf.

*Wenn er die beiden tatsächlich getötet hat, warum gibt er uns dann erst einen Hinweis auf diese Lolita? Und das Motiv? Vielleicht, weil sie ihn verschmäht hat. Aber deshalb gleich einen Mord begehen? Das macht keinen Sinn.*

***

Etwa zur selben Zeit griff Charlotte zum Telefon, um mit ihrem Freiburger Freund und Rechtsmediziner Georg Hasel zu telefonieren. Seine Informationen waren ihr in der Vergangenheit immer von großem Nutzen gewesen. Doch seit in der Bodenseeregion die Mordrate gestiegen war und somit die Mordkommission personell aufgestockt werden musste, wurde auch der Bereich Rechtsmedizin in Konstanz angesiedelt. Demzufolge kam die Rentnerin nicht mehr an die Interna durch Hasel, der bislang der zustände Rechtsmediziner für den Kreis Konstanz gewesen war.

»Hallo Georg, wie geht's dir?«, fragte Charlotte wie ein unschuldiges Kind.

»Gut und dir? Aber deshalb rufst du doch nicht an, Charlotte!«, antwortete er streng.

»Nein, du kennst mich ja.«

»Na, das kann man wohl sagen. Du meldest dich sicher wegen dieser beiden toten Frauen. Habe ich recht?«

Charlotte rollte mit den Augen und fühlte sich ertappt. »Stimmt«, gab sie kurzsilbig von sich.

»Und wie soll ich dir dabei helfen? Ich habe sie nicht obduziert.«

»Das ist mir bekannt, Georg. Aber du kommst doch bestimmt an den Autopsiebericht heran, oder?«

»Ich? Nein, wie auch?«

»Ach Georg, kannst du da nichts machen?«, bettelte sie mit süßlicher Stimme.

Georg antwortete nicht gleich, überlegte kurz und sagte dann: »Ich schulde dir noch einen Besuch. Wäre höchste Zeit, mal an den Bodensee zu fahren. Was hältst du von einem verlängerten Wochenende am See? Wenn ich jetzt packe, kann ich gegen Nachmittag bei dir sein. Und wenn du mir dann die Stadt zeigen würdest, besorge ich mir einen Termin bei eurem Rechtsmediziner.«

Charlotte war von seiner Idee begeistert, hegte aber Zweifel, dass Hendrick ihn überhaupt empfangen würde.

»Keine Sorge, Charlotte. Hendrick ist ein ehrgeiziger junger Mediziner mit großem Potenzial. Er war einer meiner Studenten und als sein ehemaliger Professor wird er mich gerne empfangen.«

»Wie, du warst Professor? Davon hast du mir gar nichts erzählt.«

»Muss ich wohl vergessen haben. Aber nur ein paar Jahre. Ich bin ein Praktiker und kein Theoretiker. So, dann packe ich mal ein paar Sachen zusammen. Ich schicke dir eine SMS, sobald ich in Konstanz bin.«

Die beiden legten auf, wobei Charlotte erst jetzt begriff, dass sie sämtliche geplante Aktivitäten fürs Wochenende vergessen konnte. Besuch zu haben, war für die alte Dame inzwischen anstrengend geworden.

Hasel dagegen koordinierte seinen Besuch in Konstanz. Als Erstes kündigte er sich bei Ron Hendrick für den heutigen Nachmittag an. Als Zweites besorgte er sich ein Hotelzimmer im Steigenberger Inselhotel, einem der luxuriösesten Häuser der Stadt. Idyllisch gelegen auf einer kleinen Privatinsel am Bodensee vor der pittoresken Konstanzer Altstadt. Und das Glück war ihm wohlgesonnen, gerade wurde dort ein Zimmer storniert. Etwa eine Stunde später setzte er sich ins Auto und fuhr geradewegs nach Konstanz.

***

Selzer fläzte sich in seinem hochlehnigen Schreibtischstuhl und hatte die Beine lang gestreckt. Leicht den Stuhl hin- und herdrehend spielte er an seinem Handy und tippte die Worte: *Ich muss dich treffen!* Kurz darauf bekam er eine Antwort, die ihn sogleich aufstehen und das Büro verlassen ließ.

Nadine schaute ihm nachdenklich hinterher, schüttelte den Kopf und vertiefte sich sogleich wieder in ihre Arbeit.

»Was ist denn in den gefahren?«, fragte Hübner, der anscheinend gerade gehen wollte.

»Keine Ahnung. In letzter Zeit ist er wirklich merkwürdig. Und seine ständigen Alleingänge nerven. Egal ... Sag mal, Hübi, hast du etwas über diese Janine Maurer in Erfahrung bringen können?«

»Nicht viel. Schule geschmissen und als Straßenkind das Geld mit Diebstahl, Hehlerei und Prostitution verdient.« Hübner wirkte gehetzt. »Können wir nachher darüber reden? Ich muss mit meiner Tochter zum Zahnarzt. Sie bekommt heute ihre feste Spange. Ich bin am Nachmittag wieder zurück. Wenn was ist, kannst du mich telefonisch erreichen.«

»Hat deine Frau keine Zeit?«, fragte Nadine irritiert nach.

»Nee, sie bringt unsere Jüngste zur Oma in den Schwarzwald. Du, ich sollte dann ...«

Kurz darauf flog die Tür ins Schloss.

»Na, wenn das so ist«, murmelte Nadine und vernahm noch seine Schritte. *Stimmt, die Kids haben Sommerferien.*

Selzer war ein paar Minuten gelaufen und hatte sich in der Parkanlage des Krankenhauses auf eine Bank gesetzt. Plötzlich packte ihn jemand von hinten an der rechten Schulter und ließ ihn kurz zusammenzucken.

»Danke, dass du gekommen bist«, sagte Selzer dem Mann, der sich kurz danach neben ihn setzte.

»Hätte nicht gedacht, dass wir uns *hier* wiedersehen

würden«, antwortete der andere und schielte zu Selzer. »Du warst damals nach der Sache mit Louisa wie vom Erdboden verschluckt.«

Selzer wirkte unruhig.

»Ja, ich musste aus London weg. Sie hatte sich für dich entschieden. Also was sollte ich da noch?«, fragte Selzer melancholisch. »Und, seid ihr noch zusammen?« Seine Stimme klang herausfordernd.

Der andere entnahm der Tasche seines kurzärmeligen Hemdes eine Zigarettenschachtel und zündete eine Zigarette an. Genießerisch zog er an ihr und antwortete knapp: »Nein.«

Selzer überreichte ihm das Foto von Janine Maurer. »Wer hat das aufgenommen?«

Der Unbekannte nahm es an sich, blickte auf das Bild Mehr brauchte Selzer nicht zu wissen.

»Also, warum willst du mich sprechen?«, fragte der andere.

und zog genüsslich an seiner Zigarette.

»Ich! Ich habe sie fotografiert.«

»Und warum?«

»Das kann ich dir nicht sagen.«

»Wir haben das Foto von einem Verdächtigen erhalten. Wieso hatte ausgerechnet er es, wenn keiner der Presseleute fotografieren durfte?« Selzer starrte den Mann aus dem Augenwinkel an.

»Woher soll ich das wissen?«, echauffierte sich der andere.

»Wenn du meine Ermittlungen behinderst, lasse ich dich verhaften«, meinte Selzer streng.

Dem Fremden schien die Drohung nichts auszumachen, er blieb ruhig und schaute geradeaus ins Leere. »Glaubst du wirklich, ich würde deine Ermittlungen behindern? Wäre ich sonst Rechtsmediziner geworden?«

Selzer konnte dem nichts entgegensetzen und fasste noch einmal nach: »Also, für wen hast du das Foto gemacht?«

»Frag deinen Chef!«

Daniel Selzer drehte sich seitlich zu dem Arzt, der kein anderer war als Ron Hendrick und schaute ihn ungläubig an.

»Du meinst Amans?«

Hendrick nickte, stand auf und ließ seine Zigarette zu Boden fallen. Nachdem er sie mit dem Schuh ausgedrückt hatte, verabschiedete er sich. »Von mir weißt du das nicht.«

Selzer blieb noch eine Weile sitzen und überlegte, wozu Amans das Foto hatte machen lassen und wie es zu Ramon gelangt sein könnte. Gedankenversunken lief er langsam davon.

Im Büro herrschte eine eisige Stimmung.

Selzer war in Gedanken und Nadine wollte daran teilhaben. Doch er sagte nichts, stattdessen verschwand er erneut und ließ sie unwissend zurück. Für Privates blieb jedoch keine Zeit. Man hatte zwei Morde aufzuklären und das möglichst schnell. Kurz entschlossen rief sie Hübner zurück und erkundigte sich noch einmal nach Janine Maurer.

Ihr Kollege, der gerade im Wartezimmer auf seine Tochter wartete, berichtete, dass Janine Maurer schon vor Jahren von ihrer Familie geflohen sei. Eigentlich kam die junge Frau aus München, lebte aber ein paar Monate auf den Straßen Berlins, weil sie keinen festen Wohnsitz besessen hatte. Irgendwann sei sie dann in eine Wohngruppe gezogen, in der sie auf die Rückführung in ihre Familie vorbereitet werden sollte. Dazu kam es allerdings nicht mehr, da Janine wie vom Erdboden verschluckt gewesen war. Auf eine Vermisstenanzeige hin reagierte niemand.

Nadine spürte ihr Nachmittagsloch, das sich mit einem tiefen Gähnen ankündigte. Um dem entgegenzuwirken, gönnte sie sich eine Tasse Kaffee, obwohl ihr bei der Hitze ein Eiskaffee lieber gewesen wäre.

# 11. Gegen Nachmittag

Derweil Charlotte sich auf ihren Balkon gesetzt hatte und ein paar Notizen machte, was sie ihrem Freund Georg in Konstanz zeigen wollte, telefonierte sich Nadine durch Berlins Behörden. Die Informationen, die sie bezüglich obdachlosen Kindern und Jugendlichen erhielt, waren erschreckend. Jedes dritte Kind lebte dort unter der Armutsgrenze. Außerdem erfuhr sie, dass Berlin keinen Überblick mehr darüber habe, wie viele Kinder ohne einen festen Wohnsitz seien. Oder aber, wie viele von ihnen mit ihren Eltern die Wohnung verloren hätten, noch wie viele unter 18-Jährige auf der Straße lebten.

Nach einigem Hin- und Hertelefonieren wurde sie dann endlich fündig. Ein junger Mann vom Jugendamt Neukölln zeigte sich gesprächig, nachdem er sich rückversichert hatte, dass es sich bei Nadine Andres tatsächlich um eine Kripobeamtin handelte. Den wahren Grund ihrer Anfrage erwähnte sie jedoch nicht, stattdessen meinte sie, dass Frau Maurer eine wichtige Zeugin sei und gefunden werden müsse.

In ruhigem und freundlichem Ton erzählte der Mann vom Jugendamt, dass Janine eine fröhliche junge Frau sei und seit Jahren auf der Straße lebe. Früher habe sie Heroin genommen. Heute wäre sie clean. Eine Zeit lang sei sie von Stadt zu Stadt getingelt, dann aber wieder nach Berlin zurückgekehrt. Zu ihren Eltern habe sie keinen Kontakt mehr, da der Vater sie und die Mutter regelmäßig geschlagen hatte. Das Verhältnis zu den Geschwistern war schlecht. Irgendwann sei sie von der Schule geflogen, weil sie dort ihre angestauten Aggressionen verarbeiten wollte. Später ging sie freiwillig in eine Wohngruppe. Ein Antiaggressionstraining habe sie dann eine andere werden lassen. Nach dieser Zeit lernte sie wohl einen Mann kennen, der sich ihrer annahm, sie aus dem Milieu herausgeholt hatte und zu einer gepflegten hübschen Dame hat werden lassen. Doch nach Einschätzung des Jugendamtsmitarbeiters handelte es sich bei diesem Typen, wie er ihn betitelte, um einen Zuhälter. Seither wurde Janine nicht mehr gesehen.

Nadine ließ sich die Adresse von Familie Maurer in München geben und beschloss, sie zu besuchen. *Aber wieso hatte sie mit ihrem Vater Sex, wenn sie doch vor ihm geflohen war? Das ergibt irgendwie keinen Sinn. Zudem gab es keinerlei Spuren von sexueller Gewalt. Irgendwie passt das alles nicht zusammen. Und wenn Hendrick sich mit der DNA getäuscht hat?*

***

Leserlich schrieb Charlotte die Worte *Konstanz zeigen, Insel Mainau besuchen* und *Schiffsfahrt* auf ein Blatt Papier, faltete es sorgfältig übereinander und vertiefte sich dann wieder in ihren Krimi. *Darin lief gerade eine Studentin gedankenversunken am seichten Ufer eines Sees umher, als sie von einem Fremden rücklings attackiert und kurz darauf umgebracht wurde. Ihre Leiche fand man eine Woche später auf dem Bauch liegend und völlig entstellt am Ufer.*

Jetzt hatte sich die alte Dame erst richtig warm gelesen und konnte das Buch nicht mehr aus der Hand legen. Ab und an kommentierte sie das Gelesene mit »O Gott o Gott« und las weiter. Nur eine Amsel störte sie jetzt noch mit ihrem Gezwitscher, bis es unvermutet an der Zimmertür klopfte und Charlotte vor Schreck aufschreien ließ.

»Georg? Ist der geflogen?« Die Seniorin schaute auf ihre Uhr und konnte es nicht glauben. Sie legte das Buch aus der Hand und erhob sich behäbig vom Campingstuhl. Schlurfend näherte sie sich der Eingangstür und blickte durch den Spion.

Tatsächlich, er war es. Georg.

Erfreut öffnete sie die Tür und fand sich kurz darauf in den Armen ihres Freundes wieder. Für eine kurze Weile genoss sie dessen Nähe. Seit dem Tod des Gatten wurde sie von niemandem mehr umarmt außer von ihrem Sohn. Und zum ersten Mal seit Langem spürte Charlotte, wie wichtig ihr die Nähe eines anderen war. Wie sehr hatte sie das Gefühl vermisst.

»Hallo meine Liebe, schön dich zu sehen.« Georg gab ihr einen Kuss auf die Wange und lächelte seine Freundin aus der Freiburger Studienzeit liebevoll an.

»Dann komm erst mal rein!«, bat Charlotte ihn.

Doch Hasel blieb im Türrahmen stehen, entschuldigte sich, dass er gleich wieder gehen müsse, und versprach sich zu melden, sobald er seinen Termin erledigt wisse. Auf die Frage hin, warum er es so eilig hätte, lächelte Georg Hasel nur und meinte: »Überraschung Charlotte, Überraschung.« Hasel wusste, hätte er Charlotte verraten, dass er mit Hendrick in der Rechtsmedizin verabredet sei, würde sie ihn nur mit Anweisungen bombardieren, obwohl er der Arzt war und nicht sie. Aber Charlotte konnte es nicht lassen. Das Morden, zumindest das Aufklären solcher, war ihr zum größten Hobby geworden und das betrieb sie mit Akribie.

Hendrick zog sich die Handschuhe aus und warf sie in den Mülleimer, als unvermittelt sein ehemaliger Professor Hasel vor ihm stand. Überrascht schaute er in die Augen des hochgewachsenen und schlanken Mannes mit silbergrauem, welligem Haar.

»Hat man Sie einfach so hereingelassen?«, fragte Hendrick verblüfft.

Hasel schaute sich um und war sichtlich überrascht, wie modern die Räumlichkeiten der Konstanzer Rechtsmedizin waren, und entgegnete: »Ja, hat man.« Die Tatsache, dass er hier kein Unbekannter war, verschwieg er.

Hendrick ging auf Hasel zu und reichte ihm die Hand. »Willkommen in der Konstanzer Rechtsmedizin.«

»Danke für das schnelle Entgegenkommen«, antwortete Hasel und ließ seinen Blick durch den Raum schweifen. »Wie man hört, gibt es zwei Tote? Kann ich mir die Frauen mal ansehen?«, fragte er direkt und ließ keinen Zweifel offen, dass er ein Nein nicht duldete.

Hendrick hatte Respekt vor seinem Exprofessor, ging an den links von ihm stehenden Sektionstisch und schlug das grüne Laken hoch. Darunter lag die Leiche von Janine Maurer mit wachsweißer Haut und schwärzlich blau gefärbten Lippen. Ihre Augen waren geschlossen und auf ihrem Oberkörper zeichnete sich deutlich die riesige Ypsilonförmige Narbe der Obduktion ab.

»Und was können Sie mir über die Tote sagen?«, fragte Hasel schulmeisterhaft, derweil er sich Gummihandschuhe überstreifte.

Hendrick zeigte sich gesprächig, er hatte wohl das Gefühl, brillieren zu müssen.

Hasel war ganz bei ihm, dennoch wollte er es sich nicht nehmen lassen, seine Ausführungen ein wenig zu präzisieren. »Nun, die dunkel-blauvioletten Totenfleckblutungen weisen eindeutig auf einen Tod durch Ersticken hin.« Behutsam zog er die Unterlippe der Frau nach unten. Im Bereich des Zahnfleisches zeigten sich tiefe Spuren, die vermuten ließen, dass die junge Frau auf den Boden gedrückt worden war. »Ihr Mörder muss sie vor dem Tod geschlagen haben, was ebenfalls die streifigen Fingerabdruckkonturen entlang der Wangen beweisen«, versicherte er Hendrick und wies auf das Gesicht der Toten.

Im Anschluss ließ Hasel sich noch die andere Tote zeigen, die man in eines der Kühlfächer gelegt hatte. Zudem verlangte er nach dem Autopsiebericht, dem er Alter, Größe, Gewicht, Todesursache, Mageninhalt, Gewicht einiger Organe und Fotografien von wichtigen Befunden entnehmen konnte.

»Weiß man inzwischen, um wen es sich bei den Toten handelt?«, erkundigte sich Hasel, da er keinen Hinweis über die Identität der Toten finden konnte.

Hendrick nickte. »Diese hier«, dabei wies er mit dem Kopf auf die vor ihm liegende Tote, »heißt Janine Maurer. Von der anderen kennen wir die Identität noch nicht.«

»Gut, wer bearbeitet den Fall?«, zeigte sich Hasel interessiert.

»Der Mann heißt Selzer, er war mal Profiler beim BKA in Berlin. Schräger Typ, aber wohl gut.«

Hasel wusste längst, wer Daniel Selzer war, wollte aber seinem ehemaligen Studenten den Ball zurückkicken, damit dieser glaubte, er wäre tatsächlich nur auf einem kurzen Städtetrip.

»Demnach suchen wir, *oh Pardon,* die Konstanzer Polizei nach einem klug agierenden Mann, mittleren Alters, der mit seinen Opfern noch vor dem Tod sexuellen Kontakt pflegte und diese danach strangulierte. Vermutlich aus Lust am Töten.« Aus Zeitgründen ersparte sich Hasel weitere Ausführungen, bedankte sich für die detaillierte Stunde und zeigte sich zufrieden mit der präzisen Arbeit Hendricks. Zwar gehörte dieser zu den Besten seiner Zunft, doch seine Arroganz während des Studiums hatte Hendrick zu einem unbeliebten Studenten werden lassen.

Ron Hendrick zeigte sich nicht sonderlich überrascht über Hasels Einschätzung, biss sich auf die Unterlippe und dachte offensichtlich darüber nach, wie er sich von seinem ehemaligen Professor verabschieden sollte. Kurz entschlossen gab er ihm die Hand und begleitete den älteren Herrn direkt zum Krankenhausausgang. Wahrscheinlich, um weitere Fragen zu vermeiden.

Während des Zurücklaufens in die Rechtsmedizin dachte Hendrick über Hasels letzten Satz nach. *Wie kommt er nur darauf, dass es sich beim Mörder um einen klugen Mann handeln würde?* Hatte Hendrick etwas übersehen?

***

Inzwischen war es früher Abend geworden. Hasel hatte beschlossen, seine Freundin Charlotte zum Essen einzuladen und den Abend bei einem Glas Sommerschorle gemütlich ausklingen zu lassen.

Dieser Sommertag verlangte förmlich nach einem Spaziergang. Daher schlenderte Hasel durch das Musikerviertel mit seinen frei stehenden Stadtvillen aus Historismus und Jugendstil, welche ihn geradewegs zum Seniorenheim führten.

Auf seinem Weg analysierte Hasel anhand der bisherigen Fakten einen möglichen Tatverlauf. Vor seinem geistigen Auge sah er Mann und Frau, einander begehrend. Doch nach dem Sex kam plötzlich die Wende. Der vermeintlich Liebende wurde zum Mörder, schlug sein Opfer und begann, es langsam und wirkungsvoll zu erdrosseln. Doch aus welchem Grund? Kannte er etwa die Frauen? Und was war sein Motiv? *Sie müssen sich heftig gewehrt haben*, schlussfolgerte Hasel aufgrund der gefundenen Faserspuren unter den Fingernägeln. Vermutlich stammten sie von einem Teppich, auf den man sich während des Aktes gelegt hatte. Später klammerten sich die Frauen darin fest, unterdessen der Täter ihnen an die Kehle ging. Auch die Frage nach den gefundenen Zigarettenstummeln bewegte Hasel. Von wem stammten sie? Zudem musste der Mörder die Leichen an einem dunklen Ort gelagert haben, bevor er sie in den Wald brachte, was dem Bericht des Frankfurter Zentrums für Rechtsmedizin zu entnehmen war. Der Verwesungsprozess wäre sonst schneller verlaufen.

Hasel freute sich auf Charlotte und auf das Fachsimpeln mit ihr. Er schätzte ihre kluge und hintergründige Art, den Dingen auf den Grund zu gehen. Sie dachte nie nur geradeaus, sie schaute auch nach links und rechts, und sie blickte in die Verästelungen einer jeden Richtung.

Georg war der Charme eines Seniorenheims verhasst. Zu viele alte Leute auf einem Haufen erinnerten ihn selbst ans Älterwerden. Zwar fand er diese Einrichtungen durchaus sinnvoll, priesen sie jedoch die Endlichkeit an, mit der er sich noch nicht auseinandersetzen wollte, obwohl es sein Beruf täglich von ihm abverlangte. Fragte man nach seiner Meinung, die durchaus konträr war, gab es für ihn nur eine Antwort »Ein Schuhmacher trage auch die schlechtesten Schuhe.«

Hasel sendete Charlotte eine SMS und bat sie, sich in einer Stunde mit ihm zu treffen. Die Wahl des Lokals überließ er ihr. Die alte Dame, die längst auf seine Nachricht gewartet hatte, saß wie auf heißen Kohlen auf dem Balkon. Auf ihr Buch konnte sie sich ohnehin kaum noch konzentrieren. Charlottes Wahl fiel auf den Garten des Wessenberg Cafés, der idyllisch gelegen zwischen Café und der Stadtbücherei lag.

Der Rechtsmediziner erwartete Charlotte samt kleinem

Sommerstrauß in der Empfangshalle des Seniorenstiftes. Seine Anwesenheit machte sofort die Runde, denn ein derart stattlicher älterer Herr erschien hier nur noch selten. Darüber hinaus war er nur ein paar Jahre jünger als die Insassen selbst.

Drei Damen tuschelten in einer Ecke, zu wem er denn wolle.

Ein Mann mit Rollator musterte Hasel und lief kopfschüttelnd weiter.

Auch Maria wollte dem Schauspiel beiwohnen, langweilte sie sich doch den ganzen Nachmittag schon, weil ihre Bekannte für sie heute keine Zeit hatte. Den Grund dafür verschwieg sie ihr. Als Maria in leichter Sommerbluse und kurzer rosafarbener Hose um die Foyerecke bog, erschrak sie zunächst, denn sie hatte gehofft, dass der Mann wenigstens ein Unbekannter für sie war.

Maria schlich sich dem scheinbar Fremden von der Seite an. »Na, och mal in Konstanz? Warten Sie uf Charly? Hab ick ja nich jewusst, dass Sie beeden verabredet sind.« Ihrem Tonfall entnahm man eine gewisse Verärgerung.

Hasel drehte sich zu Maria um, lächelte verlegen und reichte ihr seine schmale Hand. »Schön Sie wiederzusehen. Ja, sie muss gleich kommen.«

Kaum dass er Charlotte erwähnt hatte, kam sie auch schon in einem hübschen körperbetonten und geblümten Kleid sowie passenden Pumps den Gang entlangstolziert. Ihr Gesicht war dezent geschminkt und ihr Parfüm verströmte den Duft einer Rose.

Wie beim Empfang einer Königin schaute man auf die alte Dame, die nicht nur das Lächeln ihr Mitbewohner heraufbeschwor, nein, auch Neid kam ihr entgegen. Allzu gerne hätten einige wohl mit ihr getauscht.

Marias Blick wanderte an ihrer Freundin von oben nach

unten und von unten nach oben. »Chic, chic. Nicht schlecht, sprach der Specht. So kann man also och noch aussehen«, sagte Maria und schaute hinüber zu den anderen. »Nehmt euch mal 'nen Beispiel an Madame Trüffel.« Diesen Namen hatte man Charlotte im Seniorenheim verpasst, weil sie nur so vor Neugierde strotzte.

Maria hatte mal wieder ins Schwarze getroffen. Brüskiert gingen die Herrschaften auseinander und tuschelten lautstark weiter. Die hämischen Blicke, sie betreffend, waren unübersehbar.

Aber Maria machte sich nichts daraus und wandte sich wieder ihren Bekannten zu. »Wat soll's, macht euch 'nen schönen Abend. Ick hätte och mal wieder gerne son Randewus.«

Charlotte lächelte Maria sanftmütig an, streichelte über ihren Oberarm und meinte: »Geduld, meine Liebe, Geduld.« Sie näherte sich Marias Ohr. »Das heißt Rendezvous.«

Maria bedankte sich ebenfalls flüsternd und war froh, dass Charlotte sie nicht vor Hasel verbessert hatte. Es wäre ihr peinlich gewesen.

Erst jetzt begrüßte Charlotte ihren Verehrer mit einem hauchenden Kuss auf die Wange, hakte sich bei ihm ein und fragte: »Können wir?«

Georg bejahte und führte Charlotte aus dem Haus.

»Sag mal, Georg«, sprach Charlotte, nachdem sie ihre Bestellung aufgegeben hatte und genüsslich den kleinen Strohhalm ihrer Sommerschorle im Glas hin- und herdrehte. »Findest du es nicht seltsam, dass Vater und Tochter erst miteinander schlafen und er sie danach tötet?«

Georg legte seine Hände übereinandergeschlagen auf den Tisch und drückte sich gegen die Stuhllehne.

»Darüber denke ich auch die ganze Zeit nach. Und was

ist …«, er unterbrach sich und schaute erwartungsvoll in Charlottes Gesicht, so als erwartete er die Weiterführung seines Satzes.

»… und was ist, wenn sie gar nicht wussten, dass sie miteinander verwandt waren?«, grübelte sie weiter.

Georg umfasste mit der linken Hand sein Kinn und nickte ihr zu.

»Die einzig logische Erklärung, wie mir schcint«, überlegte er.

»Stand im Autopsiebericht ihr Name?«, fragte Charlotte und rieb sich mit dem rechten Zeigefinger das Auge.

»Nein, aber man weiß wohl inzwischen, dass sie Janine Maurer heißt und eine Prostituierte war.«

Seine Begleiterin verzog den Mund und meinte: »Na ja, so weit war ich auch schon. Allerdings ist mir der Name neu. Wie soll ich sie bloß finden?«

Die Kellnerin brachte inzwischen den Salat sowie einen kleinen Korb mit selbst gebackenem Brot, das herzhaft nach Backofen roch.

»Du? Das ist Sache der Polizei, Charlotte. Begib dich doch nicht immer in Gefahr! Die bekommen das auch ohne dich hin.«

»Jaja«, tat sie seine Bemerkung ab, nahm Messer und Gabel in die Hand und begann zu essen. Doch insgeheim arbeiteten bereits ihre kleinen grauen Zellen an der Lösung.

***

Hübners Termin ging länger als erwartet. Kurz entschlossen meldete er sich vom Dienst ab, da er die Tochter nicht alleine lassen wollte. Seine Frau, so sagte er, käme erst am frühen Abend zurück.

Selzer und Andres waren noch im Büro, derweil

Hufnagel längst gegangen war, nachdem er den ganzen Tag die hiesigen Autohäuser abgeklappert hatte. Keiner konnte ihm bei der Suche des Reifens helfen. Das Einzige, woran sich einige der Mitarbeiter noch erinnern konnten, waren die vielen Unfälle, die der Reifen verursacht haben sollte. Dennoch hatte Hufnagel einen Funken Hoffnung. Die Betreiberin eines kleinen Autohauses vertröstete den Polizisten und meinte, dass vielleicht ihr Vater sich noch an den Käufer erinnern könne. Er habe wohl ein ausgezeichnetes Gedächtnis, allerdings liege er jetzt im Krankenhaus. Dennoch wollte sie ihn fragen.

»Meinst du, dass wir mit dem Autohausbesitzer weiterkommen?«, fragte Nadine und wollte die schlechte Stimmung von Daniel ein wenig lindern.

»Weiß nicht. Zumindest ist es eine Chance.«

»Sag mal, wo warst du eigentlich die ganze Zeit? Sagst nichts, rufst nicht an und auch sonst ... Ich dachte, wir sind ein Team.«

Selzer blickte hinüber zu Nadine.

»Unterwegs«, meinte er knapp.

»*Unterwegs?* Geht das auch etwas genauer?«

»Wozu? Ist das wichtig? Ich war halt unterwegs.«

Jetzt reichte es der jungen Frau. Wütend stand sie auf, ging zu Selzers Schreibtisch und stemmte die Arme in die Hüfte.

»Daniel, so geht das nicht. Entweder du arbeitest jetzt mit uns oder …«, schrie sie ihn an.

»Oder was? Willst du es Amans melden?« Amans war genau sein Stichwort, hatte er doch mit seinem Chef noch ein Hühnchen zu rupfen. »Komm! Gehen wir gleich hoch zum Alten!« Er packte Nadine am Arm und riss sie mit sich.

»He, was soll denn das? Ich sagte nicht *sofort*.« Nadine versuchte, sich ihm zu entreißen, und musterte Daniel dabei kritisch.

Er verließ mit ihr das Büro, zog sie noch ein paar Meter mit sich und ließ sie dann wieder los. »Nadine, das sollte nur ein Scherz sein«, meinte er und lief mit ihr weiter über den Flur. »Aber ich muss trotzdem zu ihm. *Unterwegs,* auf meinem Alleingang, habe ich nämlich erfahren, von wem Ramon das Foto bekommen hat. Es war Amans! Und nun wüsste ich gerne, warum.«

Nadine blieb plötzlich stehen und schaute Daniel entrüstet an. »Du spinnst doch. Amans ist Chef der Mordkommission. Was könnte der schon damit zu tun haben? Ich glaube, du siehst zu viele Krimis.« Ein hämisches Lächeln konnte sie nicht unterdrücken.

Aber Selzer sollte recht behalten.

Nach der Unterredung mit Amans, in der sich dieser anfangs nicht zum aufgenommenen Foto geäußert hatte, rückte er schließlich mit der Sprache heraus. Da man die Morde nicht an die große Glocke hängen wollte, um jede Form von Publicity zu vermeiden, entschied man sich für diesen Weg. Das Image der Stadt als attraktives Urlaubsziel war in Gefahr. Man war der Meinung, dass ein Mann aus dem Rotlichtmilieu einen besseren Einblick zu den Morden bekäme als die Polizei selbst. Ramon schien dafür der geeignete Mann, zumal er aus der alten Fabrik einen luxuriösen Swingerklub machen wollte und auf eine zustimmende Baugenehmigung wartete. Die Lage außerhalb der Stadt und die Nähe zur Schweiz versprachen dem Betreiber eines solchen Klubs hohe Einnahmen.

»Sie reden immer von *man*. Wen meinen Sie damit?«, hinterfragte Selzer den an einem großen, ehrwürdigen Chefschreibtisch sitzenden Amans, der mit wachen Augen durch seine Lesebrille schaute.

»Herr Selzer, was glauben Sie wohl?«, tat Amans das

Gespräch mit einem leichten Kopfnicken ab. »Mehr kann ich Ihnen dazu nicht sagen. Finden Sie den Mörder! Ramon wird Sie dabei unterstützen.«

Selzer gab sich vorerst zufrieden. Die Antwort auf seine Frage fände er früher oder später sowieso heraus. Dennoch konnte er mit seiner Enttäuschung nicht hinter dem Berg halten und schloss die Tür zu Amans Büro auffallend laut. Man hätte fast glauben können, er schlüge sie zu.

# 12. Am anderen Tag

Als Nadine am nächsten Tag nicht zur Arbeit erschien, machte sich ihr Vorgesetzter Sorgen. Hatte sie verschlafen oder war sie womöglich krank? Gegen zehn hielt er es nicht mehr aus und wollte wissen, was los war. Kurz entschlossen griff er zum Telefon und wählte ihre Nummer. Erst nach mehrmaligem Klingeln nahm sie endlich ab.

»Hallo Daniel«, tat sie überrascht und stellte das Autoradio leiser.

»Sag mal, wo steckst du? Und was ist das für ein komisches Rauschen im Hintergrund?«, fragte er verwundert nach, während Hübner und Hufnagel dem Gespräch neugierig beiwohnten. Die kleinen Sticheleien unter den beiden sorgten in letzter Zeit für Aufsehen. Dass Nadine und Daniel sich mochten, entging im Hause niemandem mehr. Dennoch gaben sich die zwei große Mühe, es vor den anderen zu verbergen.

»Ach, das Rauschen, ist irgend so ein Defekt im Telefon«, zog sie Daniel grinsend auf. Unterdessen ertönte im Hintergrund eine weibliche Stimme und gab Anweisung, die nächste Ausfahrt rechts zu nehmen.

»Willst du mich veräppeln? Ich höre doch, dass du im Auto sitzt. Solltest besser das Navi abstellen«, schimpfte er. »Also, wo um Himmels willen steckst du?«

»Unterwegs, Daniel. Ich bin unterwegs.«

»*Unterwegs!?* Etwas Dümmeres fällt dir wohl nicht ein. Nadine, wärst du jetzt hier, dann würde ich dich …« *Küssen, bis dein kleines Plappermaul endlich Ruhe geben würde,* dachte er.

»Was würdest du? Hä«, provozierte sie ihn. »Daniel, ich bin wirklich unterwegs. Hatte es aber gestern vergessen, dir zu sagen. Vor lauter Ärger bin ich nicht dazu gekommen. Hör zu! Ich fahre nach München zur Familie Maurer, die Eltern der Toten. Jemand muss sie benachrichtigen. Und laut DNA-Analyse ist davon auszugehen, dass der Vater der Mörder ist. Davon abgesehen, ist Inzest strafbar.«

Selzer schwieg für einen Augenblick.

»Prinzipiell spricht nichts dagegen. Allerdings mag ich diese Alleingänge nicht.«

Nadine rollte mit den Augen und setzte den Blinker zum Überholen.

»Es heißt doch immer *Nimm deinen Chef als Vorbild*«, sagte sie, konzentriert auf die Fahrbahn blickend.

»Lass das! Wir reden darüber, wenn du zurück bist. Melde dich, sobald du vor Familie Maurers Tür stehst!« Mit Nachdruck fügte er an: »Hast du das verstanden?«

»Habe verstanden, Chef«, antwortete sie abgehackt, als wäre sie ein Roboter.

Nachdem die beiden aufgelegt hatten, sprach Nadine zu sich selbst: »Idiot. Was bildet der sich eigentlich ein?«, während Daniel seinen Satz mit: »Diese kleine Rotzgöre, komm du mir mal nach Hause«, formulierte und dabei nicht einmal bemerkte, wie Hübner und Hufnagel ihr Kinn auf die rechte Hand gelegt hatten und ihn belauschten.

»Geht's noch? Haben Sie nichts zu tun?«, forderte Selzer die zwei zum Arbeiten auf. Sogleich taten die beiden, als hätten sie etwas zu erledigen.

Familie Maurer bewohnte eine Genossenschaftswohnung in Untergiesing-Harlaching, dem Stadtbezirk 18 der bayerischen Landeshauptstadt München. Die lang gestreckte graugrüne Häuserfassade in der Voßstraße hatte den Charme einer Militärkaserne. Unauffällig und langweilig. Ein Haus grenzte an das andere und war kaum mehr voneinander zu unterscheiden. Abgestellte Fahrräder mit und ohne Kinderanhänger säumten die Häuserfront sowie eine Reihe dicht geparkter Autos die Straße.

Nach Information des Mitarbeiters des Berliner Jugendamtes wohnte Familie Maurer in der Nummer 55a. Nadine las die Namensschilder und entdeckte schließlich rechts oben die gewünschte Klingel mit den Namen Maurer und Schuster. Schon nach kurzer Betätigung öffnete jemand die Tür.

»Komm hoch! Beeil dich! Essen ist fertig«, schrie aus dem oberen Stockwerk eine weibliche Stimme hinab.

Die Kripobeamtin ging zur Treppe und schaute am Geländer hinauf.

Ein dunkler Wuschelkopf schaute ihr entgegen und schrie hinunter: »Zu wem wollen Sie denn?«

Mit erhobenem Kopf rief Nadine zurück: »Zu Familie Maurer, die wohnt doch hier, oder?«

»Ja, die wohnt hier. Vierter Stock, rechts«, kam es laut retour. »Schuster ist mein Name, nicht Maurer. So heißt meine Tochter.«

Nadine war froh, laufen zu können, und stieg Stufe um Stufe hoch. Oben angekommen, musste sie erst einmal durchschnaufen, bevor sie nach der Klingel sah. Die Tür von Familie Schuster stand offen. Dennoch klopfte sie.

»Kommen Sie rein! Habe Sie schon erwartet«, hörte man aus dem Inneren eine Frau rufen.

Überrascht betrat Nadine die Wohnung und harrte im Flur aus, bis ihr eine etwa fünfzigjährige zierliche Frau mit dunklen Locken entgegentrat. Ihre Schwangerschaft war unschwer zu erkennen. *Ist sie etwa schwanger?*

»Also was wollen Sie von uns wissen, Frau …? Soll ich

Ihnen als Erstes die Kinderzimmer zeigen?«

Nadine schaute irritiert.

»Nicht? Was dann?«, hakte Frau Schuster noch einmal nach.

Nadine runzelte die Stirn. »Ich glaube, Sie verwechseln mich mit jemandem.«

»Verwechseln? Sie sind nicht vom Jugendamt?«

Nadine schüttelte den Kopf. »Ich bin von der Kripo.« Sie streckte der Frau ihren Dienstausweis entgegen.

Die Schwangere schaute auf den Ausweis und dann auf Nadine.

»Kriminalpolizei? Um was geht es denn?«

»Um Ihre Tochter Janine Maurer.«

Frau Schuster bat die junge Frau in die Wohnküche, in der sich das Geschirr in der Spüle türmte. Außerdem standen Töpfe und Pfannen herum. Sonderlich gepflegt wirkte es nicht.

»Sie müssen entschuldigen, ich habe gerade gekocht. Meine Kinder kommen gleich von der Ferienbetreuung zurück«, erklärte sie. »Janine? Was ist mit ihr? Hat man sie gefunden?«

Die Frage nach einem Kaffee lehnte Nadine dankend ab.

»Ja, man hat sie gefunden.« Nadine bat Frau Schuster, sich zu setzen. »Sie, sssie«, stotterte die Polizistin, »wurde Opfer eines Gewaltverbrechens.« Nadine hasste es, solche Nachrichten überbringen zu müssen. Und genau jetzt hätte sie ihren Job liebend gerne tauschen wollen. Nur, einen anderen Beruf wollte sie nicht.

Frau Schuster entglitt der Blick und sie bekam augenblicklich feuchte Augen. Zudem nestelte sie nervös an ihren Fingern herum.

»Ist Janine etwa tot?«, fragte die Frau einsilbig und setzte zynisch nach: »So musste es einmal kommen.«

Nadine bejahte, klärte Frau Schuster über die bisherigen Ermittlungen der Polizei auf und konfrontierte sie zudem mit der gefundenen DNA von Vater und Tochter.

»Unmöglich«, gab Frau Schuster traurig zur Antwort.

Die Polizistin schwenkte kurz um: »Wieso Jugendamt?«

»Ach wegen der Kinder. Seit Janine abgehauen ist, haben die uns anscheinend auf dem Kieker«, wehrte sie mit der Hand ab. »Ermordet sagten Sie? Hatte der Mord was mit Drogen zu tun?«

Nadine verneinte und schaute sich genauer um. Die Küche, so schätzte sie, stammte aus den Achtzigerjahren. Alles war nur hereingestellt. Weder passte der Herd zum Backofen noch stimmte der Rest.

Ein stürmisches Klingeln riss Nadine aus ihren Gedanken.

»Entschuldigen Sie bitte, das müssen meine Kinder sein«, erklärte Frau Schuster. Sie erhob sich beschwerlich vom Küchenstuhl und presste die rechte Hand mit einem lauten Seufzer in die Seite. »Noch einen Monat«, dabei zeigte sie auf ihren riesigen Bauch.

Schwer atmend schritt sie zur Wohnungstür, öffnete sie und wurde sogleich mit lautem Kindergelächter und dicht gefolgtem Schreien empfangen. Unterdessen schaute Nadine sich um. Irgendwie wirkte die Situation befremdlich. Da brachte sie der Mutter die Todesnachricht ihrer Tochter, die wiederum nur halbherzig nach den Hintergründen fragte.

Grölend kamen die Kinder von Frau Schuster in die Küche gerannt. Sie gingen zum Herd und schauten in die Töpfe. Nachdem sie sich mit dem Inhalt vertraut gemacht hatten, meckerten sie, dass es immer dasselbe gäbe, und verließen lautstark die Küche.

*Rotzgören*, dachte Nadine und schüttelte den Kopf. Von draußen vernahm sie das laute Gekeife der Mutter, die die

Kinder in ihre Zimmer verwies. Kurz darauf kehrte sie in die Küche zurück.

»Jeden Tag dasselbe. Man kann es ihnen einfach nicht recht machen«, schimpfte Frau Schuster und wirkte verzweifelt. Die Überforderung war ihr deutlich anzumerken, darüber hinaus erwartete sie ein weiteres Kind.

Nadine hatte Mitleid und versuchte erneut, das Gespräch auf die Tochter zu lenken, was die Mutter mit »unmöglich« ergänzte. »Frau Schuster, haben Sie eigentlich verstanden, was ich sagte? Laut gefundener DNA hatte Ihre Tochter vor dem Ableben noch Geschlechtsverkehr, und das mit dem *eigenen* Vater!«, setzte Nadine scharf nach.

Erneut brachte Frau Schuster »unmöglich« über die Lippen, während sie völlig teilnahmslos über ihren großen Bauch hinwegstreichelte. Sie wirkte müde und die Strapazen des Alltags zeichneten ihr Gesicht.

Nadine dachte nach. Sollte sie die Frau vorerst in Ruhe lassen oder einen weiteren Versuch starten, um mit ihr zu sprechen? »Frau Schuster!«, sagte die Kripobeamtin bestimmend und suchte ihren Blick. »Wo war Ihr Mann am vergangenen Samstag? Denken Sie bitte nach, es ist sehr wichtig!«

Die Schwangere kehrte ins Jetzt zurück und wirkte zudem verwirrt. Sie konnte sich weder auf das Gespräch konzentrieren noch auf das Gebrüll der Kinder. Plötzlich stand eines von ihnen an der Küchentür und starrte seine Mutter herausfordernd an.

Nadine erhob sich vom Stuhl, ging auf den Jungen zu und legte ihren Arm auf seine Schulter. Sie begleitete den Kleinen in sein Zimmer, fragte nach ein paar Malaufgaben und versprach ihm eine Kleinigkeit, sollte er seine Aufgaben zeitnah erledigen. Danach kehrte sie in die Küche zurück.

»Unmöglich, Rolf kann es nicht gewesen sein. Es war

letzten Samstag hier«, begann Frau Schuster unerwartet zu erzählen. »Er ist immer hier. Liegt auf der Couch und schaut Fernsehen. Wissen Sie, er geht kaum noch weg. Sie sehen ja, wie es bei uns ist. Wir haben wenig Geld. Das bisschen, was er als Kraftfahrer verdient, reicht gerade fürs Nötigste. Aber wir sind stolz, nicht von Hartz IV leben zu müssen.«

Nadine hakte noch einmal nach. »Frau Schuster! Ich muss Sie jetzt noch einmal fragen. War Ihr Mann letzten Samstag mit Janine zusammen? JA oder NEIN? Der genetische Fingerabdruck, den wir bei ihr gefunden haben, stammt eindeutig von ihrem Vater.«

»Nein, das habe ich Ihnen doch gerade schon gesagt«, erwiderte Frau Schuster gereizt. Ihrer Stimme entnahm man deutlich, dass sie genervt war und die Befragung hinter sich bringen wollte.

»Gut, wenn Sie nicht kooperieren wollen, lasse ich Ihren Mann verhaften. Gibt es Zeugen, dass Ihr Mann hier war?«

Aus heiterem Himmel schwenkte Frau Schuster plötzlich um, stand auf und holte sich einen Tetrapack Milch aus dem Kühlschrank. Sie befüllte ein Glas und nahm wieder Platz.

»Nein, außer den Kindern war niemand hier. Janine ist nicht unsere Tochter«, erzählte die schwangere Frau mit leiser Stimme, als wollte sie nicht, dass es jemand mitbekam.

Nadine schaute sie fassungslos an. Mit allem hatte sie gerechnet, aber nicht damit.

»Wir haben Janine adoptiert. Das heißt, mein erster Mann und ich«, sprach Frau Schuster weiter und erwähnte, dass ihr damaliger Mann nach der Adoption einen Arbeitsunfall gehabt hatte und kurz darauf verstorben sei. Die beiden hatten sich immer ein Kind gewünscht, aber in ihrer Ehe blieb ihnen dieser Wunsch verwehrt. Daher beschlossen sie, ein Kind zu adoptieren, und hatten nach Jahren des

Wartens Glück. Sie erzählte weiter, dass die erste Zeit danach und alleine mit Kind, anstrengend gewesen war. Irgendwann wollte sie dem Alleinsein ein Ende setzen, doch die Suche nach einem neuen Mann gestaltete sich schwierig. Die meisten suchten nur eine Bettbekanntschaft und keine Partnerin fürs Leben. Eines Tages lernte sie dann ihren jetzigen Ehemann kennen und zog kurzerhand zu ihm. Die ersten Jahre waren glücklich, beide hatten gut bezahlte Anstellungen, bis sie schwanger wurde. Nach der Elternzeit wollte ihr alter Arbeitgeber keine Teilzeitkraft und eine Vollzeitstelle kam für sie nicht infrage. Gleichzeitig erlitt ihr Ehemann eine Verletzung am Knie und konnte nicht mehr in seinen alten Beruf zurück. Das Schicksal meinte es nicht gut mit dieser Familie.

*Traurig*, grübelte Nadine, derweil sie der Frau aufmerksam zuhörte. »Besitzen Sie noch Unterlagen über die Adoption? Vielleicht die Namen der *richtigen* Eltern?«, erkundigte sich Nadine freundlich.

Frau Schuster nickte zunächst sehr langsam, dann noch einmal schnell.

»Unterlagen? Schon, aber keine Namen. Sie müssen wissen, es war eine halb offene Adoption, da bekommt man nur ein paar persönliche Informationen von der Vermittlungsstelle. Den Namen und die Adresse der leiblichen Mutter nannte man uns nicht, genauso wenig wusste sie etwas von uns.«

Nadine unterbrach sie.

»Sie sagten leibliche Mutter und der Vater?«

»Der Vater? Keine Ahnung. Aber die Mutter muss wohl sehr jung gewesen sein, minderjährig. Wenn Sie mich fragen, wollten die Eltern der Schwangeren das Kind nicht und nötigten das Mädel zur Adoption.«

»Hat sie denn keine Einwilligung erteilt?«, hakte Nadine

neugierig nach.

Frau Schuster nahm einen großen Schluck aus dem Milchglas und fuhr sich sogleich mit der Hand über den Mund.

»Doch hat sie wohl, sonst hätten wir die Kleine nicht adoptieren dürfen.«

»Halb offene Adoption, was kann ich mir darunter vorstellen? Hatte Janine etwa die Gelegenheit, ihre Mutter kennenzulernen?«

»Ja, das hatte sie. Aber es war mein Fehler, dass es nie dazu kam. Nachdem mein erster Mann verstarb, habe ich den richtigen Zeitpunkt verpasst, Janine alles zu erzählen. Sie weiß bis heute nicht, dass sie adoptiert wurde. Mit meinem jetzigen Mann verstand sie sich nie besonders gut. Er wusste von alledem nichts. Janine sollte nicht darunter leiden. Sie hasste Rolf. Hätte ich ihm gesagt, dass sie nicht meine leibliche Tochter ist, wäre alles noch schlimmer geworden«, seufzte Frau Schuster laut, atmete dazu schwer und pustete geräuschvoll die Luft wieder aus. »Ach, ich habe bei ihr einfach alles falsch gemacht«, schluchzte sie unter Tränen.

Nadine reichte ihr ein Papiertaschentuch.

»Hat sich die leibliche Mutter wenigstens mal gemeldet?«

Frau Schuster schüttelte den Kopf unterdessen sie die Nase schnäuzte.

»Bitte denken Sie jetzt nicht schlecht über mich. Ich wollte es meiner Tochter immer sagen. Ich spürte doch, dass sie etwas plagte.«

»Vielen Dank, Frau Schuster, ich werde das überprüfen. Aber so wie ich die Sache einschätze, kann ihr Mann unmöglich Janines Mörder gewesen sein. Dennoch bräuchten wir eine DNA-Probe von ihm. Ich würde Sie bitten, sich bei meinen Kollegen hier in München diesbezüglich zu melden! Gleich nächste Woche.«

Die schwangere Frau versprach es.

Gerade als Nadine sich von ihr verabschieden wollte, kam deren Sohn um die Ecke geschossen und wedelte erfreut mit seinem Aufgabenheft. Die Belobigung der Polizistin ließ ihn erstrahlen. Zudem schenkte ihm Nadine eine kleine Tüte mit Gummibärchen, die sie noch in ihrer Handtasche gefunden hatte.

Nadine war zufrieden mit dem, was sie erfahren hatte, verabschiedete sich und schritt nachdenklich die Treppenstufen hinab. Unterwegs holte sie ihr Handy aus der Tasche und informierte Selzer per WhatsApp über das soeben Gehörte. Gleichzeitig erwähnte sie, dass sie sich noch mit dem Münchener Jugendamt in Verbindung setzen wolle, um Details der Adoption zu erfahren.

Auf Selzers Antwort musste sie nicht lange warten.

*Hast du mal auf die Uhr geschaut? Es ist ein Uhr! Freitag ab eins macht jeder seins,* setzte er spöttisch samt Smiley mit heraushängender Zunge nach.

*Rutsch mit doch den Buckel herunter,* dachte Nadine und verließ das Mietshaus der Schusters.

Ein paar Straßenecken weiter entdeckte sie eine Bank, auf die sie sich setzte. Sie wollte telefonieren und wählte die Nummer des Berliner Jugendamt-Mitarbeiters. Nach einer kurzen Unterredung versprach er zu helfen, bat sich allerdings ein wenig Geduld aus.

Da Nadine schon einmal in München war, wollte sie auch zum Englischen Garten. Ein wenig die Füße vertreten und Entspannung, mehr brauchte sie jetzt nicht. Der Straßenverkehr, das wusste sie, noch dazu am Freitagabend würde ganz sicher anstrengend werden. Verzaubert von der Schönheit des Gartens schlenderte Nadine über dessen üppig grüne Wiesen. Als sie jedoch die sonnenbadenden Menschen entlang der Isar erblickte, bedauerte sie es, keinen Bikini dabei zu haben. Kurz entschlossen setzte sich die junge Frau ins frisch gemähte Gras und hoffte auf ein Klingeln aus Berlin. Ausgerechnet als sie am Handy zu spielen begann, ertönte es.

Nadine schreckte zusammen.

»Andres«, meldete sie sich knapp.

»Meyer, Jugendamt Berlin-Neukölln. Ganz so einfach, wie ich dachte, ist die Sache nicht. Die Adoptionsvermittlungsstelle in München gibt die Daten der Adoption nicht heraus. Ohne Zustimmung der annehmenden Personen, sprich der Eltern sowie des Kindes, dürfen keine Informationen über die Umstände der Adoption weitergegeben werden. Das Offenbarungs- und Ausforschungsverbot regle das eindeutig, sagte man mir.«

Nadine schnitt ihm das Wort ab. »Aber hier ist die Sachlage eine andere. Wir ermitteln in einem Mordfall«, erklärte sie viel zu laut und erschrak über sich selbst, als sie neben sich einen kleinen Jungen mit Windeln erblickte. Die Mutter des Kleinen eilte ihm sogleich nach, streichelte über sein seidenes Haar und kassierte dafür ein kindliches Kichern.

*Süß, der kleine Fratz*, dachte Nadine und konzentrierte sich wieder auf ihr Telefonat.

»Ja, das ist mir bekannt. Aber Sie werden den offiziellen Weg gehen müssen. Ich hätte Ihnen da gerne geholfen. Auch mir sind die Hände gebunden«, sprach der Mann weiter.

»Mist!«, meinte Nadine und bedankte sich, gleichzeitig schaute sie auf die Zeitanzeige ihres Handys – 16.00 Uhr. *Ich sollte jetzt aufbrechen.* »Vielen Dank, ich werde Ihren Rat befolgen.«

»Tun Sie das. Übrigens das Offenbarungs- und

Ausforschungsverbot besteht nicht, wenn besondere Gründe des öffentlichen Interesses die Offenbarung oder Ausforschung erfordern. Zum Beispiel bei einem Eheverbot zwischen leiblicher Verwandtschaft, oder falls die leibliche Verwandtschaft im Strafrecht sowie in gerichtlichen oder Verwaltungsverfahren eine Rolle spielt.«

»Aha, interessant. Da wahrscheinlich eine Straftat des leiblichen Vaters vorliegt, dürfte es nicht allzu schwer sein, an die Informationen zu kommen. Noch einmal danke für alles. Grüßen Sie mir Berlin!« *Blöd, am Freitagnachmittag werde ich wohl niemanden mehr in der Vermittlungsstelle hinter seinem Schreibtisch hervorlocken können. Andererseits habe ich Frau Schuster vergessen zu fragen, wie alt Janine überhaupt ist ... ähm war ... und wann und wo sie geboren wurde. Ich rufe sie gerade an.*

Nach einem kurzen Telefonat hatte Nadine die Informationen, die sie brauchte, und wusste, dass die verstorbene Janine Maurer am 2. Mai 1989 in Berlin geboren worden war. Außerdem ließ sie verlauten, dass einer Beerdigung der Tochter nichts mehr im Wege stünde. Auf ein letztes Sehen der Tochter wollte die Mutter allerdings verzichten.

Zufrieden rief Nadine in Konstanz an und wollte die Kollegen an ihrem Wissen teilhaben lassen. Doch außer Daniel waren alle in ihr wohlverdientes Wochenende gegangen. Nadine war stinksauer.

»Toll, die Jüngeren machen die Arbeit, während die Familienväter ins Wochenende gehen. Weißt du, Daniel, dann hätte ich mir auch ein paar schöne Tage in München machen können«, keifte Nadine in den Hörer.

»Jetzt mach mal halblang. Deine Aktion in München war mit niemandem abgesprochen. Also halt die Luft an«, er schwieg kurz und setzte freundlich nach, »aber was du herausgefunden hast, lässt den Fall in einem anderen Licht erscheinen. Tröste dich, auch ich war nicht untätig und habe mit Staatsanwalt Wolf gesprochen.«

Nadine unterbrach ihn. »Wieso Wolf?«

»Wieso nicht? Hat man dir denn die Namen der leiblichen Eltern von Janine Maurer gegeben?«

Genervt rollte Nadine mit den Augen. »Nein, hat man nicht.«

»Siehst du. Wir benötigen einen Gerichtsbeschluss, um die Adoptionsakte von Janine Maurer einsehen zu können.«

»So etwas in der Art dachte ich mir schon«, antwortete Nadine ruppig.

»Fährst du jetzt zurück?«, fuhr Selzer unbeirrt fort.

»Ja, wollte ich eigentlich.«

»Gut, dann treffen wir uns später noch auf ein kurzes Feierabendbier im Brauhaus, okay?«, forderte er bedingungslos.

»War das jetzt eine Bitte oder eine dienstliche Anweisung?«, hinterfragte Nadine.

»Such dir was aus! Nee im Ernst, wir sollten reden.«

# 13. Samstag in Freiburg

Erschöpft erreichte Nadine ihre Wohngemeinschaft. Zwar hatte sich die Rückfahrt von München nach Konstanz trotz des Feierabendverkehrs angenehm gestaltet, aber auf Daniel hatte sie heute Abend partout keine Lust. Nadine war müde, außerdem war es Freitagabend und den hätte sie liebend gern mit einem Glas Weißweinschorle auf dem Sofa verbracht. Stattdessen blieb ihr gerade so viel Zeit, um sich frisch zu machen und Daniel zu schreiben, dass sie sich jetzt treffen könnten.

Die paar Schritte zum Brauhaus lief Nadine zu Fuß, genau wie Daniel. Zeitgleich erreichten die beiden das Lokal, während Daniel seiner Kollegin die Tür aufhielt und ihr kurz darauf folgte. Drinnen war es stickig, voller Menschen und laut. Dennoch suchten sie sich ein ruhiges Plätzchen, sofern das überhaupt noch möglich war. Ein junger Mann nahm ihre Bestellung entgegen. Daniel wünschte ein Bier, Nadine eine Weißweinschorle.

»Also, was ist so dringend, dass ich meinen Feierabend hier und bei dieser Lautstärke verbringen muss?«, nörgelte Nadine sofort drauflos.

Selzer runzelte die Stirn. »Was hast du morgen vor?«

*Meint der das jetzt ernst?* Nadine schaute skeptisch. »Ausschlafen, einkaufen, aufräumen, putzen, abends vielleicht weggehen«, zählte sie ihm auf. »Wieso fragst du?«

»Verschieb das bitte! Ich muss dringend mit dir nach Freiburg fahren.«

»Und wozu?« Sie starrte ungerührt zurück.

»Inzwischen kenne ich den Namen der leiblichen Mutter

von Janine Maurer. Es war gar nicht so einfach, an den zu kommen. Wolf hat sich dafür mächtig aus dem Fenster lehnen müssen und was von Unterlassungsklage und Ordnungsgeld gefaselt. Die leibliche Mutter der Toten wohnt in Freiburg. Wir sollten sie besuchen, zumal die ganze Sache ziemlich heikel ist.«

»Okay? Aber komisch ist das schon, oder? Erst stellt man uns einen Zuhälter an die Seite und dann bekommen wir die Infos einer Adoption auf dem silbernen Tablett geliefert.« Nadine schaute nachdenklich und nippte gedankenversunken an ihrem Weinglas. »Wer steckt dahinter? Irgendein hohes *Tier* aus der Politik, vermute ich mal.«

»Möglich, aber zumindest hilft *es* bei der Aufklärung«, sagte Daniel grinsend und genoss sein Bier.

Während die beiden ihre morgige Fahrt nach Freiburg planten, saßen nur ein paar Straßenecken weiter Charlotte und Georg. Bei einem guten Tröpfchen Wein unterhielten sie sich über den heutigen Tag, den sie auf der Insel Mainau verlebt hatten. Die Blumeninsel, wie sie gerne genannt wurde, war die drittgrößte Insel im Bodensee. Mit ihrer jahreszeitlich wechselnden Blütenpracht von rund einer Million Tulpen, Hunderten von Rhododendren, duftenden Rosen, Stauden und prächtigen Dahlien war sie ein Naturerlebnis. Von Sonnenauf- bis Sonnenuntergang konnten die Besucher ganzjährig dort verweilen und bei Kaffee und Kuchen im Palmenhaus die Hektik des Alltags vergessen.

»Sag mal, Georg, hast du eine Idee, wie ich an den Namen von Janine Maurers Vater kommen könnte?«

Georg schaute überrascht. »Und das fragst du *mich,* Charlotte? Ruf doch einfach deinen Sohn an! Frag ihn!«

»Meinst du wirklich? Ich glaube, der Gute ist schon richtig genervt, weil ich ständig was von ihm will«, entgegnete Charlotte skeptisch und klopfte nervös an ihrem Weinglas herum.

»Ach Charlottchen«, begann Hasel seinen Satz und lächelte einnehmend, »du bist seine Mutter. Er wird es dir nachsehen.«

Doch genau darauf hatte Charlotte nur gewartet. Wie ein Stichwort im Theater, das man ihr souffliert hatte, wiederholte sie: »Er wird es mir nachsehen.« Sie nahm ihre kleine Umhängetasche und suchte darin nach dem Handy. Zitternd wählte sie die Nummer ihres Sohnes und heimste sogleich seine Belehrungen ein. Zudem versprach Rudi, sich wieder zu melden, und konnte schon wenig später ihre Neugierde stillen.

Charlotte schwieg sich aus, unterdessen sie mit ihrem Ehering spielte. Die Seniorin fragte sich, ob sie womöglich nach Freiburg fahren sollte, um mehr über diese Janine zu erfahren. Doch wie hätte sie es anstellen sollen? Einfach zu der Mutter gehen und drauflos fragen? Oder besser unter einem Vorwand ihre Fragen stellen?

»Und? Was hat er gesagt?«, fragte Hasel ungeduldig nach und bekam auch gleich eine Antwort.

*Ach Charlotte, warum willst du dir das überhaupt antun? Die Polizei wird schon wissen, wie man die Zeugin befragt. Aber?* Doch ihre innere Stimme ließ keine Widerrede zu. Die alte Dame haderte mit sich, was wohl das Beste in dieser Situation wäre, und entschied, vorläufig zu warten.

***

Derweil Charlotte und Georg einen schönen Abend verlebten, begab sich Maria zu einer dieser langweiligen Freitagsabendveranstaltungen im Seniorenheim. Auf Fernsehen hatte sie keine Lust und auf Basteln noch viel weniger. Da aber morgen das alljährliche Erdbeerfest stattfinden sollte, benötigte man noch ein paar Karten mit passendem Motiv. Diese wollte man dann den Besuchern verkaufen und den Erlös einer gemeinnützigen Konstanzer Organisation spenden. Maria war wie so oft anderer Meinung und wollte das Geld lieber für einen Deutschkurs ausländischer Kinder ausgegeben wissen, statt für Gartengeräte irgendeines Kindergartens.

Sie setzte sich an den langen Tisch, der mit Bastelutensilien ausgelegt war, und schaute mürrisch umher. *Na, dit hat mir noch jefehlt, aber besser als uf der Bude zu hocken.*

»Kann ick mal den Kleber haben?«, fragte sie ihr Gegenüber und bekam die Tube auch sogleich ausgehändigt.

»Frau Schulz, Sie müssen schon etwas sorgsamer arbeiten. Falz auf Falz!«, bemerkte Frau Leibholz, eine ehemalige Schauspielerin, mit hohem Ton und fuchtelte dazu mit den Armen umher.

Das waren genau die Worte, die Maria gar nicht mochte. »Lassen Sie mich dit nur machen! Kieken Sie lieber uf Ihre Falten!«, bemerkte sie ironisch und parodierte Frau Leibholz mit spitzen Lippen und einem Haare-über-die-Schulter-werfen. »Ach, ick meinte natürlich Falze.«

Pikiert schaute Sophia Leibholz zur Seite jedoch nicht, ohne ihre langen grauen Haare, wie von Maria gerade gezeigt, über die Schultern zu werfen.

*Na bitte, jeht doch. Warum nicht gleich so. Blöde Erdbeerkarten. Ick bin doch keene Basteltante.* Maria war sichtlich erfreut, als sie ihre fünf Karten in den dafür bereitgestellten Korb legen konnte. Erleichtert verließ sie etwa eine Stunde später die Bastelrunde.

***

Am nächsten Morgen holte Daniel Nadine zu Hause ab.

Mit dem Dienstwagen ging es direkt nach Freiburg im Breisgau, der südlichsten Großstadt Deutschlands. Als Selzer Merzhausen, einen ländlichen Vorort von Freiburg, erreichte, zeigte der kleine Zeiger seiner Armbanduhr noch auf die elf, derweil der große gerade auf die zwölf sprang.

»Idyllisch«, bemerkte Nadine beim Blick aus dem Fenster. »Hier wohnen also Freiburger mit Geld.«

»Scheint so. Merzhausen ist wohl die kleinste Gemeinde im Landkreis mit der höchsten Bevölkerungsdichte und liegt damit sogar noch über Freiburg. Hier ist alles vorhanden: Die Nähe zu Freiburg, der Schwarzwald und Frankreich sind auch nicht weit. Landschaftlich echt schön gelegen«, erklärte Daniel wie ein Reiseführer und war gerade im Begriff, einen Parkplatz zu suchen. Kurz darauf fand er ihn.

»Daniel, die Adresse hast du?«, fragte Nadine, während sie aus dem Auto stiegen.

Er nickte und schaute über das Autodach. »Es müsste das Haus auf der anderen Straßenseite sein.«

Die beiden schlossen die Türen und steuerten langsam auf ein frei stehendes Architektenhaus zu.

»Das muss es sein«, meinte Selzer und zeigte auf ein großes silbernes Schild mit der Ziffernfolge 2 und 5. Das moderne Haus war ein großer, quadratischer Kasten mit anthrazitfarbenen Fensterrahmen sowie einer lang gestreckten Glasfront. Schon von Weitem konnte man das Mobiliar erkennen. Eine architektonisch abgestimmte Küche sowie eine riesige Couchlandschaft auf der zwei Kinder sowie eine Frau mit dunklen Locken saßen. Die drei schienen sich zu unterhalten.

Selzer klingelte.

Aus dem Inneren, das nur durch eine Glastür getrennt war, näherte sich die Frau, die man zuvor gesehen hatte.

Ohne Zögern öffnete sie die Tür und lächelte den beiden Beamten entgegen.

»Ja bitte?«

»Frau Sonja Fischer?«, fragte Selzer und wies sich sogleich aus.

*Wieso nennt er sie Fischer und nicht Lederer?*, überlegte Nadine.

Die Frau in den Vierzigern schaute den jungen Mann an, als habe er ihr soeben eine Schreckensnachricht überbracht. Nervös zupfte sie an ihrer floralen Bluse, die dezent ihre ausladende Hüfte umspielte.

»Wissen Sie, wie lange ich diesen Namen nicht mehr gehört habe?«, sprach Frau Fischer, die jetzt Lederer hieß, entsetzt. Augenblicklich begann sie zu schwitzen. Hitze stieg in ihr hoch und ein Gefühl der Beklommenheit machte sich in ihr breit. Unfreiwillig wollte sie weg. Weit weg. Sie ahnte wohl, dass jetzt der Zeitpunkt gekommen war, sich mit der Vergangenheit auseinanderzusetzen. Seit Jahren hatte sie sich dagegen gewehrt. Nichts sollte sie mehr an damals erinnern. Nichts. Ihr Kopf war leer. Alles darin hatte sie erfolgreich entfernt. Und wenn die Erinnerungen zurückkamen, halfen ihr die Medikamente.

»Dürfen wir näher treten?«, fragte Nadine freundlich. *Wollte Daniel sie etwa mit der Vergangenheit konfrontieren? Nannte er sie deshalb Fischer?*

Frau Lederer wirkte geistig abwesend, zuckte kurz und sagte dann: »Selbstverständlich.« Sogleich schob sie die Eingangstür weiter auf und ließ die beiden Kripobeamten passieren. Ihre Kinder im Alter von etwa zehn und zwölf verwies sie auf die Zimmer und bot den Gästen danach eine Erfrischung an.

Nadine jedoch entschuldigte sich, weil sie dringend auf die Toilette müsse. Den Gang entlang und dann gleich rechts, erklärte ihr Frau Lederer freundlich und begab sich sogleich in den offenen Küchenbereich.

Mit großen Augen betrat Nadine das WC, das beinahe so groß war wie das Badezimmer in ihrer Wohngemeinschaft. Auf dem Fensterbrett standen weißgelbe Orchideen, die farblich abgestimmt zum dunkelbraun gefliesten Boden passten. Neugierig öffnete die junge Frau den Spiegelschrank oberhalb des Waschbeckens und entdeckte darin eine kleine gelbe Schachtel mit der Aufschrift Trizyklisches Antidepressivum. *Ein Antidepressivum, mhm?* Sie wusch sich die Hände, schaute in den Spiegel und kehrte sogleich zu ihrem Kollegen zurück, der gerade mit der Dame des Hauses in ein Gespräch vertieft war und Nadine anschließend darüber informierte. Er sagte unter anderem, dass Sonja Lederer seit fünfzehn Jahren mit einem der angesehensten Architekten des Süddeutschen Raumes verheiratet war, und dass sie als Psychologin arbeitete.

Nadine zeigte sich interessiert und wusste nicht so recht, wie sie es anstellen sollte, Frau Lederer nach ihrer traurigen Vergangenheit zu fragen. Gleichzeitig ließ die junge Frau sich von ihrer inneren Stimme leiten, die ihr suggerierte, dass die Dinge nicht so waren, wie man sie nach außen hin dargestellt hatte.

»Schön haben Sie es hier, Frau Lederer. Sehr hell und behaglich«, dabei ließ Nadine ihren Blick über die geräumige Wohn- und Esslandschaft schweifen, die mit der angrenzenden Küche eine Einheit bildete. *Schön teuer.*

Sonja Lederer wirkte nervös und war nicht darauf erpicht, sich über ihren Einrichtungsstil zu unterhalten. Wenn ihr danach war, tat sie das mit ihresgleichen und das zu gegebener Zeit, wie etwa bei einem Geschäftsessen ihres Mannes. Jetzt aber hatte sie nicht zu brillieren, sondern wollte wissen, warum man sie aufsuchte. Und zwar schnell, so schnell, dass sie alles gleich wieder vergessen konnte.

»Deshalb sind Sie aber nicht gekommen, oder? Bitte stellen Sie Ihre Fragen! Ich soll in einer Stunde mit meinen Kindern auf dem Golfplatz sein«, sagte sie überzeugt und erst jetzt kam die gepflegte Erscheinung der etwas molligen Frau zur Geltung. Sie trug kleine Perlenohrringe mit dazu passender Halskette, die dezent unter der Knopfleiste der Bluse hervorschimmerte. Ihr Make-up deckte die kleinen Unebenheiten im Gesicht ab, mit denen sie anscheinend zu kämpfen hatte.

»Nein, natürlich nicht«, entschuldigte sich Nadine und rang zunächst nach Worten, bis sie schließlich fragte: »Stimmt es, das Sie am 2. Mai 1989 eine Tochter zur Welt gebracht und danach zur Adoption freigegeben haben?« Jetzt war es raus.

Frau Lederer schaute streng. Machte die junge Frau gerade einen Witz oder war das ihr Ernst? Nadine ins Auge blickend, spielte sie an ihrer Halskette und drehte an den Perlen.

»Das ist so lange her, dass ich mich kaum noch daran erinnere«, antwortete Sonja Lederer und hoffte, dass sie die Frage damit beantwortet hatte.

Selzer spürte die Unsicherheit der Frau und suchte nach einem tröstlichen Wort. »Gaben Sie Ihrem Kind einen Namen?«

Frau Lederers Augen schienen zu lächeln. Die Erinnerung an damals durchfuhr sie wie ein Stromschlag. In jenem Monat Mai des Jahres 1989 hatte sie ein Kind geboren, das sie noch aus dem Augenwinkel sah, bevor man es ihr wegnahm. Sie erinnerte sich, wie ihre Mutter gesagt hatte: »Glaub mir, mein Kind, das ist für alle Beteiligten das Beste.« Kurz darauf schlief sie ein und ahnte, dass sie die Kleine nie wiedersehen würde.

»Maja wollte ich sie nennen. Wie der Monat, in dem sie geboren wurde«, sagte Sonja Lederer traurig und fügte an: »Ich denke jeden Tag an sie.«

Nadine war schockiert und konnte nicht verstehen, warum diese Frau ihre Tochter nie wiedergesehen hatte. »Aber Sie hätten sie doch jederzeit sehen können. Meines Wissens gab es diese Möglichkeit doch.«

Sonja Lederers Bauch schmerzte. Sie rieb sich über die Wange und dachte nach. »Nein«, wehrte sie ab, »diese Möglichkeit gab es nie. Das hätte ich gewusst.« Andererseits schienen Nadines Worte sie aufzurütteln, doch darüber verlor sie kein Wort. »Hören Sie, Sie bringen mich ganz durcheinander.« Frau Lederer schluckte und rang nach Luft.

Rasch stand Nadine auf, holte ein Glas Wasser und reicht es ihr.

»Danke!« Mit einem Zug leerte Sonja Lederer das Glas und schien sich wieder zu beruhigen. »Aber wieso interessiert Sie das?«

»Ihre Tochter heißt jetzt Janine Maurer«, erklärte die Polizistin und fügte leise an: »Ich muss Ihnen leider sagen, dass sie tot ist.«

»*Tot?*«, wiederholte Frau Lederer kurzsilbig. »Deshalb sind Sie gekommen, weil sie gestorben ist? Aber … aber, das ist nicht üblich, dass sich die Kripo bei jemandem meldet, außer er starb eines unnatürlichen Todes«, sagte sie nüchtern.

Nadine nickte.

»Ganz recht. Sie wurde ermordet. Deshalb sind wir auch hier. Können Sie uns den Namen des leiblichen Vaters nennen? In der Akte war dazu kein Vermerk.«

Allmählich begriff Sonja Lederer die Worte der Polizistin. Ihr Kind, das sie niemals wiedergesehen hatte, war getötet worden. An einer Krankheit verstorben, das hätte sie vielleicht noch verstanden, aber es ermordet zu wissen, nicht.

»Seinen Namen habe ich aus dem Gedächtnis gestrichen. Ich erinnere mich nicht mehr an ihn. Das ist so lange her«, entgegnete Frau Lederer voller Abneigung und man spürte, dass sie nicht gerne darüber sprach. Das Zittern in ihrer Stimme war unüberhörbar.

Mit dieser Antwort hatte Nadine nicht gerechnet. An den Kindsvater erinnerte man sich doch immer, es sei denn, man wusste nicht, wer er war. Oder es kamen mehrere Erzeuger infrage. Oder … aber daran wollte sie erst gar nicht denken.

»Nicht erinnern, weil Sie es nicht wollen oder weil Sie es tatsächlich vergessen haben?«, hinterfragte Selzer unverblümt und warf ihr einen fragenden Blick zu.

Frau Lederer sprang augenblicklich auf und schrie: »Verdammt, weil ich es nicht will!« Schnaufend setzte sie sich wieder und man spürte noch immer ihre Erregung.

Nadine übernahm das Gespräch und versuchte es mit weiblichem Charme.

»Wir fragen Sie das nicht ohne Grund. Glauben Sie mir, wir hätten Sie sonst nie belästigt. Aber der Mörder Ihrer Tochter ist vermutlich kein anderer als der leibliche Vater selbst. Wenn wir seinen Namen nicht kennen, wissen wir nicht, nach wem wir suchen müssen.«

Frau Lederer schaute entsetzt, konnte nicht fassen, was sie gerade gehört hatte. *Der leibliche Vater. Andererseits wusste er nicht, dass Maja überhaupt existierte.* »Ich habe es ihm nie gesagt. Meine Eltern hatten es verboten. Als ich schwanger wurde, war sofort klar, dass ich das Kind nicht behalten durfte. Ich war noch Schülerin und ein Kind hatte da keinen Platz. Wie habe ich meine Eltern dafür gehasst. Aber was sollte ich denn machen? Entweder ich behielt das Kind oder gab es zur Adoption frei. Hätte ich es behalten, hätten sie mich aus dem Haus geworfen. Was blieb mir anderes übrig?«, erzählte Sonja Lederer und es schien, als wäre sie geradezu froh, endlich darüber reden zu können. »Ich konnte doch nicht ahnen, dass mich mein Kind ein Leben lang nicht mehr loslassen würde. Es gab keinen Tag, an dem ich nicht an sie dachte. Ich wollte Maja wenigstens nur einmal sehen und ihr sagen, dass ich sie liebe«, sprach sie leise unter ständigem Schlucken weiter, welches sie sichtlich Kraft kostete. »Wie … wie hat er sie ermordet?«

»Sie wurde erwürgt«, mehr wollte Selzer nicht sagen, denn unter diesen Voraussetzungen fiel es auch ihm schwer.

»Nennen Sie uns bitte den Namen, bitte!«, forderte Nadine eindrücklich und schaute Frau Lederer mit warmherzigen Augen an.

»Erwürgt von Jan? Er war ebenfalls Schüler und zwei Jahre älter als ich. Damals wohnte er noch in Freiburg. Wo er heute lebt, kann ich Ihnen nicht sagen. Wir haben uns aus den Augen verloren. Aber seine Eltern müssten hier noch leben. Versuchen Sie es dort! … Jan ein Mörder?«

Nachdem Frau Lederer die Adresse der Eltern auf einen Zettel notiert hatte, verabschiedeten sich die Polizisten, während sie den beiden nachdenklich durch die Fensterscheibe hinterherschaute. *Jan ein Mörder? Aber das ergibt doch keinen Sinn. Er wusste doch gar nicht, dass er Vater geworden war. Und wenn, ach was, niemals …*

Selzer und Andres liefen zum Auto.

»Und was jetzt? Einfach zu den Eltern spazieren und denen sagen: ›Tut uns leid, aber Ihr Sohn ist ein Mörder. Wo bitte schön wohnt er denn, damit wir ihn verhaften können‹?«, plapperte Nadine sofort drauflos.

»Nein natürlich nicht! Wir müssen da etwas behutsamer vorgehen. Lass uns die Leute einfach mal aufsuchen, zumindest können wir sie fragen, wo sich der Sohn jetzt aufhält«, antwortete Daniel und drückte auf die automatische Türverriegelung.

Selzer gab die Adresse von Familie Seemann ins Navi ein und startete den Motor. Etwa eine halbe Stunde später standen die beiden vor einem kleinen Einfamilienhäuschen aus den späten Fünfzigern. Die Zeit hatte daran bereits seine Spuren hinterlassen und man sah dem Gebäude deutlich an, dass dessen Besitzer entweder kein Geld für die Instandsetzung besaßen oder nicht mehr bei Kräften waren, es zu verschönern.

Nachdem man sich bemerkbar gemacht hatte und niemand die Tür öffnete, ging Nadine ums Haus herum und entdeckte einen Mann mit Schiebermütze im Beet hockend. Mit einer Schaufel war er dort zugange.

Die Polizistin hustete absichtlich laut.

Der ältere Herr erschrak und drehte sich den beiden Beamten zu.

»Was machen Sie denn hier? Können Sie nicht klingeln?«, fragte er freundlich, aber bestimmt nach.

Selzer ging auf den Mann zu und wies sich aus.

»Das haben wir, Herr Seemann, aber es hat niemand geöffnet.«

»Polizei? So so. Und dann gehen Sie gleich in den Garten fremder Leute? Herrschaften, Sie können froh sein, dass ich nicht mehr in Amt und Würden bin.« Nach ein paar Minuten stellte sich heraus, dass der Mann ein pensionierter Polizeibeamter war. Außerdem nannte er ihnen die Adresse seines Sohnes Jan, der inzwischen Kinderarzt mit eigener Praxis in Freiburg war. Zum Abschied überreichte er Daniel eine Schachtel mit Stachelbeeren und schnitt für Nadine eine purpurrote Kletterrose vom Strauch.

»Ich komme mir gerade wie ein kleines Kind vor, das

seine Großeltern im Garten besucht hat. Irgendwie schön«, resümierte Nadine, als sie das Haus verlassen hatten und auf dem Weg zum Auto waren. »Und dieser Jan soll unser Mörder sein? Ich weiß nicht. Mein Bauch sagt Nein. Ein Kinderarzt aus Freiburg fährt doch nicht extra nach Konstanz, um dort seine toten Frauen abzulegen. Das ergibt für mich irgendwie keinen Sinn. Unser Mörder muss aus der Bodenseeregion kommen. Anders kann ich mir das nicht vorstellen. Diesen Aufwand, sei der Typ auch noch so klug, betreibt doch kein Mörder. Versetzen wir uns doch mal in seine Lage!« Nadine hielt kurz inne und schaute Daniel tief in die Augen. »Er tötet aus Lust, lässt die Frauen qualvoll und langsam sterben und schleppt sie in den Wald. Warum? Er könnte sie doch einfach dort liegen lassen, wo er sie ermordet hat.«

»Ist doch ganz einfach, Nadine. Er will, dass sie gefunden werden. Stellt sich mir nur die Frage, weswegen?«, spann Daniel weiter.

»Ganz genau. Vielleicht weil er die Schnauze voll hat und nicht mehr töten will?«, ergänzte Nadine.

»Du meinst, es gibt noch mehrere Morde, die auf sein Konto gehen?«

»Könnte doch sein, oder?«

»Gut, Hufnagel soll sich gleich am Montag damit befassen. Ich erstelle ihm ein Täterprofil. Schauen wir mal, ob deine Vermutung stimmt«, erklärte Daniel entschlossen.

# 14. Nach dem Wochenende

**D**as diffuse Schlafzimmerlicht strahlte an jenem unsäglichen Samstagnachmittag auf ihren makellosen Körper, während er gleich einer Geige auf ihm spielte. Er roch ihren dezenten Veilchenduft, mit dem sie ihn gerade noch betört hatte. Sie hatten sich geliebt, hier auf dem Teppich und dann war es einfach passiert. Er wollte ihr doch nur helfen, sie befreien. Oben im Himmel würde sie nun zu den Guten gehören. Wieso hatte sie sich so gewehrt, ihn angefleht es nicht zu tun? Immer und immer wieder?

Sie hatte gekeucht.

Geächzt.

Geklammert, bis ihre Gliedmaßen zuckten, ein paar Male nur und dann langsam erlahmten. Aber er konnte nicht anders. Er musste es einfach tun. Alles passte zueinander, die Zeit, sein Ungestörtsein, die arbeitende Freundin. Endlich hatte er sein Werk vollbracht. Jetzt musste das böse Mädchen nur noch in den Keller, bevor er sie morgen in den Wald legen und mit Ästen bedecken würde. Ab dann war sie alleine, wie auch er.

***

Charlotte Kaufmann ging am Sonntagvormittag in ihrem winzigen Wohnzimmer auf und ab, und das Schlurfen ihrer Schritte vermischte sich mit dem Klopfen an der Tür. Zunächst ignorierte sie es und konzentrierte sich stattdessen auf die verstreuten Zettel auf dem Tisch. Die Notizen darauf ähnelten einer Kinderzeichnung mit lauter Krickel-Krakel.

Für Charlotte war es jedoch mehr. Sie hatte alles fein säuberlich notiert, was sie zum Fall der ermordeten Prostituierten erfahren hatte.

Charlotte ließ Maria ins Appartement, obwohl auf ihrem Schreibtisch aufgeschlagene Bücher sowie eine halb leere Schachtel Mon Chéri lagen. Eigentlich wollte sie arbeiten, die Morde analysieren und sie benötigte dafür Zeit. Gedanklich rausgerissen zu werden, war ihr ein Graus. Denn je mehr sie sich mit einem Mordfall befasste, desto näher kam sie dem Mörder. Irgendeine Kleinigkeit gab es doch immer, die man übersah, und genau die galt es jetzt zu finden. Auf ihrer Stirn hatten sich Schweißperlen gebildet.

»Wie sieht es denn bei Ihnen aus? So eine Unordnung bin ick jar nicht jewöhnt«, meinte Maria ketzerisch und lief schnurstracks zum Schreibtisch ihrer Bekannten. Die neugierige alte Dame konnte es nicht lassen, das eine oder andere Buch in die Hand zu nehmen, ein paar Zeilen darin zu lesen und es unverstanden an seinen Platz zurückzulegen.

Charlotte entging dies nicht. Mit Unbehagen schaute sie ihr zu. *Wie kann man nur so wunderfitzig sein?*

»Maria, was gibt es denn? Ich sollte noch arbeiten. Außerdem kommt Georg in zwei Stunden. Wir wollen noch eine Schiffsfahrt machen, bevor er wieder nach Hause muss. Heute habe ich beim besten Willen keine Zeit für Sie.« Charlotte bereute auch sogleich ihre Worte, aber es half nichts. Maria hätte sie anders nicht verstanden.

»Schon jut, ick geh dann mal«, entgegnete Maria traurig und wusste, dieser Tag würde langweilig werden. »Wünsche noch einen schönen Sonntag.« Kurz darauf war sie verschwunden und mit ihr Charlottes gute Laune.

***

Am Montagmorgen ließ Selzer nicht viel Zeit vergehen und verschob den montäglichen Jour Fix auf neun. Noch immer lagen die Akten zweier Mordfälle auf seinem Schreibtisch und noch immer tappte man im Dunkeln. Sämtliche Hinweise, denen man nachgegangen war, erwiesen sich als haltlos. Weder hatte man ein Indiz zu den gefundenen Hundehaaren noch zu den Zigarettenresten sowie Faserspuren eines bislang unbekannten Teppichs. Auch hatte die Recherche der gefundenen Reifenspuren nichts Brauchbares ergeben.

»Wir sollten jetzt endlich irgendetwas in die Hand bekommen«, schimpfte Selzer sofort los und man spürte seine Unruhe. Hätte er wenigstens eine Spur, würde sich die nächste zwangsläufig daraus ergeben. Wie ein Memory, dessen Bilder anfangs nicht passten, dann aber Stück für Stück ein Paar ergaben. Und genau dieses eine Bild galt es nun zu finden.

Bei einer Tasse Kaffee hörte man Selzer aufmerksam zu, machte sich Notizen und war ganz seiner Meinung.

»Daniel, so schlecht sind wir doch gar nicht. Immerhin haben wir den Namen von Janine Maurers leiblichem Vater. Ich werde gleich mit den Kollegen in Freiburg Kontakt aufnehmen und sie bitten, eine Speichelprobe von ihm zu nehmen. Und vielleicht haben wir dann unseren Mörder. Ich weiß nicht, was du willst?«, entgegnete Nadine, mit einem Kugelschreiber spielend. Dennoch zweifelte sie an dem, was sie sagte.

»Wenn's so einfach wäre«, fügte Selzer hinzu. »Herr Hufnagel und Herr Hübner, ich würde Sie bitten, sich die ungeklärten Mordfälle der letzten Jahre anzusehen! Konzentrieren Sie sich dabei bitte auf sadistische Sexualmörder, sprich einen Mann mittleren Alters, der seine sexuelle Erregung primär aus der bedingungslosen Macht über das

Opfer und dessen physischen und psychischen Leiden bezieht. Also einer, der gerne quält und foltert. Seine Opfer weisen immer Spuren von brutaler Gewalt auf, die er ihnen vor dem Tod zugefügt hat. Der Täter plant seine Verbrechen methodisch und achtet darauf, keine Spuren zu hinterlassen. Außerdem wählt er seine Opfer gezielt aus, wie etwa eine Prostituierte. Während der Tat zeigt er sich ruhig und emotional distanziert, was für den sexuellen Kontakt vor dem Tod sprechen würde. Häufig tötet der sadistische Täter seine Opfer, indem er sie stranguliert, was wiederum auf unseren Täter passen würde.« Selzer schob Hufnagel eine A4-Seite über den Tisch. »Sie brauchen sich nichts zu notieren, hier steht alles, was Sie wissen müssen.«

Er nickte. »Geht klar, Chef, ich lege gleich los.«

Nadine schaute skeptisch. »Aber unser Täter hat eine Menge Spuren hinterlassen.«

»Das ist richtig. Für mein Dafürhalten zu viele. Er scheint sich nicht allzu viel Mühe mit der Beseitigung gegeben zu haben, was wiederum dafür spricht, dass er gefunden werden will«, stellte Selzer seine Behauptung in den Raum.

Hübner willigte ihm kopfnickend zu und meinte: »Wahrscheinlich weil er mit dem Morden aufhören will, es aber aus eigener Kraft nicht schafft.«

Selzer erhob sich und nahm die Akten vom Tisch. »Also dann, ran an die Arbeit!«

Nadine kontaktierte die Kollegen in Freiburg und bat diese um eine Speichelprobe des mutmaßlichen Mörders Jan Seemann. Dieser erklärte sich sofort damit einverstanden, wie es schien, hatte er wohl nichts zu befürchten. Zudem wäre ein derartiger Skandal geschäftsschädigend und hätte sein sicheres Aus als Kinderarzt bedeutet.

Hübner und Hufnagel zeigten sich diszipliniert und schwitzten in ihren kurzärmeligen Hemden. Den ganzen Vormittag wälzten sie Akten von ungeklärten Mordfällen und konzentrierten sich dabei auf Selzers Täterprofil. Nur das leise Surren der Klimaanlage störte noch. Doch sie kühlte kaum noch, ausgerechnet jetzt, wo es so heiß war. Anscheinend hatte man bei der Installation gepfuscht.

Rudolf Hufnagel wollte gerade aufstehen und sic ausstellen, als sein Telefon klingelte.

»Hufnagel!«, sprach er gequält in den Hörer und wischte mit der Hand über die Stirn.

»Schmidt, wie der verstorbene Altbundeskanzler«, war auf der anderen Leitung eine tiefe und ausdrucksstarke Männerstimme zu hören. »Sie hatten mit meiner Tochter telefoniert. Erinnern Sie sich? Es ging um den Firestone ATX.«

»Ja doch, klar, ich entsinne mich. Geht es Ihnen jetzt wieder besser?«, kam es erleichtert von Hufnagel.

»Jaja, Verdacht auf Schlaganfall, Gott sei Dank war es nur ein Fehlalarm«, klärte Herr Schmidt auf und fügte an: »Diesen Firestone ATX habe ich eigentlich nur zweimal verkauft. Als ich die Sache mit den Unfällen hörte, habe ich den Reifen am nächsten Tag aus dem Sortiment genommen. Viel hatte ich von denen sowieso nicht bestellt.«

»Aha, und erinnern Sie sich noch an die Käufer?«

»Nein, das leider nicht, aber die Namen der beiden ergaben so ein nettes Wortspiel. Der eine hieß Hitze allerdings ohne T und der andere Wallung. Das konnte ich mir gut merken.«

*Hitzewallung? Aha, na die bekomme ich auch bald.* »Und woher kamen die Leute, wissen Sie das zufällig noch?«

»Aus dem Landkreis Konstanz. Ihre Autokennzeichen

trugen KN. Auch so eine Angewohnheit von mir. Ich schaue immer erst auf die Kennzeichen, dann aufs Auto.«

Hufnagel bedankte sich und notierte die Namen auf einem gelben Post-it.

Nadine, der das Gespräch nicht entgangen war, erklärte sich bereit, nach den außergewöhnlichen Namensträgern zu suchen. Den Namen Hize fand sie sofort im Telefonbuch, allerdings den Zunamen Wallung nicht. Schließlich wurde sie über das Melderegister fündig. Da die Namen wohl sehr selten waren, gab es ganz zu ihrer Freude je nur einen Eintrag im Landkreis Konstanz.

»Na, denen statte ich gleich mal einen Besuch ab«, erklärte Nadine forsch. »Hübi, kommst du mit? Unser Chef ist wohl mal wieder unterwegs.« *Vorgesetzter müsste man sein, während ich immer sagen muss, wohin ich gehe.*

Hübner war sichtlich erfreut, das Büro verlassen zu können. Den ganzen Vormittag nur vor dem Bildschirm sitzen, ging ihm auf die Augen. »Okay, aber lass uns vorab noch etwas essen! Mir hängt der Magen schon sonst wo.«

»Machen wir. Herr Hufnagel hält zum Glück die Stellung«, antwortete Nadine mit einem breiten Grinsen im Gesicht, derweil sie zu ihrem älteren Kollegen schielte.

»Jaja, gehen Sie nur.« Doch insgeheim freute sich Hufnagel über die jetzt kommende Zeit. Waren alle im Büro, hatte er Mühe, sich zu konzentrieren. Irgendeiner telefonierte doch immer. Manchmal verstand man sein eigenes Wort nicht einmal mehr. Und manchmal sehnte er sich nach den alten Zeiten, als er noch alleiniger Herr im Büro gewesen war. Gleichzeitig fiel ihm der Satz seiner Kollegin ein, die da meinte, das Leben sei Veränderung. *So ein Blödsinn. Veränderungen bringen immer nur irgendeinen neumodischen Kram mit sich.*

Die Hizes wohnten im Stadtteil Petershausen, indem auch das Polizeirevier beheimatet war. Daher gingen sie zu Fuß.

Nachdem die beiden Kripobeamten sich einen Döner an der Imbissbude gekauft hatten, liefen sie kauend zur besagten Adresse von Familie Hize. Dort angekommen wurden sie sogleich von lautem Gelächter und Leuten mit Rucksäcken fast überrannt. Anscheinend wollte man verreisen und verstaute zu diesem Zwecke alles Mögliche in einem silbergrauen VW-Bus.

Nadine schlängelte sich an den Leuten vorbei, dicht gefolgt von Hübner. Plötzlich rief irgendjemand *Hizi*. Sie drehte sich um und fragte einen der Männer nach dessen Namen, der sogleich bejahte.

»Hätten Sie ein paar Minuten für mich?« Das Gewusel machte Nadine ganz verrückt.

»Leider nein, wir fahren gleich in den Urlaub.« Der breitschultrige Mann blickte die beiden Polizisten verschmitzt an, während seine Lachfalten um die Augen herum ihn zu einem angenehmen Zeitgenossen werden ließen.

Als Nadine allerdings erneut darauf bestand, konnte Hize unschwer ablehnen, denn sie stellte ihn vor die Wahl, entweder Urlaub oder Vorladung.

Nach einer kurzen Unterredung stellte sich heraus, dass Herr Hize den Reifen zwar gekauft, aber aufgrund der Negativschlagzeilen gleich wieder verkauft hatte. Immerhin hatte er Familie und wollte kein Risiko eingehen. An den Namen des Käufers konnte er sich allerdings nicht mehr erinnern. Er wusste nur noch, dass es ein Sachse gewesen war, der bei der Übergabe der Reifen ununterbrochen geredet hätte. Außerdem hatte Hize für die besagten zwei Wochenenden ein Alibi. Als Wanderführer vom Schwarzwaldverein e. V. Konstanz hatte er je eine Wandergruppe auf eine

Bodenseetour begleitet.

Nadine gab sich zufrieden, bat Herrn Hize jedoch, sich unverzüglich nach seinem Urlaub im Polizeirevier zu melden, um seine Alibis protokollieren zu lassen.

»Wieder nichts«, maulte Nadine. »Jetzt müssen wir diesen Sachsen auch noch suchen. Nur Sisyphusarbeit«, tat sie beleidigt.

Hübner schaute skeptisch. »Also ich hätte den nicht gehen lassen. Wer weiß, vielleicht hat er dir nur ein Märchen erzählt. Und wenn er jetzt über alle Berge ist? Nadine, das war absolut unprofessionell. Wenn sich herausstellt, dass Hize der Mörder ist und uns durch die Lappen geht, kannst du nur noch Innendienst schieben.«

Hübner hatte recht, doch Nadine wollte ihm diese Genugtuung nicht gönnen. Stattdessen ignorierte sie dessen Geschwätz, obwohl sie wusste, dass sie falsch gehandelt hatte.

»Man wird sehen, Hübi. Dann übernimm du doch die nächste Befragung!«, zickte sie und lief langsam in Richtung Dienststelle.

Die andere Käuferin auf Nadines Liste, Frau Katja Wallung, wohnte in Kaltbrunn, einem kleinen Dorf außerhalb von Konstanz und idyllisch gelegen. Der kleine Bauernhof wirkte mit seinem Gemüsegärtchen, den Obstbäumen und streunenden Katzen, die keck durch die Gegend sprangen, geradezu beschaulich. Das Bauernhaus selbst war gepflegt, dennoch nagte der Zahn der Zeit am alten Gemäuer.

Die beiden Polizisten parkten ihren Dienstwagen in der Nähe des Hauses und stiegen aus.

Nadine drehte sich einmal im Kreis herum und bemerkte begeistert: »Wow, Landleben pur. Da bekommt man gleich

Lust, ein paar Tage hier zu verbringen.« Genüsslich sog sie die Luft in sich auf. Doch es roch weder nach Vieh noch nach Stroh. Vielmehr duftete es nach Sommerblumen und frisch gemähtem Gras.

Hübner konnte Nadines Begeisterung so gar nicht teilen. Für ihn bedeutete, einen Bauernhof zu besitzen, Arbeit und Verzicht. Nur von der Landwirtschaft alleine konnte hier kaum noch jemand leben. Daher ging man einem normalen Broterwerb nach und arbeitete anschließend auf dem Hof. Ein früherer Kollege von Hübner besaß eine kleine Schnapsbrennerei und ein anderer verkaufte sogar Obst auf dem Wochenmarkt. Letztendlich war es egal, was sie verkauften, beschwerlich war es alle Male.

»Na dann, schauen wir mal, ob jemand da ist«, sprach Nadines Kollege und betätigte den kleinen weißen Klingelknopf.

Sogleich ertönte aus dem Hausinneren eine Frauenstimme, die von lautem Hundegebell begleitet wurde, derweil zwei Meter weiter ein Augenpaar unentdeckt aus dem Kellerfenster schaute. Wie es schien, waren die Bewohner daheim.

»Ruhig, Leo! Ruhig! Ist bestimmt nur der Postbote«, hörte man eine Frau sich der Tür nähern. Kurz darauf wurde diese geöffnet. »Guten Tag, Sie wünschen bitte?«

Nadine wies sich aus. Sie sah sich einer schlanken, unscheinbaren Frau in Jeans und Big-Shirt mit Pferdeschwanz gegenüberstehen. Zudem wirkte sie müde. Kurzerhand bat die Kripobeamtin, eintreten zu dürfen.

Widerwillig folgte Katja Wallung ihrem Wunsch und man sah ihr an, dass sie es ungern tat. Bereits nach wenigen Schritten hielt sie abrupt an und fragte nach dem Grund, warum man sie belästigen würde.

»Sagen Sie mal, besitzen Sie ein Auto?«, wollte Hübner

wissen und hörte noch immer einen Hund bellen.

»Nein, habe mich davon getrennt. Kostet doch nur Geld. Ich fahre jetzt Rad.«

»Sie haben aber vor einiger Zeit noch Autoreifen gekauft«, erklärte Hübner mit ernster Miene.

Katja Wallung verschanzte die Hände in der Jeans und schaute ihn mürrisch an.

»Daran kann ich mich nicht mehr erinnern. Und wenn, liegen die irgendwo im Schuppen. Mein Auto ist abgemeldet«, entgegnete sie äußerst unhöflich.

»Könnte ich mal einen Blick auf Ihren Hund werfen?«, fragte Nadine und schaute in die wässrigen Augen von Katja Wallung. Dabei fiel ihr auf, dass sie Augenränder hatte.

»Mein Hund? Was hat der denn mit meinem Auto zu tun?«, erkundigte sich Frau Wallung schnippisch und verschränkte protestierend die Arme.

»Also dürfte ich ihn jetzt sehen oder nicht?«, bohrte Nadine nach. *So eine blöde Kuh.*

Mit Widerwillen ging Katja Wallung in eines der Zimmer vis-à-vis vom Flur und kam kurz darauf mit einem Mops auf dem Arm zurück.

»Der ist aber süß«, bestätigte Nadine mit einem gekünstelten Lächeln und streichelte über das kurze beigefarbene Fell. Die großen braunen Kulleraugen erwärmten ihr Herz. *Na, wenn das kein Zufall ist. Ein Mops. Allerdings besitzt sie kein Auto.* »Wohnen Sie hier alleine?«

Katja Wallung bejahte, erwähnte aber einen Freund, mit dem sie hier einst zusammengelebt hatte. Man habe sich aber getrennt. Außerdem bat sie die Polizisten zur Eile, da sie bald ihren Schichtdienst antreten müsse. Besonders freundlich klang sie dabei nicht.

Im selben Moment ertönte ein dumpfes Poltern aus der unteren Etage.

Nadine hatte das Gefühl, als wäre noch jemand im Haus. »Frau Wallung, auch wenn Sie unsere Fragen nicht mögen«, begann die junge Frau erneut, »sollten Sie wahrheitsgemäß antworten!« Dabei sah sie in ihre dunkel unterlaufenen Augen und bemerkte eine gewisse Unruhe. »Alles okay? Geht's Ihnen nicht gut?«

Hektisch schaute Frau Wallung umher.

»Nein, nein alles bestens. Aber mein Chef mag nicht, wenn man zu spät kommt. Wissen Sie, ich bin Alleinverdiener. Und die Arbeit hier auf dem Hof geht nie aus. Da kann es einem schon mal zu viel werden.« Sie wirkte gereizt.

Nadine nickte verständnisvoll.

»Klar, verstehen wir doch. Wir sind auch gleich wieder weg. Ach, wie hieß denn ihr Freund?«

»Harald Straub. War's das jetzt? Ich sollte gehen.« Sie trat nervös von einem Fuß auf den anderen und man spürte, dass sie die zwei lieber von hinten sah als von vorne. Hatte sie womöglich etwas zu verbergen?

Nachdem Frau Wallung die Polizisten aus dem Haus befördert hatte, ging sie in ihr Wohnzimmer und zündete sich eine Zigarette an. Den Rauch inhalierte sie genießerisch. Zwei Minuten später vernahm sie das laute Gehen ihres Freundes im Treppenhaus. Kurz darauf setzte er sich zu ihr an den Tisch.

»Das hast du gut gemacht. Wenn die Bullen mich hier finden, geht die gleiche Leier wieder von vorne los. Nur weil ich als Jugendlicher mal über die Stränge geschlagen habe, lassen die einen nicht mehr von der Kette.« Der schmächtige Mann beugte sich über den Tisch und gab seiner Freundin einen flüchtigen Kuss auf die Wange. Danach stand er wieder auf, wünschte ihr noch einen schönen Arbeitstag und verließ genauso polternd das

Zimmer, wie er gekommen war, während sie grübelnd das Haus verließ.

»Merkwürdige Frau, findest du nicht?«, stellte Nadine fest, derweil sie nachdenklich aus dem Beifahrerfenster blickte. »Glaubst du ihr? Ich hatte das Gefühl, als wäre noch jemand im Haus. Diesen Straub schaue ich mir mal an. Und wenn ich mich recht entsinne, waren die gefundenen Hundehaare an den Leichen einem Mops zuzuordnen.«

Auch Hübner dachte in ihre Richtung. Zwar hatte er nichts Auffälliges feststellen können, aber ein wenig seltsam kam ihm die Frau schon vor. Er hatte das Gefühl, als wollte sie etwas verheimlichen.

»Könnte dieser Harald unser Mörder sein?«, sprach Nadine mehr zu sich als zu Hübner.

In der Dienststelle suchte Hübner als Erstes im Bundeszentralregister nach Harald Straub und wurde tatsächlich fündig. Allerdings lag dessen Verurteilung bereits etliche Jahre zurück. Und zu allem Übel war die Tilgungsfrist vom Eintrag der Straftat ins Bundeszentralregister gerade abgelaufen. Resigniert presste sich Hübner an seine Bürostuhllehne und erzählte den Kollegen davon.

»Ist die Überliegefrist etwa auch schon abgelaufen?«, erkundigte sich Nadine ganz beiläufig, derweil sie am Computer zugange war.

Hübner setzte sich aufrecht, schaute seine Kollegin mit großen Augen an und schrie auf: »Mensch, dass ich darauf nicht selbst gekommen bin. Klar, die Verurteilung ist zwar noch im BZR gespeichert, allerdings bekomme ich über die Straftat als solche keine Auskunft mehr. Das geht jetzt nur noch über die Staatsanwaltschaft.«

Sodann nahm er Kontakt zu Staatsanwalt Wolf auf, der

entgegen seiner Art ihm sofort behilflich war. Zudem versprach er, sich um die Akteneinsicht zu kümmern. Allerdings bat er sich ein wenig Geduld aus.

Als Hübner mit ihm telefonierte, klingelte das Telefon seiner Kollegin. Schröder war am Apparat und teilte ihr mit, dass Jan Seemann unmöglich der Täter gewesen sein konnte. Seine DNA stimme nicht mit der von den Toten vom Bodensee überein. Die junge Frau bedankte sich und knallte den Hörer auf das Telefon. »So ein Mist«, schnauzte sie und rief in den Raum: »Jan Seemann scheidet als Mörder aus!«

Ein brummendes *Mhm* kam von Hufnagel. »Hatte ich mir fast gedacht«, bemerkte dieser einsilbig hinter seinem Bildschirm hervorblickend. *Zwei junge Frauen. Mensch, vor dem ist wohl keine mehr sicher. Vielleicht sollte ich Mutter darüber informieren. Bestimmt hat sie eine Idee.*

»Na ja, irgendwie hätte das auch gar nicht gepasst. Wir sollten unbedingt die letzte Spur weiterverfolgen. Andererseits, wo besteht die Verbindung zwischen Straub und Sonja Lederer? Angenommen Straub ist unser Täter, dann müsste er die Lederer doch gekannt haben«, überlegte Nadine laut.

Hufnagel stand auf und lehnte sich gegen das Sideboard direkt hinter sich.

»Ich kann mich ja mal schlaumachen. Übrigens gibt es einige ungeklärte Mordfälle, die auf Selzers Täterprofil passen könnten. Es handelt sich dabei ausschließlich um junge Frauen, bei einigen wissen wir, dass es Prostituierte waren. Auf alle Fälle ging der Täter immer ähnlich vor. Alle Opfer hatten vor ihrem Tod noch Geschlechtsverkehr, und alle wurden danach langsam und qualvoll stranguliert. Die meisten fand man in der Nähe von Wäldern. Und jetzt kommt's: Mindestens bei drei der Getöteten fand man die gleiche DNA wie bei unseren toten Frauen. Und noch etwas: Alle Frauen wurden ausschließlich im süddeutschen Raum ermordet.«

Nadine schluckte, sie musste gegen das Bild ankämpfen, das ihr gerade im Kopf herumschwirrte. »Aber wieso läuft dieser Typ dann immer noch frei herum?« Sie zögerte und wollte gerade weitersprechen, als sie Selzer ins Büro kommen sah. »Schön, dich auch mal wieder zu sehen«, bemerkte sie beiläufig und schenkte ihm einen verachtenden Blick.

»Sorry, aber ich hatte vor lauter Hektik ganz vergessen, dass ich zum Zahnarzt muss«, entschuldigte sich Selzer kleinlaut und fügte dem an: »Ganz einfach, er ist den Kollegen wohl immer wieder durch die Lappen gegangen. Aber wenn Sie mich fragen, wurde eher schlampig ermittelt.«

»Kann ich nicht beurteilen, das war vor meiner Zeit«, wehrte Nadine die Rüge ab. »Und, wurde wenigstens gebohrt?«, bemerkte sie hämisch und schielte zu Selzer.

»Jaaa, in solchen Dingen bin ich ein Weichei. Mein Zahnarzt hat mir eine örtliche Betäubung gegeben. Mein Mund fühlt sich jetzt richtig taub an.«

*Geschieht dir recht.* »Daniel, es wäre schön, wenn du dann wenigstens eine WhatsApp schicken würdest.«

# 15. Dienstag, 2. August

An diesem Montagabend fühlte sich Hufnagel alles andere als gut. Man stand noch immer am Anfang der Ermittlungen und jeder Hinweis, den man hatte, löste sich kurz darauf im Nichts auf. Der einzige Tatverdächtige, Jan Seemann, schied als Mörder aus. Seine DNA stimmte nicht mit der gefundenen DNA an den Opfern überein. Was hatte man übersehen? Gut, Hufnagel war kein Spezialist auf diesem Gebiet, aber allein schon der gesunde Menschenverstand sagte ihm, irgendein entscheidendes Indiz hatte man übersehen. In Gedanken ging Hufnagel noch einmal alle Fakten durch.

Janine Maurer war die leibliche Tochter von Sonja Lederer, das ging eindeutig aus den Adoptionspapieren hervor. Dieser Tatbestand ließ sich nicht verleugnen. Blieb die Frage nach dem Vater von Janine Maurer, welche nur die Mutter selbst beantworten konnte. Es sei denn, es kamen mehrere Männer in Betracht. Hatte sie womöglich gelogen? Konnte man sie diesbezüglich zu einer Aussage zwingen? Das Fingerspitzengefühl einer Mutter war in den Augen Hufnagels nun gefragt. Seine Kollegin Andres kam dafür eher nicht infrage.

Entschlossen verabschiedete sich Hufnagel von den Kollegen und schwang sich kurz darauf aufs Fahrrad. Es war kurz nach fünf. *Christine kommt heute sowieso erst gegen sechs nach Hause. Sie ist mit einer Kollegin verabredet.* Also fuhr Rudolf Hufnagel bei dem herrlichen Wetter noch hinunter an den See, um eine kleine Auszeit zu nehmen. Er kaufte sich zwei Kugeln Eis, setzte sich auf eine Parkbank mit Blick auf den Bodensee und sinnierte über das leicht hin und her wippende Wasser. Nachdem er die kalte Köstlichkeit verschlungen hatte, rief er seine Mutter an.

»Hach Rudi, schön von dir zu hören. Na, was macht der Fall? Habt ihr den Mörder endlich?«

»Nein Mutter. Wir tappen immer noch im Dunkeln. Deshalb rufe ich dich auch an. Ich brauche ganz dringend deine Hilfe. Die Sache braucht jetzt mütterliches Feingefühl.« Danach erzählte er seiner Mutter alles über Sonja Lederer und fragte, ob sie bereit wäre, nach Freiburg zu fahren, um mit ihr zu sprechen.

»Ach Rudi, hättest du mich das nicht am Sonntag fragen können? Dann wäre ich mit Georg am Montag nach Freiburg gefahren. Jetzt muss ich bei dieser Hitze die Bundesbahn nehmen, gerade wo Ferien sind. Die Wärme macht mich ganz fertig. Ich würde ja gerne, aber …«

Rudi schwieg am anderen Ende der Leitung und dachte nach. *Wenn ich die Kollegen informiere, sagen die womöglich Nein, und wenn ich es nicht tue? Ach, was soll's. Bei uns macht doch jeder, was er will. Der Chef verschwindet einfach zum Zahnarzt und Frau Andres fährt eben mal nach München.*

»Mutter, ich fahre dich! Ich hole dich morgen um acht ab«, kam es entschlossen aus Hufnagels Mund.

»Junge, so kenne ich dich gar nicht«, antwortete sie schmunzelnd. »Gut 8.00 Uhr, aber Maria kommt mit. Die Arme ist noch sauer, weil ich am Wochenende keine Zeit für sie hatte. Wenn ich jetzt wieder ohne sie fahre, dann ist Polen offen.«

Hufnagel legte die Stirn in tiefe Falten.

»*Dann ist Polen offen?*«, wiederholte er fragend.

»Ach, das sagt Maria immer. Ist nur so eine Redensart und bedeutet, dass es dann Ärger gibt«, erklärte ihm seine

Mutter.

»Ja«, hauchte er laut in den Hörer, »dann nimm sie halt mit.« Er klang ein wenig genervt.

Nachdem die beiden aufgelegt hatten, verließ Charlotte ihr Appartement und lief langsam, so wie es ihre Beine zuließen, zu Maria. Zunächst war diese von der Idee gar nicht begeistert. Zum einen war Maria noch beleidigt und zum anderen hatte sie keine Lust auf eine Autofahrt bei dieser Hitze. Aber die Neugier und die Aussicht auf ein neues Abenteuer ließen sie dann doch zusagen.

»Dit is alle Male besser, als son schiete Bastelabend mit den ollen Weibern. Mann, jing mir dit auf die Ketten. Dit ständige Getratsche über Krankheit und Tod kann ick beim besten Willen nicht ab. Menno, ick lebe noch und dit soll och so bleiben. Also, Charly, fahren wir morgen nach Freiburg und statten dieser Lederer mal einen Besuch ab.«

Charlotte schaute zufrieden.

»Wie wär's mit einem kleinen Schlaftrunk vor dem Essen?«, fragte Charlotte und freute sich, dass Maria ihr nichts nachgetragen hatte. In diesen Dingen war sie einfach klasse. Sie maulte zwar oft und schimpfte wie ein alter Rohrspatz, aber am Ende meinte sie es nie so, wie sie es sagte.

Pünktlich um 8.00 Uhr holte Rudolf Hufnagel die beiden alten Damen vom Seniorenheim ab. Aber wer glaubte, dass um diese Zeit noch keiner ihre Abfahrt bemerken würde, sollte sich irren. Die Damenrunde um Frau Leibholz beobachtete das abfahrende Auto mit Argwohn und schickte den dreien ein paar verachtende Worte hinterher. Denn die Lustlosigkeit war zum Wochenbeginn im Seniorenstift unerträglich und etwa vergleichbar mit der Unlust in eine zu startende Arbeitswoche. Müßig, behäbig und noch ohne Energie.

»Wat machen wir denn, wenn die Frau nicht daheme ist?«, erkundigte sich Maria, während der Autofahrt durch den Schwarzwald und schaute dabei zu ihrer Bekannten. Zudem zupfte sie an ihrem rosafarbenen Blumenkleid, das sie wie ein aufgeblasener Luftballon aussehen ließ, derweil Charlotte im dunkelblauen Kleid samt weißer Schleife geradezu majestätisch wirkte.

Gedankenversunken hatte sich Charlotte gegen das Sitzpolster gelehnt und dachte darüber nach, wie sie an die gewünschten Informationen kommen könnte. Dabei musste sie wohl die Frage ihrer Sitznachbarin überhört haben.

Verärgert wiederholte Maria ihren Satz und stupste Charlotte in die Seite.

»Maria, jetzt nerven Sie mich doch nicht! Ich weiß es nicht. Lassen wir das einfach auf uns zukommen! Okay?«

*Okay? Seit wann ist Charly so locker?* »Is ja schon jut. Frage och nicht mehr.« *Na wenn dit so weiter jeht, dann Prost Mahlzeit!*

Nach knapp zwei Stunden erreichten sie ihr Ziel Merzhausen unweit von Freiburg im Breisgau.

Rudolf Hufnagel fuhr langsam in eine Einbahnstraße.

»Ich parke das Auto besser ein paar Straßen weiter, damit man uns nicht sieht. Frau Lederer kennt mich zwar nicht, aber man weiß ja nie.« Erleichtert fügte er an: »Danke Mutter! Wenn wir den Mörder nicht bald finden, vergreift er sich womöglich noch an den jungen Dingern, die jetzt im Sommer so freizügig herumlaufen.«

Rudolf stieg aus und half einer Dame nach der anderen aus dem Auto.

Er verabschiedete sich mit der Bitte, telefonisch erreichbar zu bleiben, und schaute den Seniorinnen mit den Händen in den Hosentaschen noch eine Weile nach, bis sie die

Straße passiert hatten. Hinter einer der nächsten Ecken verschwanden sie.

*Na, jetzt bin ick mal jespannt wie Charly dit anstellen will. Einfach klingeln und drauf losquatschen?*, überlegte Maria, derweil Charlotte bereits aktiv war und die Haustürklingel betätigte.

Charlottes Mundwinkel zuckte. Sie lächelte und bemerkte, dass sie schwitzte. Am liebsten wäre sie wieder gegangen.

Zu spät.

Plötzlich ging die große Glastür auf und eine Frau mit Hochsteckfrisur und türkisblauem Hängekleidchen stand in der Tür.

»Guten Tag, Sie wünschen bitte?«, fragte Frau Lederer schmunzelnd beim Anblick der Rentnerinnen. *Die zwei sehen lustig aus. Ganz bestimmt kommen sie von einer karitativen Organisation und wollen sammeln.*

»Mein Name ist Charlotte Kaufmann«, sie zeigte auf Maria, »und das ist Maria Schulz. Entschuldigen Sie bitte die Störung. Wir machen hier gerade ein paar Tage Ferien und ich las zufällig auf Ihrem Klingelschild, dass Sie eine Praxis für Psychologie haben. Wissen Sie, wir wohnen im Altenheim. Na ja, und ich mache mir nun große Sorgen um meine Enkelin Daniela. Wo sie doch jetzt Hotelkauffrau lernt und noch so jung ist«, spielte Charlotte verwirrt.

Frau Lederer schaute die Rentnerin entgeistert an und unterbrach sie: »Aha, und wie könnte ich Ihnen jetzt dabei behilflich sein?« *Die wollen doch kein Geld.*

»Nun ich dachte, weil Sie doch Psychologin sind«, tat Charlotte ein wenig einfältig.

Frau Lederer zögerte und blickte auf die beiden alten Damen, die ihr zwar etwas sonderlich vorkamen, aber aufgrund ihres fortgeschrittenen Alters wohl nicht anders konnten.

»Treten Sie näher! Sie haben Glück, ich habe zwar heute keine Sprechstunde, aber in Ihrem Fall mache ich mal eine Ausnahme.«

Mehr hatte sich Charlotte für den Anfang auch gar nicht erhofft.

Sonja Lederer bat die Damen ins Wohnzimmer.

»Möchten Sie einen Kaffee oder Tee?«, fragte sie und ging voran. »Aber bitte, nehmen Sie doch Platz!« Sie wies auf ihre helle Sitzlandschaft.

»Nein, nein. Machen Sie sich bitte keine Umstände«, wehrte Charlotte sofort ab und schaute zu Maria, die das Angebot, ihrem Gesicht nach zu urteilen, wohl gerne angenommen hätte. Die beiden älteren Herrschaften nahmen auf dem Sofa Platz und hatten Mühe mit dem allzu weichen Polster.

*Schiete, wat is denn dit? Ick wollte nur sitzen und nicht gleich liegen*, dachte Maria und schaute verunsichert umher.

»Dann erzählen Sie mal von Ihrer Enkelin!«, forderte sie Frau Lederer freundlich auf und schaute erwartungsvoll zu Charlotte. Das Unbehagen von Maria nahm sie schmunzelnd zur Kenntnis, kannte sie doch die kleinen Widrigkeiten ihres Sofas nur zu gut.

»Also«, druckste diese. »Wissen Sie, meine Enkelin geht ja so gerne tanzen oder sie trifft sich mit ihren Freundinnen. Ich kenne sie eigentlich nur fröhlich. Doch in letzter Zeit ist sie ganz anders. Ruhig, zurückhaltend, und sie spricht kaum noch mit jemandem, und schon gar nicht mit ihren Eltern. Außer mit mir. Ich merkte, dass irgendetwas mit ihr nicht stimmt. Nach langem Zögern erzählte sie mir dann, was los ist. In den letzten Wochen wurden bei uns am Bodensee zwei Frauen in ihrem Alter ermordet. Das belastet sie wohl jetzt sehr. Sie getraut sich gar nicht mehr auf die Straße.«

Frau Lederer hatte die Beine übereinandergeschlagen und die Hände ineinander gefaltet über das rechte Knie gelegt. Und sie hörte aufmerksam zu.

»Schrecklich, gerade für die jungen Mädchen. Aber hat Ihre Enkelin diesbezüglich schlechte Erfahrungen gemacht, dass sie so reagiert?«, fragte Frau Lederer interessiert nach.

Charlotte entnahm ihrer Tasche ein Papiertaschentuch und schnäuzte die Nase.

»So genau weiß ich das nicht«, tat sie schniefend. »Aber ich glaube, sie wurde vergewaltigt.« Charlotte schluchzte übertrieben laut.

Maria schaute ihre Bekannte für Sekunden entsetzt an und klebte förmlich mit den Augen auf ihrem Leib.

»Wat? Dit haben Sie mir gar nicht gesagt. Oh Gott, wie furchtbar. Wenn ick dit Schwein in die Hände bekomme. Dann schneid ick dem …«

»Maria, schon gut«, Charlotte legte ihre Hand auf Marias Arm, »nicht gleich ausfällig werden, meine Liebe.«

Sonja Lederer wurde ruhig und kehrte in ihre eigene Vergangenheit zurück. Die Bilder von damals kamen in ihr hoch und zeichneten sich deutlich vor ihrem geistigen Auge ab. Mit einem Male war alles wieder da. Es hatte Jahre gebraucht, all das zu verdrängen. Nichts sollte in ihrem Gedächtnis bleiben. Der jetzige Abschnitt ihres Lebens war geprägt vom Vergessen, der Liebe sowie der Zeit mit ihren Kindern. Doch nun waren sie da, die bösen Geister und klopften an ihre Tür. Das Klopfen wurde stärker und die Gespenster flehten förmlich, hereingelassen zu werden.

Sollte sie jetzt womöglich mit alledem abrechnen? So viel Leid und Kummer schlummerten in ihrer Seele. Sonja Lederer hatte den Kontakt zu ihren Eltern abgebrochen, weil sie ihnen die aufgezwungene Adoption nie verzeihen konnte. Das Schlimmste allerdings war, dass sie ihr Baby verloren hatte. Und das gefühlt sogar zwei Mal. Erst wurde es ihr entrissen und zur Adoption freigegeben, und jetzt war die Tochter sogar von dem eigenen Vater ermordet worden. *Jan kann es nicht gewesen sein, er hat damals ein Kondom benutzt. Bleiben nur Bodo und Hardy ...*

Für ein paar Sekunden wurde geschwiegen. Die Gedanken kreisten in den Köpfen aller, bis Frau Lederer zu erzählen begann: »Ich kenne das, ich weiß, wie sich Ihre Enkelin fühlt. Auch ich wurde vergewaltigt und habe ein Leben lang darüber geschwiegen, anstatt die Schuldigen ihrer gerechten Strafe zuzuführen.« Sie stockte, atmete hörbar tief durch und wiederholte sich: »Auch ich wurde vergewaltigt.«

»SIE auch?«, fragte Charlotte und spürte längst, dass in der Vergangenheit der jungen Frau etwas vorgefallen sein musste. Denn auch sie hatte sich die Frage nach dem möglichen Vater von Janine Maurer längst gestellt. Für die alte Dame gab es nur zwei Möglichkeiten, den Vater nicht zu nennen. Entweder weil man ihn nicht kannte oder aber weil man ihn nicht kennen wollte. Dafür hatte Charlotte nur eine Antwort parat: Sonja Lederer war einst missbraucht worden. »Möchten Sie darüber sprechen? Ich bin eine gute Zuhörerin.« Charlotte beugte sich Frau Lederer entgegen und schaute sie mit warmherzigem Blick an.

Sonja Lederer blickte streng, dachte nach und antwortete: »Ja, warum eigentlich nicht? Sie sind mir zwar unbekannt und das … ist auch gut so. Aber irgendwann muss ich meiner Seele Luft verschaffen und meine Geschichte erzählen dürfen. Ansonsten platze ich. Ich möchte nicht mehr damit leben, zumal meine Tochter erst kürzlich ermordet wurde und das von ihrem Vater. Das Schlimmste aber ist, Jan kann es gar nicht gewesen sein, er hatte doch damals verhütet. Aber …«, sie unterbrach sich und begann unter Tränen, der Reihe nach ihre leidvolle Geschichte zu erzählen. Am Ende sagte sie nur noch wenige Worte: »Bodo von Klausen und Harald Straub, die waren es. Hätte ich den Mut, ich würde sie töten. Bodo ist bereits tot, zertreten von einem Elefanten auf einer Safari.« Ein versöhnliches Lächeln umspielte ihren Mund. Anscheinend kam ihr sein Tod gelegen.

Jetzt hatte Charlotte Kaufmann Sonja Lederer dort, wo sie sie haben wollte. Endlich war sie gesprächig geworden.

»Und der andere Arsch, wat ist aus dem jeworden?«, fragte Maria nach, als lauschte sie einem Krimi im Radio.

»Der andere lebt noch. Soviel ich hörte, hat er mehrmals zu studieren begonnen. Irgendwann dann alles hingeschmissen, wobei er ziemlich klug war. Dem fiel immer alles zu, hat mir Jan früher mal erzählt.«

»Traurige Geschichte. Und wo lebt dieser Harald heute? Ich hoffe weit weg«, erkundigte sich Charlotte teilnahmsvoll.

»Keine Ahnung. Irgendjemand hat mir erzählt, dass er im Schwarzwald oder am Bodensee leben soll. Irgendwo dort.« Sonja Lederer hielt kurz inne und sprach weiter: »Es ist schön, mit Ihnen darüber zu sprechen. Ich fühle mich erleichtert, wobei es wohl nie vorbei sein wird.« *Hätte ich heute die Wahl, ich würde mein Kind behalten. Die jungen Frauen haben zum Glück andere Möglichkeiten. Andererseits, Eltern, die ihr Kind in dieser schwierigen Lebenslage im Stich lassen, sind das Letzte. Religion hin oder her. Am Ende sind wir doch Menschen und keine Barbaren.*

Charlotte schaute auf ihre kleine Armbanduhr und tat, als ob sie jetzt gehen müsse. Gleichzeitig bedankte sie sich für die Zeit von Sonja Lederer und versprach, noch einmal mit ihrer Enkelin zu sprechen. Der ärztliche Beistand wäre unter diesen Umständen ganz sicher angebracht.

Man verabschiedete sich mit einem versöhnlichen Lächeln, während die eine über ihr verlorenes Kind nachdachte und die anderen in die Sommerfrische traten, um kurz danach entlang der Straße zu spazieren. Auf dem Weg musste Maria endlich mit der Sprache heraus. Das soeben Gehörte schockierte sie dann doch.

»Dit mit Ihrer Enkelin tut mir echt leid. Sie haben nie wat darüber jesagt.«

Charlotte hielt augenblicklich an und schaute in die grüngrauen Augen ihrer Begleiterin.

»Keine Sorge, es geht Daniela gut. Aber ich musste diese Frau Lederer doch irgendwie aus der Reserve locken. Von selbst hätte sie uns wohl nie von ihrer Vergewaltigung erzählt. Hätte ich auch nicht. Aber wenn man weiß, dass es dem anderen auch so erging, wird man redselig. Beobachten Sie mal die Hundebesitzer! Kaum dass sie sich begegnen, grüßt man sich und kommt ins Gespräch, genau wie bei jungen Muttis. Gleich und gleich gesellt sich halt gerne«, erklärte Charlotte und strich eine feuerrote Haarsträhne von ihrer Stirn.

»Wat? Dit war ’ne Lüge? Charlotte, Charlotte! … Andererseits, da jebe ick Ihnen recht. Sieht man ja oft, die Leute mit den Hunden«, stimmte Maria zu und drückte dies mit einem heftigen Kopfnicken aus. »Mensch, Sie haben och immer so eine Ahnung.«

Charlotte ging weiter und hakte ihre Bekannte unter.

Als sie den Pkw von Rudolf erreichten, stand dieser, sich den fülligen Bauch streichelnd, in der Sonne. Auf seiner Stirn entlang der Geheimratsecken zeichneten sich leichte Schweißperlen ab.

»Na? Konntet ihr etwas herausfinden?«, fragte Rudolf sofort drauflos.

Charlotte gönnte sich den kleinen Wissensvorsprung und

bat, sich erst einmal ins Auto setzen zu dürfen, bevor sie mit ihren Neuigkeiten herausrückte. Sodann erzählte sie ihrem Sohn das gerade Erfahrene und heimste sogleich seine verbale Bewunderung ein.

»Mutter, du bist einfach Klasse. Wie sagtest du, heißt der Mann? Harald Straub? … Moment mal, der Name kommt mir irgendwie bekannt vor.« Hufnagel startete das Auto, schaltete das Navi an und fuhr los. Für eine Weile wurde es ganz still im Fahrzeug. Plötzlich hielt Hufnagel abrupt an. »Mensch, ich glaube, ich werde alt. Na klar … Straub … Harald Straub, so heißt doch der Freund von der Frau mit den Firestone-Reifen. Ich muss sofort die Kollegen anrufen.«

Hufnagel wählte Selzers Nummer, doch statt sich seinem Chef erklären zu können, hagelte es einen Tadel, weil er sich nicht abgemeldet hatte. Zudem sprach Selzer von einem dritten Mordopfer, das man in den frühen Morgenstunden unweit vom Fundort der beiden anderen Leichen entdeckt hatte. Nach ersten Erkenntnissen handelte sich hierbei um eine Frau von etwa zwanzig Jahren. Sie lag im Unterholz und war wie ihre Vorgängerinnen nackt. Die Würgemale entlang des Halses glichen denen der anderen Opfer. Außerdem erwähnte Selzer, dass die Kollegen bereits vor Ort wären, und beorderte Hufnagel umgehend dorthin. Die Sache mit der unerlaubten Fahrt nach Freiburg hätte zudem ein Nachspiel. Danach legte er wütend auf, ohne dass Hufnagel auch nur einen Satz von sich geben konnte.

*Mist, und das kurz vor meiner Rente. Mensch, wenn ich jetzt suspendiert werde, kann ich mir meine Pension sonst wohin schieben. Und dabei wollte ich es mir mit Christinchen doch noch schön machen.* Hufnagel schluckte schwer. *Mhm, andererseits wird es schon nicht so schlimm werden. Selzer ist auch nicht gerade ein Vorbild und wird es mir am Ende sicher nachsehen, zumal ich weiß, wer der Mörder ist. Ich muss ihn noch einmal anrufen.* Aber vor Ärger vergaß er den Rückruf.

Charlotte rutschte zum Fahrersitz vor und hielt sich daran fest. »Rudi, was ist los? Was hat er gesagt?«

Rudolf schaute in den Rückspiegel, musterte seine Mutter und drehte sich dann langsam zu ihr um. »Man hat heute Morgen noch eine Tote gefunden.« Sein Kehlkopf wanderte auf und ab und auf seinem Gesicht zeichnete sich deutlich das Entsetzen ab.

Charlotte lehnte sich ruckartig zurück. »WAS, schon wieder?«, fragte sie erschrocken.

Auch Maria entglitt der Blick. Mit aufgerissenen Augen legte sie die rechte Hand auf den Mund. »Wat? Dit jibts doch jar nicht. Leute, die müssen sich sofort diesen Straub zur Brust nehmen. Dit ist doch der Mörder.«

»Rudi, fahr los! Wir müssen heim!«, forderte seine Mutter bedingungslos.

Unterdessen sperrte man den Fundort der dritten Leiche weiträumig ab. Auch dieses Mal war das Medieninteresse immens. Nicht nur die heimische Tageszeitung sowie das Fernsehen hatten sich eingefunden, sondern auch alle große Zeitungen bundesweit. Selbst das Ausland war vertreten.

Die Kollegen der Spurensicherung in ihren weißen Anzügen liefen wie aufgeschreckte Ameisen umher. Zudem hatte der Rechtsmediziner Ron Hendrick mit seiner Arbeit begonnen und analysierte sämtliche Spuren, die er auf den ersten Blick an der Toten feststellen konnte.

Nadine Andres, die mit als Erste am Fundort eingetroffen war, lief um die Leiche herum.

»Wie läuft's?«, fragte sie den vor der Leiche knienden

Mediziner.

»Nun, die gute Nachricht ist, dass sie wie die zwei zuvor Getöteten nackt ist und die gleichen Würgemale am Hals aufweist. Wir können von ein und demselben Täter ausgehen. Darüber hinaus sollten wir froh sein, dass es die letzten Tage nicht geregnet hat. Schauen Sie sich mal die Spuren an! Nichts ist verwischt, der Boden ist trocken.«

Nadine stimmte seiner Einschätzung zu und hoffte, dass die Spurensicherung bald mehr darüber berichten konnte.

»Danke, Herr Kollege! Da hatten wir wohl Glück, zumal der Wetterbericht für heute Regen angekündigt hat. Sonst wäre wohl alles weggewaschen gewesen. Diese fortwährende Hitze geht mir langsam auf die Nerven«, stöhnte sie. »Und die schlechte Nachricht?«

Hendrick stellte sich aufrecht und senkte den Kopf, um Nadine Andres besser in die Augen sehen zu können.

»Der Mörder hat eine brennende Zigarette unterhalb ihres linken Auges ausgedrückt. Die Haut ist an dieser Stelle sehr dünn und die Schmerzen müssen immens gewesen sein.«

»Wieso tut er das?«, überlegte Nadine entsetzt.

»Er will bewusst Spuren hinterlassen, würde ich sagen. Warten wir die Autopsie ab!« Hendrick schaute auf seine teure Markenuhr. »Ich wäre hier soweit fertig und lasse die Leiche gleich in die Rechtsmedizin bringen. Wir könnten heute noch obduzieren. Gegen Abend haben Sie den Bericht.«

# 16. Stunden später

Nadine machte sich Sorgen wegen Hufnagel. Selzer hatte weder gesagt, wo er steckte, noch, warum er nicht zur Arbeit erschienen war. Ungeduldig stellte sie im Auto die Freisprechanlage an und versuchte, Hufnagel zu erreichen. Doch nur die Mailbox ging an. Zudem plagte sie noch ein weiterer Gedanke. Woher stammte der Mops, dessen Haare man an den beiden toten Frauen gefunden hatte? Auch Katja Wallung besaß einen solchen Hund. *Es muss doch irgendwie möglich sein, die Haare von ihrem Hund mit den gefundenen an den Opfern zu vergleichen? Schröder hat bestimmt eine Idee.*

Noch von unterwegs aus wählte sie dessen Nummer und fing sofort mit den Fragen an. »Sag mal, kann man Hundehaare miteinander vergleichen?«

»Erst einmal guten Tag, verehrte Kollegin. So viel Zeit muss sein«, maßregelte Schröder sie.

»Jaja, auch das. Guten Tag Schröder! Und, weißt du nun, wie?« Genervt klopfte Nadine aufs Lenkrad und fuhr weiter geradeaus.

»Du hast aber schon die Freisprechanlage an, oder?«, fragte dieser, statt zu antworten.

»Schröder? Ja, das habe ich!«, rief sie laut den Blick auf die Anzeigentafel gewandt. *Mann, jetzt antworte mir endlich. Dieser Kerl bringt mich noch mal um den Verstand.*

»Also«, begann Schröder geduldig, »wenn du mir eine Vergleichshaarprobe bringst, kann ich dir sagen, ob sie von ein und demselben Hund stammt.«

»Wie? Du meinst, ich muss diesem Vieh die Haare

rausreißen, damit du sie analysieren kannst?«

»Ganz genau, und am besten entnimmst du sie von mehreren Körperteilen damit das Ergebnis auch stimmt«, erklärte er, als wäre es selbstverständlich und kinderleicht.

»Danke Schröder, so was Leichtes mache ich doch jeden Tag. Dann fahre ich mal zu den Leuten hin und rupfe dem Vieh die Haare raus.« Nadine war hörbar genervt.

Doch als Schröder wissen wollte, wohin sie denn fahre, hatte Nadine bereits aufgelegt.

Nadine beschloss, Frau Wallung erneut zu besuchen, und wendete daher mit dem Pkw. Als sie am Hof ankam, herrschte Unruhe. Der kleine Hund von Katja Wallung rannte wild umher und schien etwas zu jagen. Ansonsten wirkte das Gelände geradezu verwaist. *Komisch, und ich dachte Möpse wären ruhige Hunde.* Weit und breit sah die Kripobeamtin niemanden, den sie nach den Hundehaaren hätte fragen können. Also wartete sie geduldig, bis der Mops sich ihr näherte. Und endlich kam er auf sie zu. Er schnüffelte an ihrem Bein und schaute sie aus großen braunen Augen an.

Entschlossen ging Nadine in die Hocke und spielte mit Daumen und Zeigefinger ihrer rechten Hand. Der Hund streckte die Zunge heraus und glaubte wohl, etwas zu fressen zu bekommen. Wie auf ein Zeichen streichelte Nadine über das kurze beigefarbene Fell und sollte ihr Problem auch sogleich gelöst wissen. Aufgrund seines zweischichtigen Felles haarte der Mops stark. Denn zum einen verlor er ähnlich wie der Mensch sein Deckhaar, und zum anderen produzierte er je nach Witterungsverhältnissen viel Unterwolle.

Rasch zog Nadine aus ihrer Umhängetasche eine Plastiktüte hervor, versorgte darin die Hundehaare und steckte sie wieder ein. Aber die Neugierde hatte längst von ihr Besitz ergriffen, und wenn sie sich hier schon alleine wähnte, wollte sie sich zumindest kurz umschauen.

Die Polizistin ging in das erstbeste Gehöft. Aufgrund der Gerätschaften vermutete sie zunächst einen Kuhstall. Auch ein Schweinestall war denkbar. Es roch nach Mist und Vieh. Nadine sah sich um und entdeckte an der Wand ein Melkgeschirr sowie zwei Blecheimer und schlussfolgerte daraus, dass hier einst Kühe gemolken wurden. Neugierig lief sie durch den Stall und vermutete etwas weiter hinten unter einer graugrünen Plane die Umrisse eines Fahrzeuges und ging direkt darauf zu.

Interessiert hob sie die Plane an und staunte, als sie darunter einen Ford Explorer älteren Baujahres erblickte. Das Fahrzeug besaß kein Nummernschild und Nadine erinnerte sich, dass Katja Wallung ihr gegenüber erwähnt hatte, dass sie ihr Auto abgemeldet hatte. Daher ließ sie die Abdeckung wieder fallen. Doch gerade als sie den Stall verlassen wollte, entdeckte sie gegenüber eine Werkbank. Obenauf lagen alte Zeitungen die sie flüchtig musterte, darunter zwei Autoschilder mit rotem Kennzeichen. *Merkwürdig, die hat man doch nur, wenn man ein Auto zur Probe fährt oder von A nach B überführt.* Nadine wurde misstrauisch.

Erneut kehrte sie zum Fahrzeug zurück und besah sich dessen Reifen genauer. Überrascht entzifferte sie die Großbuchstaben auf dem schwarzen Gummi. *Ich werd verrückt.* Die junge Frau griff zum Handy und wollte gerade die Nummer von Daniel wählen, als ihr jemand einen heftigen Schlag gegen den Kopf verpasste.

Nadine taumelte, sackte in sich zusammen und fiel neben zwei gammligen Herrenschuhen zu Boden. Das Letzte, an was sie noch dachte, waren ihre Eltern. Danach verlor sie das Bewusstsein.

Eine Männerhand griff nach ihrem Handy und stellte es aus. Dann packten sie die junge Frau bei den Schultern und hievten sie auf eine Schubkarre. Ein lautes Keuchen ging dem einher und jemand schrie sie an: »Miststück, was hast du hier auch zu suchen?« Doch Nadine hörte ihn nicht.

Eine Männergestalt, nicht sehr groß, beugte sich zur Schubkarre hinab und hob sie an. Sodann schob er den leblosen Körper der jungen Frau unter Mühen aus dem Stall. Er war alleine, und niemand bemerkte sein Tun.

Es war einer dieser herrlichen Sommertage, wie sie schöner nicht sein konnten. Doch in ihm wohnte das Grauen in Gestalt eines unscheinbaren Mannes, wie ihn ein jeder in der Nachbarschaft wohl kannte. Man grüßte sich, man unterhielt sich und man wusste gar nichts von ihm.

Kurz darauf rutschte der leblose Körper der Polizistin eine Rampe entlang, fiel unsanft zu Boden und blieb regungslos liegen. Sodann fuhr der Fremde ihren Dienstwagen in den Schuppen und deckte ihn provisorisch ab. Wenig später kehrte er zum Haus zurück und eilte die Treppe hinunter. Das leise Quietschen der Kellertür hörte hier niemand, auch Nadine nicht, denn noch immer war sie bewusstlos.

Er legte die junge Frau auf den Bauch, zog ihre Arme auf den Rücken und fesselte die Handgelenke. Sogleich band er ein Tuch um ihren Mund. Er wollte sie besitzen, und zwar sofort. Geduldig harrte der Mann vor Nadine aus, schaute sie an und hoffte, dass sie alsbald erwachen würde. Er wollte in ihre Augen sehen, wie sie sich weiteten und starr vor Angst in die seinen blickten.

Der Fremde setzte sich auf einen alten Holzstuhl, dessen

grün gestrichene Farbe bereits abgeblättert war. Um sich die Zeit zu vertreiben, nahm er ihre Umhängetasche und durchsuchte sie. In seiner Hand hielt er ihren Dienstausweis und las den Namen. *Du Schnüfflerin, dir werde ich es besonders besorgen und dann schicke ich dich in den Himmel zu den anderen Schlampen. Keiner wird dich hier finden, keiner. Denn du bist bei mir.*

Langsam kam die junge Frau mit einem unmerklichen Stöhnen wieder zu sich.

Ein winziger Schatten lag auf dem Boden und ließ vermuten, dass er durch Gitterstäbe hervorgerufen wurde.

Vorsichtig öffnete Nadine die Augen, blinzelte und analysierte ihre prekäre Situation. Kopf und Arme schmerzten. Angst kroch in ihr empor. Wie eine Ratte fraß sie sich in ihren Kopf, ließ ihn heiß werden und Schweißperlen die Schläfen entlanggleiten.

Nadine war erschöpft. Sie musste etwas tun. So hatte sie keine Chance. Niemand wusste, wo sie war. Und zum ersten Mal bereute sie ihren Alleingang. Wenigstens eine Nachricht hätte sie den Kollegen hinterlassen müssen. *Wenn ich hier lebend wieder rauskomme, mache ich alles anders.*

»Nun, Frau Andres, wie fühlt man sich so? Tut der Kopf noch weh?« Der Fremde lachte schadenfroh. »Das ist im Vergleich zu dem, was jetzt kommen wird, Ihr kleinstes Problem, glauben Sie mir!«

*Mann, tut mir der Schädel weh. Wer ist der Kerl? Der Freund von Katja Wallung. Scheiße, was hat er vor? Mich vergewaltigen? Ich muss hier raus!* Beklommen schaute Nadine sich um.

Der Raum war klein und dunkel. Lediglich die Gitterstäbe am Fenster ließen ein wenig Sonnenlicht herein. Zudem roch es stark nach Fäulnis. Beißend, süßlich und erdig. *Riecht nach Tod.* Ihr gegenüber an der Wand machte sie ein paar Fotos aus und vermutete darauf den Körper einer Frau. Nadine hörte in die Stille. Außer dem Hundegebell vernahm sie nichts und sie hoffte inständig, dass Frau Wallung alsbald erscheinen und den Kerl von seinem Wahnsinn abbringen würde.

»Machen Sie sich keine Hoffnung, hier findet Sie niemand«, sagte der Fremde barsch und schnalzte mit der Zunge. »Nicht einmal Katja kennt diesen Keller. Wissen Sie, ich habe ihr nie etwas getan, dafür starben die anderen. Ich liebe sie nicht einmal. Doch war sie mir stets treu ergeben. Nur deshalb lebt sie noch.«

*Also doch, ihr Freund!* Nadine schüttelte sich, sie wollte sprechen, doch es ging nicht.

»Nein, ich werde das Tuch nicht abnehmen. Am Ende schreien Sie womöglich noch. Nein!«, gab er zornig von sich.

Der Fremde erhob sich vom Stuhl und ging in eine Ecke.

Nadine spürte seine Blicke auf sich ruhen. Wie ein Messer bohrten sie sich in ihre Haut. Sie konnte ihn riechen, so nah stand er neben ihr. Frisch geduscht und zu allem bereit.

Es raschelte. Suchte er etwas? Und wenn ja, wonach?

»Wo ist sie nur? Ich habe sie schon lange nicht mehr benutzt.« Er atmete schwer und pustete die Luft hörbar aus dem Mund. »Sie müssen wissen, jetzt besorge ich es den Weibern nur noch im Bett. Gott sei Dank geht Katja samstags arbeiten. Wenn sie wüsste …«

*... was für ein Arsch du bist.* Plötzlich vernahm Nadine ein lautes »Na endlich«, gefolgt von einem weichen Gegenstand, der unmittelbar neben ihr auf den Boden fiel. Sie konnte dessen muffigen Geruch deutlich riechen und sprach ihn einer alten Decke zu, welche schon lange nicht mehr gewaschen worden war.

***

Etwa zur selben Zeit wählte Rudolf Hufnagel die Nummer seiner Kollegin, nachdem er seine Mailbox abgehört hatte. Vergeblich. Auch bei ihr sprang nur die selbige an.

Nachdem er die beiden Seniorinnen ins Haus Wolkenlos gebracht hatte, fuhr Hufnagel direkt zum Fundort der dritten Leiche. Den Wunsch seiner Mutter, ihn begleiten zu wollen, lehnte er kategorisch ab. *Das hat mir noch gefehlt. Ich mache mich doch nicht zum Gespött der Leute. Wenn ich Glück habe, komme ich mit einer Verwarnung davon.*

Doch außer der Spurensicherung war niemand mehr vor Ort. Daher fuhr Hufnagel direkt zur Dienststelle. Als er ins Büro trat, standen Selzer und Hübner diskutierend vor der Glaswand mit den Bildern der Opfer.

Selzer wandte sich Hufnagel zu und sagte noch über die Schulter hinweg: »Kommt Frau Andres auch gleich? Wir sollten uns diesen Harald Straub heute noch zur Brust nehmen. Er gilt als dringend tatverdächtig.«

Hufnagel schüttelte verwundert den Kopf und schritt den Männern entgegen.

»Nee, ich weiß nicht, wo sie ist. Ich dachte, sie wäre hier. Straub?«

Selzer drehte sich erschrocken zu Hufnagel um.

»Nein, ist sie nicht. Sie geht auch nicht an ihr Handy. Keiner weiß, wo sie steckt.«

Im selben Moment klingelte Nadines Telefon.

Selzer lief hinüber zu ihrem Schreibtisch und nahm das Telefonat entgegen: »Selzer, Apparat Andres«, sprach er laut und hoffte auf Nadine.

»Schröder! Ach, ich wollte nur mal nach den Vergleichshaarproben fragen.«

Selzer schwieg für einen Augenblick und wiederholte einsilbig: »*Vergleichshaarprobe?*« Er schluckte. »Davon hat sie nichts erwähnt.« Selzer schluckte erneut. »Schröder, lassen Sie sich nicht alles aus der Nase ziehen! Was genau hatte Frau Andres vor?«

»Wenn Sie schon diese Redewendung gebrauchen, dann bitte richtig! Es muss heißen: Schröder, warum muss man Ihnen immer die Würmer aus der Nase ziehen?«

Selzer schrie in den Hörer: »Verdammt noch mal, das ist mir scheißegal. Wohin wollte sie?«

»Nadine wollte mir eine Haarprobe von diesem Mops bringen. Ich sagte ihr, dass ich nur so die gefundenen Hundehaare an den Leichen vergleichen könne«, entgegnete Schröder und schüttelte nur mit dem Kopf.

Hübner mischte sich ein: »Klar, der Mops von Katja Wallung. Außerdem war sie eine der beiden Käufer dieses Firestone-Reifens.«

Hufnagel schaute erschrocken und riss die Augen auf.

»Und sie war mit diesem Harald Straub befreundet. Stimmt doch, oder?«, stellte Hufnagel fragend fest und erhielt von Selzer ein zustimmendes Nicken. »Zudem wissen wir jetzt auch, dass Straub mit großer Wahrscheinlichkeit der leibliche Vater von Janine Maurer ist. Das versuchte ich Ihnen die ganze Zeit zu sagen, Chef.«

Selzer trat an Hufnagel heran.

»Woher …?«, begann Selzer und ließ Hufnagel nicht aus den Augen.

»Von Sonja Lederer. Sie wurde von diesem Typen als Teenager vergewaltigt und gab später das Kind zur Adoption frei. Eine lange und traurige Geschichte sage ich Ihnen.«

»Gut, erzählen Sie sie mir später. Dafür ist jetzt keine Zeit. Wir fahren zu diesem Straub! Bleibt zu hoffen, dass er Frau Andres nichts angetan hat. Herr Hufnagel, versuchen

Sie es bitte weiter auf ihrem Handy!«

Im Stechschritt liefen sie aus dem Polizeirevier und bestiegen Selzers Dienstwagen. Kurz nachdem man sich angeschnallt hatte, forderte Selzer von Hübner, das Handy der Kollegin zu orten. Zudem bat er jeden verfügbaren Streifenwagen zu dem Haus von Straub.

Wenig später wusste Selzer, dass er mit seiner Vermutung richtig lag. *Sie ist bei ihm!* Selzer drückte aufs Gaspedal, die Sorge um Nadine nötigte ihn dazu. Er wusste, mit Harald Straub war nicht zu spaßen. Gleichzeitig ärgerte er sich über Nadines Leichtsinnigkeit. Sie musste doch gewusst haben, wie gefährlich ein solches Unterfangen sein würde. Gerade für sie als Frau war dieser Alleingang lebensgefährlich.

***

In der Zwischenzeit hatte der Fremde die Decke ausgebreitet und die junge Frau mit dem Rücken obenauf gelegt. Er genoss das Schauspiel, Nadine vor sich zu sehen und zu wissen, dass er sich gleich an ihr vergehen würde. Schon jetzt freute er sich auf ihr Gesicht, wenn es von Pein gezeichnet werden würde.

Der Schuft beugte sich über die Polizistin und starrte sie aus zu Schlitzen verengten Augen an.

Nadine blinzelte hektisch, riss die Augen auf und ihr Körper vibrierte vor lebensbedrohlicher Anspannung. Sie schwitzte, keuchte und roch dazu dieses Miststück, dem sie nichts entgegensetzen konnte. Zudem spürte sie ihre Arme kaum noch, derart schmerzten sie. Gleichzeitig versuchte Nadine, ihren Oberkörper zu heben, um ihre Gliedmaßen zu entlasten.

»Keine Sorge, gleich tut es nicht mehr weh«, sprach er

mit dem Anflug eines hässlichen Lächelns. Geschickt löste der Mann die Fesselung, zog ihre Hände über den Kopf und schloss sie an eine Eisenstange, die unmittelbar hinter Nadine im Boden eingelassen war. Ebenso kettete er die Fußgelenke an zwei Stangen, die im Abstand von etwa dreißig Zentimetern aus dem Boden ragten.

Jetzt wusste Nadine, ihr letztes Stündchen hatte geschlagen. In dieser Position war sie chancenlos. Sie begann zu weinen.

Der Fremde wischte ihr mit dem Handballen die Augen ab.

»Wer wird denn gleich weinen? Möchtest du wissen, was ich mit den anderen gemacht habe? … Klar möchtest du das … Ich zeig's dir«, herrschte er sie an.

Ein Zittern durchfuhr ihren Körper und sie begann augenblicklich zu frieren.

Nadines Peiniger wähnte sich in Sicherheit. Er genoss ihr Leiden und es spornte ihn geradezu an, mit seiner Grausamkeit fortzufahren.

***

Selzers Handy klingelte. Zunächst dachte er an Nadine. Jedoch am anderen Ende der Leitung meldete sich Ron Hendrick, um mitzuteilen, dass die am Vormittag gefundene dritte Frauenleiche die Handschrift ein und desselben Täters trug. Die gefundene DNA wies ihn eindeutig als solchen aus. Zudem fand man noch eine zweite DNA eines unbekannten Dritten, die wie bereits zuvor nicht dem Opfer zuzuordnen war.

Mitten im Telefonat legten sich ein paar Tropfen auf die Frontscheibe des Wagens. Allmählich wurden sie stärker. Der lang ersehnte Regen war endlich gekommen.

Selzer ließ die Scheibe links neben sich herunterfahren und sog die frische Luft in sich auf.

»Danke! Wir verfolgen gerade eine heiße Spur. Frau Andres scheint im Moment bei dem mutmaßlichen Täter zu sein.« Seiner Stimme nach machte er sich Sorgen und er klang weniger selbstbewusst als sonst.

»Daniel, bist du wahnsinnig? Wie konnte denn so etwas passieren? Mensch, dieser Mann ist gefährlich. Der mordet nicht einfach nur, der genießt es. Von Mal zu Mal wird der Typ dreister.« Das laute Schnaufen von Ron Hendrick war unüberhörbar. »Hast du Verstärkung angefordert?«

Selzer bejahte. Außerdem bat er Hendrick um den Autopsiebericht per Mail.

***

Mit einem Ächzen hievte der Fremde sich über Nadine und setzte sich auf ihren Oberkörper. Danach zog er seine Gummihandschuhe über, die er genussvoll auf die Finger streifte.

Starr vor Angst, den Gummi riechend, schaute sie ihn an. *Was hat er vor? Warum hilft mir keiner? Warum kommt seine Frau nicht? Und wo bleiben die anderen?* Die Liste ihrer Fragen war lang, viel zu lang. Aber das Schlimmste für Nadine war, das Alleingelassensein. Das Nichtwissen, ob sie jemals wieder aus dieser unerträglichen Situation herauskommen würde.

Sie geriet in Todesangst.

Panik durchfuhr sie.

Unruhe machte sich in ihr breit.

Plötzlich fuchtelte der Mann mit einer Klinge vor ihren Augen herum, berührte ihre Nasenspitze, ihren Mund und zu guter Letzt ihren Hals. Er presste die Klinge auf Nadines

Haut, nahm sie wieder weg und spielte mit ihrer Angst.

Nadine schluckte, starrte ihn an, zitterte.

»Keine Angst. Du wolltest doch wissen, wie die anderen starben. Also wirst du auch jeden meiner Schritte durchleben«, sprach der Mann mit Blick auf ihr Gesicht.

Nadine wich ängstlich zurück, bäumte sich auf und brummte dazu.

»Ruhig! Bleib ruhig! Je mehr du dich sträubst, desto schlimmer wird es.«

Der Unbekannte ergriff ihr T-Shirt, ritzte es am Halsausschnitt an und riss es der Länge nach auf. Sein gieriger Blick wanderte ihren Oberkörper entlang und fixierte ihre kleinen, wohlgeformten Brüste, die der BH erahnen ließ. »Wie schön du bist«, sagte er sichtlich erregt, während seine Nasenflügel immer größer wurden. Sodann setzte er sich auf ihre Oberschenkel, öffnete die Jeans und legte den Slip frei. »Ich werde dich jetzt langsam ausziehen. Du wirst es genießen oder auch nicht«, meinte er entschlossen und schaute genüsslich auf ihren zitternden Körper. »Was dann passiert, muss ich dir wohl nicht sagen. Es wird dein letztes Mal sein. Außerdem wird es dir wehtun. Ach, was sag ich, es wird dich zerreißen und dann wirst du froh sein, sterben zu können.«

*Wenn es einen Gott gibt, bitte hilf mir!,* dachte Nadine mit starrem Blick der Decke zugewandt und den eigenen Angstschweiß riechend.

# 17. In letzter Sekunde

Die drei Polizisten stiegen aus dem Pkw und bewegten sich sofort auf das Wohnhaus von Frau Wallung zu.

Der Regen hatte inzwischen aufgehört. Es war kühler geworden und es roch nach warmer Erde.

Selzer schaute auf sein Handy. Das Signal des GPS hatte sich verstärkt. Es kam aus nördlicher Richtung, direkt aus dem Haus ihnen gegenüber. Er gab seinen Mitarbeitern ein Handzeichen, dass jeder sich dem Haus aus einer anderen Richtung nähern sollte. Solange keine Verstärkung vor Ort war, mussten sie das Gelände zunächst selbst in Augenschein nehmen. Hufnagel, der sich seiner Kollegin gegenüber auf besondere Weise verpflichtet fühlte, trieb die Angst um. Womöglich schwebte sie in Lebensgefahr und jede helfende Hand war jetzt vonnöten. Doch viel lieber hätte er alledem den Rücken gekehrt.

»Ich kann ihr Auto nicht entdecken«, bemerkte Hufnagel leise zu sich selbst und schaute sich suchend um. Vorsichtig näherte er sich dem Haus von hinten, unterdessen die Kollegen es vorne sichteten. Hufnagel machte sich Sorgen. Wenn Harald Straub tatsächlich der Mörder war, war er zu allem fähig, selbst zu einem weiteren Mord. Außerdem wusste man nicht, ob er bewaffnet war. Daher war Hufnagel froh, zumindest eine schusssichere Weste an sich zu wissen.

Selzer schlich an der Hausfront entlang. Leise und Schritt für Schritt.

Hübner tat das Gleiche auf der anderen Seite, ihm gegenüber.

Plötzlich ertönte aus dem Inneren des Hauses ein

dumpfes Geräusch. Ein Schrei? Ein Schlag?

Selzer hob die Hand und wies Hübner die Richtung, aus der er das Geräusch wahrgenommen hatte.

Hübner nickte ihm wortlos zu und signalisierte dies mit seinem Daumen.

Die beiden näherten sich vorsichtig bis auf wenige Meter der Haustür. Da sie unmöglich jetzt klingeln konnten, suchten sie nach einem offenen Fenster und traten leise ins Hausinnere. Dort war es still und der unbekannte Lärm verflogen.

Hufnagel, der sich weiterhin hinter dem Haus verborgen hielt, wartete auf das Eintreffen der Kollegen. Hielt Harald Straub Nadine Andres auf dem Hof tatsächlich gefangen, durfte man ihn keineswegs aufschrecken.

Unterdessen verstärkte sich im Haus das GPS-Signal von Nadines Handy. Es kam direkt aus der Küche. Schließlich sah Selzer es auf dem Küchentisch liegen. Jetzt hatte man Gewissheit. Nadine war im Haus. Irgendwo hier. Und Selzer wusste, dass sie ihr Smartphone niemals freiwillig aus der Hand geben würde. Ohne Zeit zu verlieren, teilten sich Selzer und Hübner das Haus zur Begehung auf; während der eine die oberen Stockwerke absuchte, machte sich der andere an die unteren. Doch ihre Kollegin blieb unauffindbar.

Inzwischen hatte der Fremde die Jeans von Nadine zerrissen und genoss ihren Anblick in BH und Slip. Sie schämte sich maßlos. Um etwas Privatsphäre zu haben, schloss sie die Augen und erhielt dafür sogleich eine brutale Ohrfeige.

Sie versuchte zu schreien, doch ihr Wehklagen verfing sich im Tuch. Nadine war von seinem Angriff überrascht, hatte sie ihn doch unterschätzt. Die Wucht des Schlages brachte sie aus der Balance.

»Schau mich an, du Miststück!«, schrie der Fremde sie an. Sein Blick war heimtückisch.

Widerwillig öffnete Nadine ihre tränenunterlaufenen Augen. Sie zitterte am ganzen Körper. War es vor Kälte oder vor Angst? Sie wusste es nicht. Nadine konnte ihn riechen. So nah war er ihr jetzt. Zudem roch sie ihren Schweiß, den die Furcht hervorgebracht hatte.

»Weißt du, wie viele Frauen ich auf dem Gewissen habe?«

Nadine schüttelte langsam den Kopf.

»Woher auch? Drei in den vergangenen drei Wochen … ach, was sag ich … mit dir sind es dann schon vier. Und fünf oder sechs in den letzten Jahren. Wenn man einmal damit angefangen hat, kann man nicht mehr aufhören. Ihre Augen sind dabei am schönsten, wenn sich die Angst darin widerspiegelt, sie dich darum bitten, am Leben gelassen zu werden. Oder wenn sie glauben, besonders gut im Bett zu sein, und dass ich sie dann am Leben lassen würde. Ganz im Gegenteil, das spornt mich erst recht an. Das waren doch alles nur billige Nutten. Keiner braucht so einen Abschaum. Sie wollen doch nur unser Geld. Würdet ihr Weibsbilder besser auf eure Männer eingehen, müssten wir nicht zu so einer gehen.« Wut stieg in ihm hoch. Wieder erteilte er Nadine eine heftige Ohrfeige, sodass sie aus Mund und Nase zu bluten begann.

Sie roch den eisigen Geschmack des Blutes, leckte vorsichtig daran und schmeckte ihre unermessliche Todesangst.

Im gleichen Moment stellte er sich breitbeinig über Nadine und zog sein T-Shirt aus. Er war trainiert und an seinen Brustwarzen hingen kleine Ringe. Zudem war sein Oberkörper voller Tätowierungen. Auf seinem rechten Oberarm entzifferte Nadine den Namen Sonja sowie ein

Datum. Gebannt schaute sie auf die Zeichnung. Sie musste ihn irgendwie dazu bringen, sein Vorhaben in die Länge zu ziehen. Jede Sekunde, die verstrich, ließ sie länger am Leben.

»Was glotzt du so?« Er schielte auf seinen Arm. »Gefällt's dir?«

Nadine bewegte vorsichtig ihren Kopf und signalisierte ihm eine positive Antwort.

»Das war meine erste Tätowierung. Sie hieß Sonja und war zugleich meine Erste, die ich vergewaltigt habe. Damals fühlte ich noch so etwas wie Reue. Du erinnerst mich an sie. Sie war genauso unschuldig wie du. Keine Professionelle wie die anderen.«

Jetzt hatte die junge Frau Gewissheit. Ja, er war es! Harald Straub, der Mörder von Janine Maurer und zwei weiteren jungen Frauen. Er hatte nicht gelogen. Doch was nutzte ihr diese Erkenntnis noch? Wenn sie Glück hatte, blieb ihr noch eine Stunde.

Wieder und wieder bäumte sich Nadine auf. Sie versuchte zu schreien und wollte sich bemerkbar machen, derweil die Ketten gegen die Eisenstangen schlugen.

Das Geräusch hallte durch das alte Mauerwerk.

Auch Selzer und Hübner hörten es. Nach deren Einschätzung kam es ganz von unten, vermutlich aus dem Keller.

Kurz entschlossen stiegen sie die Kellertreppe hinab. Doch außer altem Mobiliar, ein paar rostigen Fahrrädern sowie vom Wasser aufgeweichten Umzugskisten fanden sie nichts Außergewöhnliches vor. Dennoch waren sie der festen Überzeugung, Nadine hier irgendwo zu finden. Vergeblich suchten sie Fußboden und Wände nach möglichen Türen ab. Doch die junge Frau war wie vom Erdboden verschluckt.

»Sie muss hier irgendwo sein. Hübner, suchen Sie

weiter!«, befahl Selzer sich unentwegt umschauend.

Nadine fühlte hinter sich einen Luftzug, der, so wie er gekommen war, auch wieder verschwand. Jemand war in den Raum getreten. Sie spürte einen Fremden neben sich stehen, sah ihn aber nicht.

»Endlich bist du da. Ich dachte schon, du kommst nicht mehr«, sprach Straub in den Raum und schien der Stimme nach erfreut.

Nadine vernahm ein Räuspern und vermutete einen weiteren Mann.

»Draußen sind überall Bullen«, sprach dieser mit gehaltvoller Stimme.

»Hat man dich gesehen?«

»Nein, natürlich nicht. Der geheime Tunnel ist zum Glück lang genug. Die Idioten stehen doch direkt vorm Haus.«

*Bullen? Daniel ist hier! Er muss mich doch hören*, grübelte Nadine und fühlte ihren Schmerz.

»Tja, das waren kluge Leute, die Vorfahren meiner Katja. Hätte man sie damals gefunden, hätte man sie gewiss vergast.« Straub holte tief Luft.

»Juden?«, fragte der andere.

Straub schien zu nicken. »Wie findest du sie? Sieht sie nicht der kleinen Schlampe von damals ähnlich?«

Der Neue stellte sich sichtbar zu Nadine.

Blinzelnd machte sie seine korpulente Statur aus. Er hatte eine Glatze und es schien, als wischte er mit einem Taschentuch darüber hinweg.

»Ja, das tut sie. Wir machen es wie immer. Du knallst sie und ich werde ihr langsam den Garaus machen.«

»Geht klar.«

*Daniel, warum hörst du mich nicht?*, flehte Nadine

immer und immer wieder.

Resigniert stiegen die beiden Polizisten wieder die Treppe hinauf und sahen sich plötzlich Katja Wallung gegenüberstehen. Wie es schien, war sie gerade erst nach Hause gekommen.

Entsetzt schaute Frau Wallung die beiden an. »Was machen Sie hier?«, schrie sie. »Wie sind Sie überhaupt hereingekommen? Verdammte Scheiße.« Entschlossen drehte sie sich um und wollte gerade gehen, als Hübner ihren Arm packte und sie davon abhielt.

»Zeigen Sie uns bitte Ihren Keller!«, forderte er und ließ keine Widerrede zu.

Katja Wallung riss sich von ihm los und stolperte rückwärts. »Verlassen Sie sofort mein Haus! Sofort!«, brüllte sie zornig und fand wieder Halt.

Doch Hübner ließ nicht locker. »Ich sage es nicht zweimal! Wenn Sie nicht sofort Ihr Hinterteil nach unten bewegen, dann ...«

Frau Wallung schaute ihn entsetzt an und erkundigte sich nach dem Grund. Nachdem Selzer ihr alles erklärt hatte, zeigte sich Frau Wallung schließlich hilfsbereit. Dennoch glaubte sie ihm kein Wort. *Harald ist doch kein Mörder. Und wenn doch? Was hat er überhaupt im Keller getrieben? Und warum durfte ich ihn nie stören?*

»Kommen Sie, ich zeig Ihnen, wo er sich immer aufhält!«, forderte Katja Wallung zuvorkommend.

Erneut gingen die Kripobeamten in Begleitung von Frau Wallung in den Keller.

»Hier ist Haralds Werkstatt. Sie müssen entschuldigen, dass ich Sie angelogen habe. Nun ja, mein Exfreund ist er nicht.« Sie zeigte auf eine geschlossene Tür, öffnete sie und knipste das Licht an.

Selzer blickte Katja Wallung kurz an und folgte ihr dann in die Werkstatt. Darin hingen Hämmer, Sägen, Feilen sowie diverse Kleinteile ordentlich sortiert an einem roten Gitter an der Wand. Allerdings Späne und Abfälle suchte man vergebens.

»Hier hat schon lange niemand mehr geschraubt. Schauen Sie sich mal die Werkstatt an! Sie ist viel zu aufgeräumt. Es muss noch einen weiteren Keller geben. Und zwar ganz in der Nähe«, bemerkte Selzer entschlossen.

Katja Wallung zögerte.

Plötzlich vernahm man ein Kratzen unweit ihrer Köpfe.

»Das Geräusch kommt von dort drüben«, meinte Hübner zu wissen und zeigte in die genannte Richtung.

Frau Wallung starrte ihn an. »Da ist aber nichts.«

Selzer verlor die Geduld, packte die Frau bei den Armen und schüttelte sie.

»Verdammt, denken Sie nach! Vielleicht befand sich hier früher mal ein Keller.«

Sie kehrte in sich und dachte nach. Grübelnd legte sie Zeigefinger und Daumen an ihr Kinn und sagte entschlossen: »Wenn ich mich recht entsinne, muss irgendwo ein winziger Raum gewesen sein. Meine Großeltern bauten ihn einst, um sich vor den Nazis zu verstecken.«

Hübner stellte sich vor Katja Wallung. »Wo ist der Zugang?«

»Ich weiß es nicht. Harald hatte zuletzt die Pläne vom Haus. Er wollte irgendetwas erneuern«, antwortete sie verzweifelt.

»Frau Wallung, schauen Sie sich um! Was erinnert Sie noch an Ihre Kindheit?«, fragte Selzer sie aus.

Katja Wallung schritt durch den Keller, fasste den einen oder anderen Gegenstand an und ging weiter. Mit einem Mal blieb sie vor einem alten Eichenfass stehen und tippte es an. »Das war schon immer da! Daran erinnere ich mich noch gut.«

Selzer ging zu ihr hinüber und untersuchte das dunkle Holz. Die hintere Hälfte des Fasses lag verborgen unter einer Plane, während die vordere frei zugänglich war. Er bückte sich und untersuchte den Boden davor. Jedoch ließ das spärliche Licht nichts erkennen. Er holte sein Handy aus der Hosentasche hervor, stellte die Taschenlampenfunktion an und leuchtete den Bereich aus. Am Holzrand entdeckte er zunächst ein paar dunkle Flecken, die nach seiner Einschätzung entweder von Rotwein stammten oder von getrocknetem Blut. Vorsichtig klopfte Selzer das Fass ab und bemerkte, dass es ohne Inhalt war. Zudem war das Spundloch offen.

Hübner hockte sich dazu und schaute mit ihm auf das Fass. Schließlich fand er auf der linken Seite zwei Metallscharniere und zeigte sie Selzer.

»Glauben Sie, was ich glaube?«, fragte Hübner mit wachem Blick seinem Chef zugewandt.

»Eine Tür?«

Ein leises »Mhm« kam von Hübner.

Und tatsächlich die Scharniere gehörten zu einer Tür, die sich auffallend leicht öffnen ließ. Unmittelbar dahinter schloss eine Treppe an. Sie führte hinab.

Entschlossen traten die Männer in das Fass und stiegen die Stufen leise hinunter, unterdessen ihnen Frau Wallung folgte.

Straub stellte sich Nadine an die Seite, posierte vor ihr und spielte mit seinen Muskeln. Danach öffnete er seine Jeans und zog sie langsam über die schmalen Hüften. Voller Gier griff er sich in den Schritt, umspielte ihn und schaute auf die junge Frau.

»Na, meine Schöne, gleich gehört er dir. Du wirst es lieben. Doch zuvor wird dir Bo…«

»Pst!«, zischt es dazwischen. »Halt die Klappe!«

Der andere hockte sich ans Kopfende der jungen Frau, packte ihren Hals und drückte ihn langsam zu. Nur kurz, doch es reichte aus, um Nadine in Todesangst zu versetzen. Immer wieder versuchte sie, sich dem zu entziehen, doch sie war gefangen. Gefangen und in Ketten gelegt.

Die Kripobeamten vernahmen das Geräusch der Ketten. Es kam aus Richtung der Tür direkt neben ihnen. Jetzt hatten sie die Gewissheit. Jemand war hier und dieser jemand stöhnte, wenn auch nicht laut.

Selzer gab seinem Kollegen ein Zeichen, holte seine Dienstpistole aus dem Halfter und entsicherte sie. Hübner tat es ihm gleich. Indessen sich der eine rechts und der andere links vor der Kellertür postierte, drückte Selzer die Klinke in Windeseile herunter und riss die Tür auf. Die Waffe vor seinem Körper lief er in den Raum, dicht gefolgt von Hübner.

Überrascht starrten die beiden Verbrecher die Polizisten an.

Selzer lief zu Nadine hinüber und trat dem Glatzkopf in die Seite, sodass er zu Boden fiel. Unterdessen packte Hübner Straub, drückte die Arme hinter seinen Rücken und legte ihm Handschellen an.

»Was soll denn das?«, wehrte sich Straub energisch. »Wir wollten uns doch nur vergnügen.«

»Vergnügen nennen Sie das? Indem Sie wehrlose Frauen töten?« Selzer war außer sich und legte dem Glatzköpfigen Handschellen an. Danach wandte er sich seiner Kollegin zu, löste das Tuch und öffnete die Ketten.

Nadine konnte sich kaum mehr bewegen. Noch immer

war sie starr vor Angst.

Plötzlich vernahm man hinter sich ein lautes Klatschen.

»Du Arschloch, wie konntest du mir das nur antun? All die Jahre. Unschuldige Frauen und das in meinem Haus«, schrie Katja Wallung ihren Lebensgefährten an und erteilte ihm eine weitere Ohrfeige. »Nehmen Sie den bloß mit! Deine Sachen schicke ich dir in den Knast nach. Und lass dich hier ja nie wieder blicken.«

Inzwischen waren auch die Polizisten auf dem Hof eingetroffen sowie ein Krankenwagen.

Man führte die beiden Verbrecher ab.

Zwei Männer von der Notfallambulanz versorgten Nadine ärztlich vor Ort und brachten sie danach zum Krankenwagen. Zum Glück hatte sie keine größeren Blessuren erlitten. Doch die seelischen Schmerzen, die man ihr zugefügt hatte, würden so schnell nicht wieder verschwinden. Die junge Frau hatte das Martyrium überstanden. Sie lebte, während die anderen gestorben waren.

Daniel hielt die ganze Zeit ihre Hand.

»Danke! Da habe ich wohl ordentlich Mist gebaut«, sagte sie leise und begann zu weinen.

Daniel holte so tief Luft, als wollte er sie aus jedem Winkel seines Körpers holen.

»Und du hättest ihn beinahe mit deinem Leben bezahlt. Bedank dich bei Schröder! Er gab uns den entscheidenden Tipp, wo du sein könntest. Na ja, und die Handyortung bestätigte dann seinen Hinweis.«

Nadine lächelte unter Schmerzen.

»Mach ich. Gleich morgen.«

Daniel schaute sie mit ernster Miene an.

»Morgen? Wohl kaum! Du bleibst erst mal daheim!«, antwortete er unmissverständlich.

# 18. Wie gewonnen, so zerronnen

In den Tagen danach machte man sich an die Aufklärung der Morde.

Nadine hatte sich inzwischen erholt und allzu lange hielt sie es zu Hause ohnehin nicht aus. Es war ihr ein Bedürfnis, alle schmutzigen Details der grausam verübten Verbrechen ans Tageslicht zu bringen. Immerhin war sie ein Teil des Ganzen geworden und gehörte zum Glück nicht zu dem der Getöteten.

Zunächst bedankte sie sich bei Schröder und gab ihm einen herzhaften Kuss auf die Wange, über den er sich mit hochrotem Kopf freute. Die Hundehaare, welche sie ihm übergeben hatte, stimmten tatsächlich mit den gefundenen Haaren an den letzten drei Opfern überein.

Weiterhin brachte die Hausdurchsuchung im Anwesen von Katja Wallung Aufschluss über die fragwürdigen rosafarbenen Faserspuren. Diese konnte man rasch einem Teppich zuordnen, der im Schlafzimmer von Katja Wallung lag. Nach Recherche des Tathergangs und der Aussage Straubs hatte er sich mit den Prostituierten darauf gewälzt, während der Hund seiner Freundin die ganze Zeit mit im Zimmer war. Was letztendlich die gefundenen Hundehaare an den Opfern erklärte. Zudem hatte das Menthol es dem Hund wohl angetan.

»Gut, das erklärt zumindest die Faserspuren, die Zigarettenreste sowie die Hundehaare. Bleibt aber immer noch die DNA eines Unbekannten. Raucht die Wallung überhaupt Mentholzigaretten? Und was hat die Überprüfung der Speichelprobe ergeben?«, fragte Nadine, wie aus der

Pistole geschossen, in der Dienstbesprechung, die man eigens für sie einberufen hatte.

»Das ist in den letzten Tagen bereits geschehen«, entgegnete Hübner arrogant. »Wir sitzen hier auch nicht untätig herum.« Er schaute Nadine mit kleinen Augen an und signalisierte deutlich seinen Unmut. »Katja Wallung können wir als Mittäterin ausschließen. Straub beteuert zudem, alleine gehandelt zu haben. Frau Wallung war zum Zeitpunkt der Morde arbeiten, außerdem raucht sie keine Mentholzigaretten. Das haben wir inzwischen überprüft. Bleibt aber immer noch dieser Glatzkopf.«

Hufnagel mischte sich ins Gespräch.

»Wissen wir inzwischen, wer er ist?«

»Nein, er ist wie ein Phantom. Keine Identität, kein Name und im Verhör schweigt er nur«, entgegnete Hübner sichtlich erregt.

»Straub nannte ihn im Keller Bo… oder so ähnlich«, gab Nadine nachdenklich zu bedenken.

»Bodo von Klausen womöglich?«, fügte Hufnagel fragend an. »Aber der ist lange tot.« Skepsis zeichnete sein Gesicht. Dennoch kam er ins Grübeln.

»Nein, das passt alles nicht zueinander. Und wenn dieser von Klausen nur zufällig im Keller war?«, stellte Selzer fragend in den Raum. »Ein Toter?«, widersprach er sich selbst.

Nadine schüttelte energisch den Kopf.

»Ist doch alles Quatsch. Ich fresse einen Besen, wenn der nur zufällig da war. Der wusste genau, was er tat. Die beiden kamen mir wie ein eingespieltes Team vor. Der eine vergewaltigt und der andere tötet«, schimpfte Nadine.

Hübner drängte sich ins Gespräch. »Jetzt überleg doch mal! Würdest du nur einen Hunderter nehmen, wenn mehrere Tausend Euroscheine vor dir lägen?«

*Mhm, Hübner hat gar nicht so unrecht. Angenommen, ich wäre einer von ihnen, würde ich mir dann das Vergewaltigen entgehen lassen?,* hinterfragte Nadine sich selbst. Blieb die Frage, warum die beiden, vorausgesetzt sie handelten zu zweit, sich ihr Machwerk derart teilten? »So kommen wir nicht weiter. Das sind doch alles nur Hypothesen. Wenn wir diesem Bodo von Klausen keinen der Morde nachweisen können, kommt er womöglich mit gefährlicher Körperverletzung davon.«

»Also, was schlägst du vor?«, erkundigte sich Selzer.

Nadine setzte sich gerade, wartete kurz, damit sie die volle Aufmerksamkeit ihrer Kollegen bekam, und sagte dann: »Erstens sollten wir überprüfen, wann und wo dieser Bodo von Klausen verstorben ist. Es wird doch wohl einen Totenschein geben. Und zweitens sollten wir Frau Lederer nach ihm befragen, vielleicht erkennt sie ihn wieder.«

Die Kollegen stimmten ihr zu, unterdessen Nadine zum Telefon griff und die Mutter der verstorbenen Janine Maurer einbestellte. »Sie kann in zwei Stunden hier sein.«

»Gut, ich gehe der Sache mit dem Totenschein mal nach«, bemerkte Hufnagel.

Nadine erhob sich vom Stuhl, ging zum Kühlschrank und holte eine Mineralwasserflasche heraus. Nach einem lauten Zischen trank sie das Wasser in einem Zug aus. »Ach, was hat eigentlich die Spusi zu den gefundenen Fußabdrücken gesagt?«

»Es waren eindeutig Straubs Fußspuren. Er brachte die Frauen einen Tag nach dem Mord in den Wald. Er meinte, sie seien nicht mehr schön genug gewesen, außerdem begannen sie zu riechen«, antwortete Selzer ebenfalls mit einer Flasche Wasser in der Hand.

»Das dachte ich mir schon. Das erklärt auch den beißenden Geruch in seinem Keller. Und wieso lagen rote

Nummernschilder im Kuhstall, wenn der Pkw doch abgemeldet war?«, fragte Nadine weiter.

»Nun, auch hierzu fanden wir eine einfache Erklärung. Straub ließ die Nummernschilder bei einem seiner vielen Arbeitgeber mitgehen, welcher einen Kfz-Betrieb besaß. Sie wurden nie als gestohlen gemeldet. Erst kurz vor seiner Fahrt in den Wald montierte Straub die Schilder an den Pkw. Offiziell galt das Auto als abgemeldet.«

»Raffiniert. Demnach passen auch die gefundenen Reifenspuren zu seinem Wagen?«

Die Kollegen nickten.

»Weiß man inzwischen, um wen es sich bei der Toten im *Fall Käfer* handelt?«, wollte Nadine wissen.

»Vermutlich um eine rumänische Prostituierte, die hier illegal lebte. Die Kollegen von der Sitte sind noch dran.« Selzer schwieg für einen kurzen Augenblick. »Auch das dritte Opfer, eine Russin, lebte hier illegal. Dementsprechend schwierig gestaltete sich die Suche nach ihnen. Wäre allerdings die Übereinstimmung der DNA von Vater und Tochter nicht gewesen, würden wir heute noch im Dunkeln tappen. Was letztendlich auch die schwache Aufklärungsrate der ungelösten Mordfälle erklärt. Straub hatte seine Frauen ausschließlich aus dem Ostblock kommend gewählt und er wusste obendrein, dass es Illegale waren. Ohne Papiere kennt niemand ihre Identität, sie existieren quasi nicht, genau wie der Ford Explorer.« Seine Stimme klang völlig sachlich.

Man beschloss, eine Pause zu machen.

Danach legte Hufnagel sein Ergebnis auf den Tisch. Laut Totenschein verstarb Bodo von Klausen am 25.10.2010 bei einer Safari in Ostafrika durch den Tritt eines Elefanten gegen den Kopf. Da er diesen Teil der Erde besonders liebte, hatte er testamentarisch entschieden, auch dort begraben zu werden.

Sonja Lederer traf im Präsidium ein. Nach einer kurzen Unterredung führte man sie in einen kleinen Raum und erklärte, dass man ihr jetzt einen Mann zeigen wolle, den sie sich genau anschauen solle. Ihr Herz hämmerte gegen die Rippen. Furcht macht sich in ihr breit. Was hatte sie zu erwarten?

Nadine Andres stellte sich zu ihr an die Seite und wartete auf das Eintreffen des Gefangenen.

Ein uniformierter Polizist führte den Glatzkopf in das neben liegende Zimmer, unterdessen beobachteten die beiden Frauen jede seiner Bewegungen durch eine Glasscheibe, für ihn nicht sichtbar.

Der Mann setzte sich an den Tisch, starrte zur Glasscheibe hinüber und es schien, als schaute er die Frauen dahinter an.

Erschrocken trat Sonja Lederer von der Scheibe weg.

»O Gott, er ist es!«, flüsterte sie und die Angst tränkte jedes ihrer Worte.

Nadine rückte näher an Frau Lederer heran.

»Erkennen Sie ihn wieder?«

»Ja! Das ist Bodo von Klausen. Aber … aabb …«, stotterte sie, »ich dachte, der wäre tot.« Ihre Stimme war kaum mehr ein Flüstern.

»Sind Sie sicher?«, fragte Nadine noch einmal nach.

»Ganz sicher, so ein Schwein vergisst man nicht. Auch mit Glatze erkenne ich den noch.«

»Ich danke Ihnen, Frau Lederer. Möchten Sie ein Glas Wasser?«

Sonja Lederer stimmte ihr zu und verließ gemeinsam mit Nadine den Raum, um kurz darauf das versprochene Wasser zu nehmen.

Nadine unterrichtete die Kollegen. Allerdings gab es ein Problem. Zweifelsohne konnte die Identität dieses von Klausen festgestellt werden. Aber um ihm einen Mord nachweisen zu können, fehlte es an brauchbaren Spuren. Auf dem Tablett der Wahrheit lag noch ein wichtiger Hinweis, der auch nach langem Suchen nicht zuzuordnen war – die unbekannte Frau, deren DNA weder zu Katja Wallung passte noch zu den Opfern.

Es lag auf der Hand, dass Straub und von Klausen die letzten drei Morde gemeinsam begangen hatten, aber ohne einen hieb- und stichfesten Beweis konnte man von Klausen nicht überführen.

Resigniert verabschiedete man sich in den sommerlichen Feierabend.

Während Nadine unzufrieden mit sich und der Welt war, beschloss Hufnagel, seiner Mutter einen kurzen Besuch abzustatten. Ein Plausch mit ihr würde ganz sicher nicht schaden.

Als er im Seniorenheim ankam, saßen seine Mutter und Maria Schulz auf einer der vielen Parkbänke und sonnten sich.

»Darf ich mich dazusetzen?«, fragte Rudolf Hufnagel anständig und erhielt auch sogleich ein zustimmendes Nicken.

»Na, du kommst doch nicht einfach nur so vorbei«, sagte seine Mutter ketzerisch.

Nachdem sie sowieso alles besser wusste, unterrichtete Rudi sie über den aktuellen Stand der Ermittlungen.

»Und ihr könnt diesem Bodo von Klausen nichts nachweisen? Gar nichts?«, fragte Charlotte ihren Sohn.

»Nüscht? Aber die Kerle machen doch immer irgendeinen Fehler?«, unkte Maria dazwischen.

Rudi schwieg. Stattdessen stöberte er in seiner Hosentasche nach der Tic-Tac-Packung und bot den Damen jeweils ein paar der kleinen weißen Bonbons an.

»Ach, die jibt's och noch?«, bemerkte Maria und steckte sie in den Mund.

»Sag mal, Rudi … ist nur so eine Idee von mir. Ich habe mal von einem Fall gehört, da hat die Rechtsmedizin im Blut eines toten Mannes weibliche DNA gefunden, indessen die Hautzellen männliche DNA-Merkmale aufwiesen. Vielleicht solltet ihr euch mit dem Bodo von Klausen noch einmal intensiver befassen.«

»Wat is denn dit für ein Blödsinn. Entweder ick bin eine Frau oder ein Mann. Beidet jibt es nicht«, bemerkte Maria empört.

Rudi stand sofort auf, schaute zuerst zu Maria und dann zu seiner Mutter.

»Mutter, du bist die Größte. Ich werde gleich noch mal mit Selzer telefonieren.« Er gab ihr einen Kuss und lief so schnell wie möglich davon. *Mensch, wenn das stimmt.*

Charlotte hatte die Kripobeamten auf die richtige Fährte gebracht. Tatsächlich, im Blut des Bodo von Klausen fand man weibliche DNA vor, was daher rührte, dass von Klausen an Leukämie erkrankt gewesen war. Die lebenswichtige Knochenmarkspende hatte er von einer Frau erhalten, sodass seine Blutzellen DNA-Merkmale von der Spenderin aufwiesen, aber in allen anderen Körperzellen sein ursprüngliches DNA-Muster erhalten geblieben war. An den Mentholzigarettenresten ließen sich schließlich winzige Blutspuren nachweisen, die schlussendlich die weibliche DNA erklärten.

Bodo von Klausen hatte also seinen Tod nur vorgetäuscht, um ungehindert seinen Mordfantasien nachgehen zu können. Nach einem Toten würde niemand mehr suchen.

Doch seinem Krebsleiden zollte er Tribut in Form von sexueller Unlust, was letztendlich dazu geführt hatte, dass man sich das Vergewaltigen und Morden auf perfide Weise aufgeteilt hatte.

Der Mord an den drei Prostituierten galt als aufgeklärt. Bodo von Klausen und Harald Straub wurde der Prozess gemacht, während Sonja Lederer endlich ihre Vergangenheit aufarbeiten konnte.

Etwa zwei Tage nach alledem klopfte es laut gegen die Bürotür der vier Kripobeamten.

Selzer, der gerade in der Miniküche hantierte und etwas angeschlagen schien, rief laut und für alle hörbar: »Herein!«, und etwas leiser: »Welcher Idiot klopft denn noch an die Tür?«

Ein Mann in einem hellen Sommeranzug trat ein.

»Oh, der Idiot bin dann wohl ich. Guten Tag!«, sprach kein anderer als der Oberbürgermeister von Konstanz selbst.

Selzer verschlug es die Sprache.

»Sorry, war nicht so gemeint«, stammelte er.

Der Oberbürgermeister legte ihm freundlich die Hand auf die Schulter und bedankte sich für dessen Arbeit. Kurz darauf verschwand er wieder mit einem breiten Grinsen auf dem Gesicht.

»Aha, dann war das wohl unser geheimnisvoller Politiker«, ergänzte Nadine lächelnd und stupste Daniel in die Seite. »Na, dem hast du es aber gegeben.«

# Nachwort

**D**iese Geschichte ist reine Fiktion. Es gibt viele Gründe, ein Kind nicht zu wollen, vielleicht weil man ungewollt schwanger wurde oder die Zeit oder der Partner nicht die Richtigen waren. Das Kind dennoch zu behalten und großzuziehen ist eine riesige Herausforderung für jede Mutter.

Dieses Buch ist für all jene, die nicht wissen, woher sie stammen. Oder für diejenigen, deren Eltern sich einfach davongemacht haben, ohne ihren Kindern »Auf Wiedersehen« zu sagen.

Was denkst **DU**?
Wie würde **DEIN** Leben wohl verlaufen,
ohne das Wissen um **DEINE** Eltern?

**Auf alle Fälle wäre es eine Wunde und prägend für dich!**

Liebe Leserin,
lieber Leser,

herzlichen Dank, dass Sie dieses Buch gekauft haben. Ich hoffe, dass Sie beim Lesen genauso viel Spaß hatten wie ich beim Schreiben. Zu jeder Jahreszeit hat ein Urlaub am Bodensee seinen eigenen Charme – erleben Sie es selbst!

Wenn Ihnen der Krimi gefallen hat, freue ich mich jederzeit über eine Rezension.

Wünschen Sie weitere Informationen über mich und meine Bücher? Besuchen Sie mich doch einmal unter:

**Kontakt**

janette.john@web.de

**Facebook**

www.facebook.com/Janette-John-KrimiAutorin-

**Twitter**

www.twitter.com/Janette_John

**Homepage**

www.janettejohn.de

In jedem Fall freue ich mich und wünsche Ihnen alles Gute! Ihre Janette John

# Leseprobe.

# Kaum 24 Stunden (Kripo Bodensee 4)

## 1. Donnerstag, 22. Dezember, 16.00 Uhr

»Zieh dich an!«, forderte Selzer, sich den Mantel schließend und streng Richtung Teeküche blickend, in der seine Kollegin hantierte.

*Klingt fast wie* Zieh dich aus! *Unter anderen Umständen durchaus vorstellbar. Denk an deine guten Vorsätze! Kein Verhältnis mit einem Kollegen!* »Wieso, was ist passiert?«, entgegnete Nadine scharf und lunzte hinter dem kleinen Mauervorsprung der Miniküche hervor.

»Ich habe einen merkwürdigen Anruf erhalten. Im Stadtgarten läge ein roter Schneeengel. Die Anruferin schien mir allerdings etwas verwirrt. Dennoch sollten wir der Sache nachgehen«, entgegnete Selzer hastig.

»Ach Daniel, das war sicher nur ein Versehen. Kurz vor Weihnachten sind die Leute alle ein wenig durch den Wind.« Widerwillig goss Nadine das Teewasser im Waschbecken aus und forderte fünf Minuten für das stille Örtchen. *Schneeengel? Mensch, diese Dinger haben wir als Kinder oft gemacht. Es braucht Schnee, warme Kleidung und fertig ist der Spaß. Aber wieso ist er rot? Oder war das nur einer von Daniels Scherzen, um mich aus dem Büro zu locken? Was ist schlimm daran, die Mittagspause lieber im Warmen zu verbringen als draußen in dieser lausigen Kälte?*

Etwas außer Puste kam Nadine zurück ins Büro.

Sie griff ihre Jacke und hetzte Selzer hinterher, der voller Ungeduld, auf seinem Schreibtisch sitzend, auf sie gewartet hatte.

Im Stechschritt preschte er voran. Nadine ihm nach.

»Mensch. Daniel, musst du so hetzen?«, schnaufte sie und bemühte sich um einen gleichmäßigen Schritt.

»Dir ist aber schon klar, dass wir in zwei Tagen Weihnachten haben, oder?«, erwiderte er und blickte Nadine von der Seite an. »Mein Flieger wartet nicht auf mich. Muss endlich mal raus aus dieser Kälte. Und in Thailand ist's herrlich warm um diese Jahreszeit«, sprach er und lief schnell weiter.

*Thailand. Was Besseres fiel dir wohl nicht ein. Du, ein Sextourist?* »Thailand? Ich dachte, du fliegst nach Berlin.«

»Nee, meine Schwester weilt mal wieder in New York und ich gehe mit meinen Freunden auf Entdeckertour nach Thailand.«

*Entdeckertour, so nennt man das also heutzutage. Verstehe. Mann, ist die Welt ungerecht. Die Männer gehen auf Flirttour, und wir Frauen fahren brav zu den Eltern nach Norddeutschland.*

Die beiden verließen das Gebäude und Selzer lief zielgesteuert auf seinen Dienstwagen zu, als Nadine unvermutet stoppte.

»He, das lohnt sich doch gar nicht. Zum Stadtgarten ist es nur ein Katzensprung. Komm, wir nehmen meinen Roller, das geht schneller. Außerdem herrscht Feierabendverkehr!« Sie wies mit der Hand hinüber zum Parkplatz mit den Kleinkrafträdern.

»*Roller?*«, wiederholte Daniel herausfordernd. »Weißt du, wann ich das letzte Mal auf so einem Teil gesessen habe? Das ist hundert Jahre her.«

Nadine ignorierte seinen Einwand und bewegte sich geradewegs auf ihren Viertakter zu. Sie hob dessen Sitzbank, zog einen zweiten Helm heraus und überreichte ihn Daniel. Widerwillig zog dieser die halbrunde Schüssel über seine Haarpracht, platzierte sich hinter seiner Kollegin, die sich unterdessen auf das Polster gesetzt hatte, und umschlang ihren schmalen Körper mit seinen muskulösen Armen.

Mit dem typischen Brummen eines Viertaktmotors verließ man den Innenhof des Polizeireviers und erreichte etwa eine viertel Stunde später den Stadtgarten, der vom vorweihnachtlichen Treiben des Weihnachtsmarktes geprägt war. Weihnachtslieder, vom Geruch gebrannter Mandeln geschwängerte Luft, Glühweinbuden, Bratwurststände, Nippes aller Art. Und jetzt zur Dämmerung kamen auch die Lichter des Marktes wunderbar zur Geltung.

Die beiden stiegen vom Roller und parkten diesen, entgegen den Regeln der Straßenverkehrsordnung, im Parkverbot.

»Na, wo ist denn dein Engel?«, bemerkte Nadine scherzhaft. »Meinst du etwa die kleinen Dinger dort oben?« Sie zeigte auf einen holzvertäfelten Stand, der mit Weihnachtsengeln und Holzspielzeugen bestückt war.

Daniel schaute sie zornig an, griff ihre Hand und zog sie mit sich.

»He, so nicht, mein Lieber. Ich bin nicht eine von deinen Errungenschaften!« Im gleichen Moment bereute sie auch schon wieder ihre freche Bemerkung und erinnerte sich an das erste Kennenlernen, wie er ihr seine Handynummer auf die Hand geschrieben hatte, nur um sie wiederzusehen. *Autsch! ... Volltreffer! ... Blöder hättest du dich nicht in die Nesseln ...*

Doch nicht einmal ihren Gedanken zu Ende bringen

könnend, fühlte sie auch schon warme, nach Pfefferminz schmeckende Lippen auf den ihren.

Erstaunt riss sie die Augen auf und schaute auf Daniels geschlossene, die sich genüsslich im Takt des Kusses wogten. Nadine versuchte, ihn von sich zu drücken, aber gab sich schließlich dem Kuss hin. *Das geht nicht. Denk an deinen Vorsatz, nichts mit einem Mann aus dem Revier anzufangen.* Mit letzter Kraft, jedoch widerwillig, drückte sie ihn weg. »Spinnst du! Wie oft soll ich dir noch sagen, das mit uns wird nichts. Komm, zeig mir besser deinen Engel, bevor ich mich noch vergesse!«

»Keine Sorge, Nadine, das beruht auf Gegenseitigkeit. So eine Kratzbürste, wie du eine bist, fasse ich nicht mal mit der Beißzange an. Ich wollte nur sehen, ob du küssen kannst.«

»Und, kann ich?«, entgegnete sie überrascht und blickte ihn mit weit geöffneten Augen an.

»Geht so.«

»GEHT SO???« *Du Arsch – und ob ich küssen kann.*

*Siehst du, meine Süße, das wollte ich doch nur hören. Irgendwann wirst du mich wollen. Ich habe Zeit, mein Kätzchen.* Süffisant lächelte er sie an.

Mit einer gehörigen Portion Wut auf der einen Seite und einem erlangten Triumph auf der anderen begab man sich an jene Stelle des Stadtgartens, die von der verwirrten Anrufe-rin genannt worden war. Wer hätte ahnen können, dass nur fünf Meter entfernt und im Schnee liegend der Tod lauerte?

Tatsächlich, da lag sie. Eine junge Frau, hübsch, mit brünettem langen Haar, barfüßig und nur mit einem weißen Nachthemd bekleidet, so als würde sie schlafen. Auf den ersten Blick glaubte man, sie hätte sich hingelegt und wäre erfroren. Merkwürdig war das blutgetränkte Nachthemd.

»Seltsam, findest du nicht? Wer tut denn so etwas? Und

von selbst kam sie wohl nicht auf diese hirnrissige Idee«, bemerkte Nadine, die Hände vor Kälte reibend.

Selzer schaute sich um. Dieser Teil des Stadtgartens war aufgrund der Trennung zum Weihnachtsmarkt kaum beleuchtet, sodass es schwer werden würde, Zeugen zu finden. Zum Glück hatte die Zeugin namens Anja Hillmann, Mutter einer achtjährigen Tochter, etwas abseits auf die Polizei gewartet. In ihrer Schilderung erwähnte sie, dass ihre Tochter den WC-Wagen aufgesucht habe und kurz danach noch im Schnee spielen wolle. Bei dieser Gelegenheit sei sie dann auf die Frau im Schnee gestoßen. Frau Hillmann konnte glücklicherweise mit einer ausgedachten Geschichte aufwarten, sodass ihre Tochter nichts von der Tragik mitbekam.

»Gott wie furchtbar, eine Leiche in unserem Stadtgarten. Ist man nicht mal mehr in Konstanz vor Gewalt sicher?«, schimpfte die Mutter der Kleinen mit belegter Stimme und hielt ihr die Hände über die Ohren. »Wurde sie etwa ermordet?«, setzte die Frau ängstlich nach. »Ich habe noch nie eine Tote gesehen, wie schrecklich.«

Die Achtjährige wehrte sich energisch gegen die unliebsame Berührung und zog die Mutter am Mantel. »Gehen wir jetzt wieder auf den Weihnachtsmarkt?«, maulte sie und starrte die Mutter mit giftigem Blick an.

Frau Hillmann nickte ihr geistig abwesend zu. »Vielleicht komme ich besser zu Ihnen ins Büro. Wäre das für Sie in Ordnung?«, entschuldigte sie sich nervös bei Nadine, ergriff die Hand der Kleinen und schaute diese verständnisvoll an. »Ist schon gut, wir gehen gleich.«

»Ja, ja, gehen Sie nur!«, bestätigte Nadine, nahm noch die Personalien der Zeugin auf und griff dann zum Handy, um die Spurensicherung zu rufen.

Mutter und Tochter liefen Hand in Hand in Richtung

Weihnachtsmarkt.

Als die beiden außer Reichweite waren, schaltete Selzer die Taschenlampenfunktion seines Smartphones an und strahlte auf die Tote. Um die Spuren nicht zu verfälschen, verschaffte er sich zunächst einen groben Überblick: *Augen geschlossen, lange braune Haare, kleine silberne Kette vermutlich mit winzigem Kreuz, billiges Nachthemd, wahrscheinlich überall erhältlich, Stichverletzung in der Magengegend, barfüßig, Lage gleicht einem Schneeengel.*

Nadine blickte zur Uhr. 17.30 Uhr und schon stockfinster.

»Was meinst du, woran könnte sie gestorben sein? Den Blutspuren nach an einer Stichverletzung!«, grübelte sie laut und sah mit traurigem Blick auf die Tote.

Daniel hob seinen Kopf und blickte hinauf zu seiner Kollegin.

»Möglich.« Er fühlte den Puls der Toten. »Sie ist bereits kalt, hat blau verfärbte Lippen, dazu die Außentemperaturen von unter null Grad und einer längeren Liegezeit von vermutlich ein paar Stunden. Sie dürfte nach meiner Schätzung irgendwann in den frühen Morgenstunden hier abgelegt worden sein.«

»Wie kommst du denn darauf? Sie könnte doch auch hier ermordet worden sein«, hinterfragte Nadine.

»Könnte schon. Aber unwahrscheinlich. Wenn jemand einen Menschen so ablegt, soll dieser gesehen werden. Hier will uns *jemand* etwas sagen. Nur was?«

»Nicht schlecht. Gut möglich.« *Wie nah Freud und Leid beieinanderliegen. Dort besinnliche Weihnachtsmusik und hier ein Bild des Grauens. So hatte ich mir aber die Vorweihnachtszeit nicht vorgestellt. Wohl keiner von uns.* Während Nadine angestrengt nachdachte, trafen die Kollegen der Spurensicherung am Tatort ein.

Kaum ein Passant hatte Kenntnis von dem Geschehen genommen, sodass man ohne Probleme mit der Auswertung des Tatorts beginnen konnte. Das übliche Prozedere wurde eingeleitet. Mit rot-weißer Signalfolie sperrte man die Fundstelle der Leiche ab. Fotos wurden geschossen und der Park nach möglichen Fußabdrücken abgesucht, was aufgrund von Schneeverwehungen sich als schwierig erwies. Man befragte die Passanten. Doch niemand hatte etwas gesehen, geschweige denn gehört. Es schien, als wäre die junge Frau geradewegs vom Himmel gefallen. Weder gab es Schleifspuren am Boden noch irgendwelche Hinweise, wie sie hier abgelegt worden war.

Inzwischen kamen die dunkel gekleideten Herren vom Beerdigungsinstitut hinzu und kümmerten sich nach Sichtung aller Spuren um den Abtransport der Leiche.

Derweil schaute Nadine sich die wenigen umherstehenden Leute an. Nicht selten befand sich unter den Schaulustigen, die ein solches Ereignis leider mit sich brachte, ein Tatverdächtiger. Doch kaum einer wohnte dem Geschehen bei. Lediglich ein älterer Mann mit Hund beobachtete aufmerksam das rege Treiben der weiß gekleideten Männer und Frauen, welche sich vom Schnee kaum mehr unterschieden.

Langsam, aber zielsicher ging Nadine auf den Mann zu, lächelte ihn verhalten an und sagte: »Guten Abend!«, sie zeigte ihren Ausweis. »Sagen Sie mal, ist Ihnen vielleicht irgendetwas aufgefallen?« Gleichzeitig versuchte die junge Kripobeamtin, den Mann in der Dunkelheit auszumachen. Seine Wollmütze hatte er bis über die Stirn gezogen, sodass seine buschig weißen Augenbrauen ihr ganz besonders ins Auge stachen. Ansonsten wirkte er unauffällig.

»*Aufgefallen?*«, wiederholte er einsilbig und mit tiefer Stimme. »Aufgefallen, nö eigentlich nichts«, er blickte hinab zu seinem Dackel. »Ist dir was aufgefallen, Fredo?« Doch Fredo wackelte nur mit dem Schwanz und bellte dazu. »Nö«, interpretierte der Alte sein Schwanzwedeln.

Nadine bedankte sich und war gerade im Begriff zu gehen, als der Alte sie noch einmal zu sich rief: »Ich weiß ja nicht, ob das für Sie wichtig ist. Aber wenn mich meine kleinen grauen Zellen nicht im Stich gelassen haben, lag heute Morgen dort noch eine Plane.« Er zeigte mit seinem Handschuh hinüber zu der Stelle, an der die Tote lag.

Nadine rieb ihre Hände und blickte in seine müden, halb geschlossenen Augen.

»Eine Plane, sagten Sie? Können Sie sie beschreiben? Größe? Farbe?«

»Ich würde sagen groß. Ich habe mir heute Morgen schon so meine Gedanken gemacht und mich gefragt, wieso *die* ihren Mist vom Weihnachtsmarkt jetzt schon im Stadtpark ablegen. Aber wer konnte denn so etwas Schlimmes ahnen? Wer? … Mhm, und die Farbe? Dunkel, würde ich sagen. Grau oder grün. Wissen Sie, ich sehe nicht mehr so gut. Tja, das Alter.«

»Können Sie sich noch an die Zeit erinnern?«

»Ja. Gegen sieben, das weiß ich noch genau, weil ich immer um dieselbe Zeit mit Fredo Gassi gehe.«

»Vielen Dank, Herr …?«

»Decker, wie der Dachdecker nur ohne Dach«, gab er scherzhaft zurück.

»Danke, falls wir noch Fragen haben, melden wir uns bei Ihnen. Sagen Sie mal«, hinterfragte Nadine, »wäre es möglich, dass die Frau heute Morgen schon hier gelegen hat?«

»Sie meinen unter der Plane?«, fragte der Alte und antwortete sogleich: »Das ist denkbar. Die Stelle könnte dieselbe sein.«

Nachdem Nadine seine Adresse notiert hatte, ging sie zurück zu Selzer und informierte ihn über das Gespräch.

»Kommt mir so vor, als sollte sie erst gegen Abend gefunden werden. Vielleicht, um Zeit zu gewinnen. Andererseits würde es meine Vermutung bestätigen, dass Fundort nicht gleich Tatort ist. Ich schätze, das wird heute eine lange Nacht«, bemerkte Selzer provokant.

Nadine schaute ihn verachtend an.

»Wie? Noch mal ins Büro?«, knurrte sie und kannte bereits seine Antwort. Doch was blieb ihr anderes übrig? Und die Vorstellung, Weihnachten im Büro zu verbringen, war ihr dann doch zuwider.

Zurück im Revier, etwa gegen 18.00 Uhr

»Ja Mutter«, trötete Hufnagel genervt in den Hörer. »Da weißt du mehr als ich. Von wem hast du das überhaupt?«, fragte er, den Blick seinen Kollegen Selzer und Andres zugewandt, welche gerade die Jacken auszogen.

Hufnagel legte wütend auf.

»Die macht mich noch mal wahnsinnig. Jetzt behauptet sie doch glatt, die junge Frau im Park sei ermordet worden.«

Nadine tat überrascht, begab sich an ihren Schreibtisch und meinte: »Stimmt. Richten wir uns auf eine lange Nacht ein. Woher weiß Charlotte das?«

Selzer prüfte inzwischen seine eingegangenen Mails auf dem Handy, schaute überrascht hoch und fragte irritiert nach: »Charlotte?«

»Ist 'ne lange Geschichte, erzähl ich dir irgendwann mal«, teilte Nadine mit.

Hufnagel rieb sich das Kinn. »Von einer Bekannten, die es wiederum von einer Freundin hat, und so weiter und so weiter. Sie kennen doch meine Mutter. Sie kann das Schnüffeln einfach nicht lassen«, brachte er fast entschuldigend hervor.

Hübner, der so tat, als würde er in einer Akte blättern, hörte gelassen dem Gespräch zu, das er mit einem tiefen Durchatmen als überflüssig einstufte.

»Also, wenn mal alle privaten Querelen erledigt sind, könnten wir uns dann wieder dem Fall zuwenden?«, gab er abschätzig von sich. »Ich habe keine Lust, die ganze Nacht hier zu verbringen.«

Daniel schaute zu Nadine und Nadine zu ihm. Hufnagel hingegen fühlte sich ertappt. Hübner hatte recht, aber was sollte er denn machen? Charlotte Kaufmann ließ es sich nun einmal nicht nehmen, ihre alte faltige Nase in jeden nur erdenklichen Kriminalfall zu stecken. Sie roch förmlich einen Mord. Andererseits war er froh, dass seine Mutter noch so aktiv war. Daher nahm er ihr Einmischen zähneknirschend hin.

»Gut, dann ran an die Arbeit«, sprach Selzer. »Gibt es inzwischen einen Hinweis zur Toten?«

»Endlich eine gute Frage«, mokierte sich Hübner. »Vor ein paar Stunden hat die Mutter einer Studentin bei den Kollegen angerufen und wollte eine Vermisstenanzeige aufgeben. Ihre Tochter sei heute Nacht nicht von einer Feier zurückgekehrt. Auf den Hinweis, dass die Polizei erst nach vierundzwanzig Stunden bei Jugendlichen etwas unternehmen könnte, brach sie in Tränen aus und meinte, dass ihre Tochter niemals ohne einen Anruf von zu Hause fernbleiben würde. Die Beschreibung würde auf unsere Tote passen«, erzählte er und fügte ein »Leider« an.

*Schleimer*, dachte Nadine und schaute verachtend zu Hübner. Dennoch gab sein Hinweis eine Richtung vor, und die brauchte man jetzt dringend.

»Gut, wo wohnt die Anruferin? … In Allensbach.« *Das kleine Städtchen am See mit Sitz des Demoskopischen*

*Institutes Allensbach.* »Wer fährt hin?«, erkundigte sich Selzer ruhig.

Verhaltenes Schweigen. Selzer durchbrach die peinliche Stille, indem er Frau Andres und Herrn Hübner mitteilte, dass die beiden der aufgebrachten Mutter noch heute Abend einen Besuch abstatten sollten. Vielleicht hatte ihre Tochter auch nur bei einer Freundin übernachtet und vergessen, die Mutter anzurufen. Man musste in solch einem Fall alle Möglichkeiten in Betracht ziehen, und im Regelfall klärte sich das schnell von selbst.

Um Zeit zu sparen, teilten sich die Kripobeamten die Arbeit auf. Selzer und Hufnagel wollten noch andere Vermisstenanzeigen sichten, die auf die Tote hätten passen können, während die anderen zwei, sichtbar pikiert, das Büro verließen.

Von unterwegs aus kündigte sich Nadine bei der Mutter der Studentin, Frau Sauer, an.

Als sie wenig später dann vor ihr stand, erschien diese bereits mit rot verheulten Augen sowie Taschentuch, ungekämmtem Haar, Jogginghose und legerem Shirt an der Eingangstür.

»Und?«, schniefte sie. »Haben Sie meine Tochter gefunden? Sie hat sich immer noch nicht gemeldet. Auch ihre Freundinnen wissen nichts. Gott, wo ist sie bloß?«, rief Frau Sauer und zitterte am ganzen Körper. Sie sah mitgenommen aus, und man sah ihr den wenigen Schlaf an, den ihr diese Situation abverlangt hatte.

»Jetzt beruhigen Sie sich erst mal, Frau Sauer! Können wir hereinkommen?«, fragte Nadine voller Mitgefühl und hasste schon jetzt den Fall.

»Ja, jjjaaa, natürlich«, stotterte Frau Sauer. »Das ist einfach zu viel für mich. Treten Sie ein!« Die etwa fünfzigjährige Frau winkte die Polizisten in ihre Wohnung.

Der Flur wirkte aufgrund der rosa geblümten Tapete kitschig, und man ahnte bereits, dass es sich um eine von Frauen bewohnte Wohnung handelte.

*Na ja, nicht mein Ding,* dachte Nadine. *Ich glaube, große Sprünge kann sich diese Familie nicht leisten.*

Im Wohnzimmer setzte sich der gleiche Einrichtungsstil fort. Ein weißes Sofa mit abgesetzten Swarovski-Imitaten, dazu ein Glastisch, eine weiße Fernsehwand mit großem LED-Fernseher sowie pinkfarbene Gardinen mit lauter kleinen Kunstblumen daran. Darüber hinaus roch es stark nach Tabak.

»Setzen Sie sich doch bitte!«, meinte Frau Sauer, zündete sich zitternd eine Zigarette an und setzte sich auf einen schäbig wirkenden Sessel. »Möchten Sie auch? Ich kann mich so besser beruhigen«, kam es entschuldigend von ihr.

Andres und Hübner lehnten dankend ab und nahmen auf dem gegenüberliegenden Sofa Platz. Es quietschte ein wenig.

»Dann vielleicht ein paar Weihnachtsplätzchen, selbst gebacken«, fragte Frau Sauer weiter, ergriff die Kristallschale voller Gebäck und hielt sie den beiden hin.

Um nicht unhöflich zu erscheinen, nahm Nadine ein Zimt-Gipfel und bedankte sich. Hübner wollte nicht.

»Hätten Sie vielleicht ein aktuelles Foto Ihrer Tochter?«, erkundigte sich Nadine langsam kauend.

Frau Sauer legte ihre Zigarette in den Aschenbecher auf dem Glastisch und sprang gleich danach auf. Sie ging zur Fernsehwand, entnahm dem Regal ein Foto und überreichte es Nadine. Es zeigte das Bildnis einer jungen Brünetten mit ausdrucksvollen dunklen Augen sowie einer auffällig großen Nase. Außerdem wirkte sie grazil und lachte mit geraden weißen Zähnen in die Kamera.

*Sie kommt wohl eher nach dem Vater,* dachte Nadine. »Danke! Erzählen Sie uns etwas über Ihre Tochter! Wohin wollte sie gestern? Und mit wem war sie verabredet?«

Frau Sauer setzte sich erneut, nahm die Zigarette wieder an sich und drückte sich tiefer in den Sessel. Sie zog am Glimmstängel, inhalierte den Rauch und begann, langsam zu erzählen: »Gestern gab es wohl so eine Veranstaltung an der FH …«

Hübner unterbrach sie: »Sie meinen die Fachhochschule?«

Frau Sauer nickte verhalten und setzte ihre Ausführung fort: »Irgendeine Party zwischen den Prüfungen. Jeder brachte etwas zum Essen mit. Carmen hat sich extra ein tolles Rezept für einen Kuchen aus dem Internet herausgesucht. Schokoladenkuchen …«

Hübner unterbrach sie erneut: »Aha, und wann sollte die Veranstaltung stattfinden?«

»Um acht.«

»Wie fuhr sie gewöhnlich zur FH?«, erkundigte sich Nadine.

»Mit dem Seehas.«

*Klasse Zugverbindung, erinnert mich an die Berliner S-Bahn*, grübelte Nadine. »War sie mit jemandem verabredet? Einem Freund oder einer Freundin vielleicht?«

»Ja, sie traf sich mit Sebastian, ihrem Freund. Die beiden sind schon seit Beginn des Studiums zusammen.«

»Und wie lange ist das jetzt genau?«, wollte Hübner wissen.

»Zwei Jahre, genau zwei waren es im Herbst.«

Da alles in der Wohnung auf einen Zweipersonenhaushalt schließen ließ, gestattete Nadine sich die Frage nach Carmen Sauers Vater.

»Ach, wir sind seit fünfzehn Jahren geschieden. Mein Ex

kümmert sich aber liebevoll um Carmen, regelt alles Finanzielle und auch sonst steht er ihr mit Rat und Tat zur Seite«, erzählte Frau Sauer beinahe erleichtert und schien ein wenig in Erinnerungen zu schwelgen.

»Und wenn Ihre Tochter bei ihm die Nacht verbracht hat?«, fragte die Polizistin überlegt.

»Daran habe ich auch schon gedacht und gleich mit ihm telefoniert. Aber auch bei ihm ist sie nicht. Er telefoniert alle Freundinnen und Freunde ab. Müsste sich gleich melden«, dabei blickte Frau Sauer nervös zur Uhr und kurz darauf auf ihr Handy, das auf dem Glastisch lag. »Warum ruft er nicht an? Oder sollte ich …?« Sie wirkte zusehends nervöser. Hektik machte sich breit. Inzwischen hatte sie die zweite Zigarette angezündet, um sie gleich wieder zitternd im Aschenbecher auszudrücken.

Endlich kam der ersehnte Anruf. Panisch packte Frau Sauer das Handy.

»Ja, und hast du sie gefunden? … Nicht? … Oh mein Gott, Michael, wo könnte sie nur sein? Das hat sie doch noch nie gemacht … Was sollen wir nur tun? … Zur Polizei? … Nein, die sitzt gerade bei mir … Sind gleich gekommen nach meinem Anruf … Okay, mache ich. Bis später!« Danach wandte sie sich wieder den Polizisten zu. »Mein Exmann meint, Sie sollten unbedingt mit Vanessa sprechen. Sie hat Carmen gestern noch gesehen. Wissen Sie, die beiden kennen sich seit dem Kindergarten und sind beste Freundinnen.«

»Gut, das machen wir. Könnten Sie uns bitte eine Liste aller Personen anfertigen, die möglicherweise gestern mit Ihrer Tochter zusammen waren, inklusive derer, die es nicht waren!«, forderte Nadine freundlich.

»Mache ich, geben Sie mir zehn Minuten!«

»Gerne, lassen Sie sich ruhig Zeit. Könnten wir in der

Zwischenzeit mal einen Blick ins Zimmer Ihrer Tochter werfen?«

Frau Sauer nickte, erhob sich vom Sessel und zeigte kurz darauf den beiden das Jugendzimmer. Danach ging sie in die Küche.

Carmens Zimmer wirkte aufgeräumt und machte einen freundlichen Eindruck. Helle Ikea-Möbel mit pinkfarbenen Accessoires schmückten den kleinen schlauchartigen Raum. Alles hatte seinen Platz. Anscheinend war die Studentin eine Leseratte, denn sie besaß ein vollgestopftes Regal mit Büchern. Auch auf dem Schreibtisch vor dem Fenster lagen Bücher sowie ein paar Schnellhefter.

Nadine schaute sich im vorderen Bereich des Zimmers um, während ihr Kollege den hinteren sichtete.

Carmen Sauer hatte anscheinend ein Faible für Romantik und zeigte dieses mit einem farbigen Tuch, das sie wie einen Himmel über das Bett geschwungen hatte. Zudem hing über ihrem Bett eine Pinnwand voller Postkarten und Fotos von Freunden, der Familie sowie zweier Mädchen und dem einer jungen Frau, welche von zwei Burschen umarmt wurde.

Nadine holte ihr Handy aus der Tasche und fotografierte ein paar der Fotos ab.

Hübner indessen zog seine Gummihandschuhe über, öffnete Schubladen und Schränke und suchte diskret nach Hinweisen für ein mögliches Verschwinden der jungen Frau. Doch nichts deutete auf ein geplantes Fernbleiben hin. Nach dem Zustand des Schreibtischs zu urteilen, befand sich die Studentin in den Prüfungsvorbereitungen. Alle Termine waren im Tischkalender notiert.

Frau Sauer betrat das Zimmer, bemerkte Hübners Handschuhe und starrte ihn mit weit aufgerissenen Augen an. Hübner erklärte sogleich sein Tun als *übliche Vorgehens-*

*weise*, um die Ärmste nicht unnötig zu beunruhigen.

Wortlos übergab Frau Sauer Nadine die gewünschte Namensliste. Danach brachte sie die Kripobeamten schluchzend zur Tür und flehte sie an, sich sofort zu melden, sobald sie etwas über ihre Tochter in Erfahrung brächten.

## Weitere Bodenseekrimis

## Mit mörderischem Kalkül (Kripo Bodensee 1)

*Mit mörderischem Kalkül* ist der erste Bodenseethriller von Janette John und bildet den Auftakt zur Serie *Kripo Bodensee*. Lassen Sie sich mit Spannung und Humor an den Bodensee entführen. Viel Spaß beim Lesen wünscht Ihnen Janette John!

Wenn du glaubst, du könntest deine Vergangenheit einfach so hinter dir lassen, dann hast du dich geirrt! Sie ist wie ein Geschwür, entweder sie frisst dich auf oder du lernst, mit ihr zu leben. *Janette John*

Was würdest **DU** tun,
wenn man **DIR** sagt, dein Kind sei nach der Geburt verstorben, aber **IHM** sagt, du wärst nach der Geburt verstorben, und man der **WELT** sagt, du hättest dein Kind ermordet? Würdest **DU** kämpfen?

Westberlin 1966. Die tragischen Ereignisse einer jungen Frau, die ihr Kind bei der Geburt unter mysteriösen Umständen verloren hat, erschüttern die Stadt. Doch die Dinge überschlagen sich und mit ihnen die Nachrichten in den Zeitungen. Während die einen von einem verhängnisvollen Unfalltod sprechen, zerreißen sich die anderen die Mäuler und schreien Mord. Doch nichts ist so, wie es scheint!

Konstanz heute. In einem luxuriösen Seniorenstift wird einer der Heiminsassen tot aufgefunden. Das Alter des Mannes sowie die äußeren Umstände sprechen für Herzversagen. Sein Tod jedoch, ausgelöst durch Schlangengift, entpuppt sich als perfider Plan. Berlin heute. Auf offener Straße wird ein alter Mann kaltblütig überfahren, nur vom Täter fehlt jede Spur.

Die junge Konstanzer Polizistin Nadine Andres und ihr neuer, etwas unfreiwillig ermittelnder Chef Rudolf Hufnagel geraten in einen Strudel dunkler Geheimnisse mit Wurzeln, die bis zurück in die Sechzigerjahre reichen. Bei ihren Ermittlungen decken sie düstere Familienzerwürfnisse auf: Mord und Korruption sind hier keine Tabus.

## Per Deadline Mord (Kripo Bodensee 2)

*Per Deadline Mord* ist der zweite Bodenseethriller von Janette John. Lassen Sie sich mit Spannung und Humor an den Bodensee entführen. Viel Spaß beim Lesen wünscht Ihnen Janette John!

Das Leben ist wie die Tastatur eines Klaviers. Entweder spielt es in leisen oder auch in lauten Tönen. Mal in Weiß, mal in Schwarz und mal irgendwo dazwischen. *Janette John*

Stell **DIR** vor, ein geliebter Mensch ist krank
und nur **EIN** Spenderorgan rettet jetzt noch sein Leben!
Doch **DIE** Warteliste ist zu lang.
Was würdest **DU** tun?

Heidelberg 2001. Im Universitätsklinikum Heidelberg stirbt die Mutter zweier Kinder aufgrund eines angeborenen Herzfehlers. Das zu erwartende Spenderherz blieb aus.

Konstanz heute. Mitten am helllichten Tag fällt eine junge Studentin vom Konstanzer Münster. Alles deutet auf Selbstmord, wenn es nicht eine Reihe ähnlicher Fälle in den letzten Jahren deutschlandweit gegeben hätte. Die Frauen waren jung, rothaarig, feengleich und schön. Warum traf es gerade sie?

Deutschland heute. Zum Teil arme und mittellose Menschen sterben eines natürlichen Todes. Merkwürdig sind nur das Alter sowie die Todesursache. Waren sie womöglich Ersatzteillager für bessergestellte Todkranke?

Die junge Polizistin Nadine Andres und ihr Team geraten

in die mafiösen Strukturen einer in Europa agierenden Vereinigung von Organhändlern. Mit solch einem Ausmaß an krimineller Energie hatten selbst sie nicht gerechnet. Besteht etwa eine Verbindung zwischen diesen scheinbar unterschiedlichen Ereignissen? Und wenn ja, worin?

# Sein anderes Ich (Kripo Bodensee 3)

*Sein anderes Ich* ist der dritte Bodenseekrimi von Janette John. Lassen Sie sich mit Spannung und Humor an den Bodensee entführen. Viel Spaß beim Lesen wünscht Ihnen Janette John!

Man trifft sich im Leben immer zweimal. Vielleicht am Anfang. Vielleicht aber auch am Ende.
*Janette John*

Was denkst **DU**?
Wie würde **DEIN** Leben wohl verlaufen,
ohne das Wissen um **DEINE** Eltern?

Freiburg im Breisgau 1988. Anlässlich ihrer bevorstehenden Sommerferien feiert eine Gruppe von Teenagern ausgelassen eine Party, während hinter verschlossenen Türen ein fünfzehnjähriges Mädchen brutal vergewaltigt wird. Sie wird schwanger, verschwindet spurlos und taucht ein Jahr später wieder auf.

Konstanz heute. Eine Hitzewelle ergießt sich über die Stadt. Freibäder platzen aus allen Nähten. Eisdielen haben Hochkonjunktur. Doch der Sommer ist trügerisch. In einem abgelegenen Waldstück wird der nackte Körper einer jungen Prostituierten gefunden. Ihr Gesicht ist entstellt und von Maden zerfressen.

In den Wochen danach werden in der Nähe des Fundorts zwei weitere Leichen gefunden, wieder sind sie nackt.

Das Konstanzer Kripoteam um Daniel Selzer macht sich an die Aufklärung der Morde, die zwar erschüttern, zunächst aber keine Erwähnung in den Medien finden. Bleibt die Frage, wieso hat sich der Täter so grausam an den Frauen vergangen? Und was hat es mit den Zigarettenrückständen sowie Hundehaaren an den Toten auf sich?

Printed in Poland
by Amazon Fulfillment
Poland Sp. z o.o., Wrocław

67358533R00150